書下ろし

暴れ捜査官

警視庁特命遊撃班

南 英男

目次

第一章　美女の切断遺体

1

唇を優しく重ねる。
風見竜次《かざみりゅうじ》は、抱き寄せた根上智沙《ねがみちさ》のセクシーな唇を鳥のようについばみはじめた。
いわゆるバード・キスだ。情事の序章だった。
赤坂にあるシティホテルの十五階の一室だ。ツイン・ベッドルームだった。
二月中旬の夜である。
十一時を回っていた。春とは名ばかりで、外はまだ寒い。
二人はホテルのバーで飲んだ後、しばらく部屋の窓から夜景を眺めていた。
きらめく灯火は幻惑的だった。闇に吸い込まれそうな感覚に囚《とら》われる。夜空にダイブしたいような衝動さえ覚えた。都心の夜景はそれほど妖《あや》しかった。

二十六歳の智沙は息を呑《の》むほど美しい。

細面《ほそおもて》で、造作の一つひとつが整っている。単に美貌に恵まれているだけではない。聡《そう》明《めい》でもあった。

智沙は以前、翻訳プロダクションに勤めていた。

いまは無職だ。入院中の母親の世話をするため、仕事を辞めたのである。世田谷区桜《さくら》三丁目の実家で暮らしていた。

智沙は独りっ子だ。父親は去年の四月に亡《な》くなった。病死と思われていたが、実は他殺だった。

「カーテンを閉めないと、なんだか恥ずかしいわ」

智沙がくぐもった声で言い、風見の下唇を軽く吸いつけた。

「どこからも見えないよ」

「でも、誰かが望遠鏡で覗《のぞ》き見してるかもしれないでしょ？」

「そうだとしても、まだ素っ裸で睦《むつ》み合ってるわけじゃない。だから、そんなに恥ずかしがることはないさ」

風見は小さく笑って、智沙の唇を貪《むさぼ》った。ルージュは仄《ほの》かに甘い。

吸いつけるだけではなかった。舌の先で、やや肉厚な唇を掃《は》くようになぞった。智沙がなまめいた声を洩《も》らす。なんとも煽情的《せんじょう》だった。

風見はそそられた。

大胆に舌を智沙の口中に潜《もぐ》らせる。智沙がためらいながらも、熱く舌を絡《から》めてきた。舌と舌が戯《たわむ》れ合う。

風見は、智沙の舌の裏や歯茎《はぐき》もくすぐった。どちらも、れっきとした性感帯だ。智沙が喉《のど》の奥で切なげに呻《うめ》いた。

三十八歳の風見は、警視庁の刑事である。捜査一課特命遊撃班のメンバーで、職階は警部補だ。大卒の一般警察官《ノンキャリア》だった。まだ結婚はしていない。

神奈川県湯河原《ゆがわら》出身の風見は都内の私立大学を卒業すると、警視庁採用の警察官になった。

別段、青臭い正義感に衝《つ》き動かされて警察官を志望したわけではなかった。なんとなく平凡なサラリーマンになりたくなかったからにすぎない。したがって、妙な気負いはなかった。それでも、できれば刑事になりたいとは思っていた。

風見は一年ほど制服を着ただけで、新宿署の刑事に抜擢《ばってき》された。運がよかったのだろう。

配属されたのは、刑事課強行犯係《きょうこうはん》だった。殺人や強盗事案などの捜査をする強行犯係の職務はハードだ。

だが、凶悪犯に迫《せま》る緊張感とスリルは男の血を騒がせる。エキサイティングで、充分に面白い。いつしか仕事にのめり込んでいた。

風見は二十代のうちは新宿署、池袋署、渋谷署と三つの所轄署で強行犯係を務《つと》め、ちょうど三十歳のときに四谷署刑事課暴力犯係になった。無法者たちを数多く検挙した。

その功績が評価され、二年後には本庁組織犯罪対策部に異動になった。

本庁勤めを嫌う警察官はきわめて少ない。強く望んでいたわけではなかったが、風見は素直に喜んだ。

暴力団の犯罪を取り締まっている組対《そたい》の捜査員は体格のよい強面《こわもて》が多い。やくざと間違われる刑事が大半だ。

風見は優男《やさおとこ》である。そのせいか、暴力団関係者には侮《あなど》られやすかった。俳優のような顔立ちだが、軟弱ではない。腕っぷしは強く、射撃術も上級だ。

風見は憤《いきどお》りに駆られると、顔つきが一変する。

柔和な目は狼のように鋭くなり、凄《すご》みを帯びる。他人に威圧感を与えるだけではなかった。狡猾《こうかつ》な犯罪者たちには、平気で手荒なこともする。反則技を使い、違法捜査も厭《いと》わない。

　そんなことで、風見は自然に組員や同僚刑事から一目置かれる存在になっていた。若いやくざは遠目に彼の姿を見ただけで、走って逃げ出す。逮捕したアウトローは数え切れない。幾度も警視総監賞を受けている。

　だが、風見はちょうど一年前に運に見放された。

　内偵捜査の対象者だった銃器ブローカーに発砲され、思わず相手を半殺しにしてしまったのだ。自分に牙を剝《む》く悪党には容赦《ようしゃ》しない主義だった。

　風見は過剰防衛を問われ、特別公務員暴行致傷罪で告発されかけた。当然のことだろう。

　幸運にも告訴はされなかった。だが、三カ月の停職処分を科せられた。

　ペナルティーは思いのほか軽かった。これまでの手柄が考慮されたにちがいない。

　それはそれで、ありがたかった。

　しかし、風見は自宅謹慎中に虚《むな》しさに襲われた。暴力団係の刑事が命懸《が》けで職務に励んでも、市民を脅《おびや》かす荒くれ男たちの数はいっこうに減らない。

　それどころか、やくざの累犯率は逆に高まっている。長引いているデフレ不況のせいだろうか。

自分が体を張ってやってきたことは無意味だったのかもしれない。そんな徒労感だけが膨《ふく》らみ、気が滅入《めい》った。

もともと風見は、警察社会の閉鎖的な空気には馴染《なじ》めなかった。

千数十人の警察官僚《キャリア》が、およそ二十七万人の巨大組織を支配していることに問題があると考えていた。社会の治安を守るためには、むろん組織の統率は保たなければならない。だが、軍隊そっくりな階級社会はあまりにも前近代的だ。弊害《へいがい》ばかりではないか。機構そのものを変えなければ、腐敗し切った組織は再生できないだろう。

しかし、個人の力は哀《かな》しいほど非力だ。改革を叫んだところで、状況は何も変わらないにちがいない。同調者も少ないはずだ。

風見は依願退職して、生き直す気になった。実際、職場に復帰した日から密《ひそ》かに再就職口を探しはじめた。

だが、希望に適《あ》った働き口はなかなか見つからなかった。そうこうしているうちに、人事異動の内示があった。

転属先は一年八カ月前に設けられた捜査一課特命遊撃班だった。

本庁特殊遊撃捜査隊『ＴＯＫＡＧＥ《トカゲ》』とは別組織だ。捜査一課殺人犯捜査各係の助っ人チームである。警察関係者以外は、その存在さえ知らない。

風見は、特命遊撃班を束《たば》ねている成島誠吾《なるしませいご》警視とは旧知の仲だった。数年前から年に四、五回、成島と酒を酌《く》み交わしていた。捜査一課の元管理官だった班長は口こそ悪いが、侠気《おとこぎ》のある好人物だ。

風見は成島警視に引き抜かれたと知り、だいぶ悩んだ。

密かに敬《うやま》っている成島には協力したかったが、ためらわせるものがあった。特命遊撃班の評判はよくなかった。

はみ出し者の吹き溜《だ》まりと陰口をたたかれていた。それだけではない。窓際部署とも蔑《さげす》まれている特殊チームだった。

まだ四十前だ。人生を棄《す》てるには早すぎるだろう。どうしても諦《あきら》めがつかなかった。

風見は辞表を懐《ふところ》に忍ばせて、特命遊撃班の刑事部屋を訪れた。

すると、メンバーの中に女優のような美人警視がいた。十一歳も年下の警察官僚だったが、きわめて控え目で清々《すがすが》しかった。驕《おご》りはみじんも感じさせない。

それでいて、どこか凛《りん》としていた。知的でありながら、色気もあった。好みのタイプだった。女好きの風見は紅一点のメンバーに魅《み》せられ、その場で転職する考えを捩《ね》じ伏《ふ》せた。

特命遊撃班入りして、はや八カ月が過ぎた。

風見は美しいキャリア刑事とペアを組み、冗談めかして言い寄りつづけている。しかし、まともには取り合ってもらえない。軽くいなされたままで、親密な関係にはなっていない。

根上智沙と知り合ったのは、去年の十月だった。

風見はたまたま銀座の裏通りで柄の悪い男に追われていた智沙を見かけ、窮地から救うことになった。追っ手を退散させたときには、もう智沙の姿は消えていた。

その後、たまたま智沙の父親の死の真相を探ることになった。そうして気になっていた美女と再会できたわけだ。

二人は、赤い糸でつながっているのかもしれない。女性に惚《ほ》れっぽい風見はそう考え、智沙に接近した。そして、去年の暮れに男女の間柄になった。

風見は、これまでに数多くの異性と交際してきた。

といっても、ただの好色漢ではない。根っからのロマンチストだった。いつか理想の女性と出会えることを信じて、恋愛を重ねてきたのである。

残念ながら、伴侶にしたいと思える相手はいなかった。何かが足りなかった。

自分は高望みしすぎなのか。

関わった女性と別れるたびに、風見はいつも自問する。教養や器量は、そこそこで充分だ。貧しさは少しも気にならない。

ただ、他人の悲しみや憂《うれ》いに鈍感な女性は願い下げだ。さらに弱い者をさりげなく労《いたわ》れる思い遣《や》りは必要だろう。料理上手なら、ありがたい。

もっと欲を言えば、昼間は慎《つつ》ましやかでも夜は寝室で淫《みだ》らになってもらいたいものだ。そうしたギャップは刺激になって、飽《あ》きがこない。男のわがままだろうか。

そういう女性は、どこにもいないのかもしれない。

だからといって、妥協して人生のパートナーを選んだら、相手も自分も不幸になるのではないか。たった一度の人生だ。後悔はしたくない。

智沙が舌を妖しく閃《ひらめ》かせながら、体を密着させてきた。

服地越しに果実のような乳房の感触が伝わってくる。温《ぬく》もりが心地よい。

風見はディープ・キスを交わしながら、智沙の体をソフトに愛撫《あいぶ》しはじめた。

体の線を指でなぞりながら、上体を左右に揺らした。胸の隆起を刺激し、二つの蕾《つぼみ》を痼《しこ》らせる。

形のいいヒップも揉《も》んだ。弾力性に富み、ラバーボールのような手触《てざわ》りだった。智沙が小さく喘《あえ》ぎはじめた。

「このままベッドに縺《もつ》れ込みたいな」

風見はくちづけを中断させ、智沙の耳許《みみもと》で囁《ささや》いた。

「家でシャワーを浴びてきたけど、時間が経《た》ってるから……」

「今夜は、きみの肌の匂いを嗅《か》ぎたいんだ」

「恥ずかしいわ。わたしを困らせないで。先にシャワーを浴びて。ね？」

智沙が羞恥《しゅうち》の色に染まった顔で言い、風見から離れた。オート・カーテンのボタンを押し、ソファに浅く腰かけた。

風見は二台のベッドを回り込み、クローゼットに歩み寄った。

手早く衣服を脱いで、トランクスだけになる。バスルームに入り、シャワー・カーテンを横に払った。バスタブに湯を張る気はなかった。

風見はバスタブの中で、全身にボディー・ソープの泡をまぶした。

智沙の裸身を頭に思い描いたとたん、下腹部《はら》が熱を孕んだ。二十代に逆戻りしたような気分だった。

智沙の体は熟《う》れていたが、まだ瑞々《みずみず》しい。

肌に張りがあった。四肢《しし》は、しなやかに動く。

すでに智沙は、性の悦《よろこ》びを識《し》っていた。だが、過去の男はさほど色の道を究《きわ》めていなかったようだ。

智沙の肉体は開発し尽くされていなかった。少し高度なテクニックを披露すると、彼女は熱く反応する。しどけない痴態《ちたい》も晒《さら》した。それがなんとも新鮮だった。

風見は熱めの湯で全身の泡を洗い落とした。濡れた体をバスタオルで拭《ぬぐ》い、白いローブを素肌にまとう。浴室を出て、丸めたトランクスをクローゼットの中に放り込んだ。

風見は弾む足取りで、ベッドを回り込んだ。

智沙はソファに腰かけ、下を向いていた。ツイード地のスーツを着たままだ。いつもと様子が違う。よく見ると、智沙は涙ぐんでいた。

「どうしたんだい？　おれ、無神経なことを言ったらしいね。それで、きみは傷ついたんだろう？」

風見は智沙のそばにたたずんだ。

「ううん、そうじゃないの。急に泣きだしたりして、ごめんなさい」

「入院中のおふくろさんの症状が思わしくないのかな？」

「母のことじゃないの。二十日前に殺された高校時代の一年先輩のことを思い出したら、なんだか悲しくなってしまって」

智沙がハンカチを目頭に当てた。

「もしかしたら、その先輩は一月二十八日の朝に代々木公園内で発見された被害者のことなのかな？　その女性は切断遺体で見つかったんだが……」

「ええ、そうよ。殺された深町芽衣《ふかまちめい》さんとは高校時代に写真部で一緒だったの。わたし、先輩とは割に親しくしてたのね。だから、ショックがいまも尾を曳《ひ》いてるの」

「だろうね。ひどい殺され方だったからな」

風見は言って、智沙と向かい合う位置に坐った。

事件が猟奇的だったことで、マスコミはこぞって派手に報じた。被害者は二十七歳のビデオ・ジャーナリストである。知的な美女だった。

惨殺された深町芽衣は一月二十八日の午前零時から同二時の間に別の場所で、電動鋸《のこぎり》によって胴体を真っ二つに切断された。服は着たままだった。

その後、切断遺体は園内に棄てられた。切断面から千切《ちぎ》れた腸《はらわた》が零《こぼ》れかけていたが、すでに血は凝固《ぎょうこ》していた。顔は無傷だった。

被害者の右手の指も三本、切断されていた。芽衣は防御本能から、反射的に右腕を前に突き出したと思われる。三本の指は、被害者のシャツブラウスの胸ポケットの中に入っていた。

ビデオ・ジャーナリストの口の中には、穿《は》いていたショーツが丸めて突っ込まれていた。それでいながら、被害者は性的な暴行は受けていなかった。それが不可解だった。

事件が発生した翌日には代々木署に捜査本部が設置され、警視庁捜査一課強行犯捜査殺人犯捜査第八係の十一人が出張《でば》り、所轄署刑事たちと捜査に乗り出した。変質者たちを徹底的に洗ったようだが、いまだに容疑者は割り出されていない。

「風見さんは当然、深町先輩の事件のことをよく知ってるでしょ？」

「もちろん、事件のアウトラインは知ってる。しかし、こっちが属してる特命遊撃班は正規の殺人犯捜査係じゃない。だから、事件現場には臨《のぞ》んでないし、初動捜査にも携《たずさ》わってないんだよ」

「でも、第一期の二十日間で犯人を特定できない場合は捜査員が追加投入されるんでしょ？」

「そうなんだが、殺人犯捜査係は十係まであるんだよ」

「風見さんたちのチームは、二期目から側面支援することが多いんじゃなかった？」

「その通りなんだが、毎回ってわけじゃないんだ。多分、七係か九係が代々木署に送り込まれることになるだろう」

「そうなの。特命遊撃班に出動指令が下ったら、一日も早く深町先輩の命を奪った犯人を突き止めてね」

「そうなったら、全力を尽くすよ」

「お願いね。深町さんは誰にも好かれてたし、とっても思い遣りがあったの。正義感は人一倍、強かったわ。それだから、社会の不正や歪《ゆが》みをビデオ映像で告発する仕事を選んだんだと思うの」

「そうなんだろうな」

「先輩は大学時代に東南アジアやアフリカの発展途上国に出かけて、難民キャンプやストリート・チルドレンたちの苛酷《かこく》な日常をカメラでスケッチして、映像投稿サイトにアップしてたの。それで通信社の特派カメラマンを二年ほどやって、フリーのビデオ・ジャーナリストになったのよ」

智沙が言った。

「そうなのか」

「児童養護施設の子供たちは深町さんが若死にしたんで、いまも毎日泣いてるんじゃないかしら？　どの子も、先輩を慕《した》ってたから」

「どういうことなのかな？」

「あっ、ごめんなさい。説明不足だったわね。深町さんは親に虐待された子や棄てられた幼児たちが収容されてる福祉施設の行事をボランティアでビデオ撮影してあげてたの」

「そうだったのか」

「わたしも訃報《ふほう》に接して悲しかったけど、深町先輩の彼氏も大変なショックを受けたんでしょうね。だから、彼は十日ほど前に睡眠導入剤をたくさん服《の》んで後追い自殺を図ったんだと思うわ」

「未遂だったんだね？」

風見は確かめた。

「ええ。運よく先輩の彼氏のアパートを訪ねてきた編集者が救急車を呼んで、すぐに病院で胃洗浄をしてもらったとかで、命は落とさずに済んだの」

「被害者の彼氏は文筆家か、イラストレーターなんだね？」

「翻訳家なの。まだ三十三と若いんだけど、英米ミステリーの訳書が十五、六冊あるのよ。でも、ベストセラー本を手がけないと、翻訳の印税収入だけではとても食べていけない世界なの」

「そうなのか。その彼氏の名前はなんていうんだい？」

「松宮雄輔《まつみやゆうすけ》よ。一般の読者にはあまり知られてないんだろうけど、わたしは翻訳プロで働いていたから、優秀な若手翻訳家として早くから注目してたの」

「そう。その松宮という彼は、何かアルバイトをしてるんだね？」

「深町先輩の話では、週に一、二回、運転代行のバイトをしてるそうよ」

「そうやって、翻訳の仕事をつづけてるわけか。偉いな。それにしても、ちょっと古風な男だね。かけがえのない女性を喪《うしな》ったことで心にぽっかりと穴が開いてしまったんだろうが、後追い自殺しようと思い詰めるなんてさ。二人は、よっぽど惚れ合ってたんだろうな」

「普段はとても仲がよかったみたいね。だけど、意見がぶつかったりすると、松宮さんは逆上して手を上げたりしてたようなの」

「ドメスティック・バイオレンスに走るような男はどうも好きになれないな。どんな理由があっても、女を殴るような野郎は屑《くず》だよ」

「わたしも、そう思うわ。でもね、松宮さんは暴力をふるった後はすぐに謝って、すごく優しくなるんですって」

「それがキレる男たちのパターンなんだよ。土下座までするんで、痛めつけられた女たちはつい相手を赦《ゆる》してしまう。そして、同じようなことが繰り返されてるんだ」

「わたしも、そういう話を聞いたことがあるわ。それでも、深町先輩と松宮さんは深い愛でつながってたような気がするな」

「そうなのかもしれないね。若手翻訳家は後追い自殺をしようとしたわけだからさ」

「ええ。風見さん、少し時間をもらえる？」

「もう少し気持ちが落ち着いたら、わたし、急いでシャワーを浴びてくるわ」

「無理をしなくてもいいんだ。今夜は、きみの弔《とむら》い酒につき合うよ」

「だけど、それでは……」

智沙が途方に暮れた顔つきになった。

風見は屈託《くったく》のない笑顔を返し、勢いよくソファから立ち上がった。備え付けの冷蔵庫に缶ビールが半ダース収まっていたはずだ。銘柄はバドワイザーだったか。

風見は冷蔵庫に足を向けた。

トランクスを穿いていないせいか、妙に落ち着かない。先に下着を身につけたほうがよさそうだ。

風見はクローゼットに向かった。

2

地下鉄駅から地上に出た。

桜田門駅である。きょうも寒い。

智沙と兄妹《きょうだい》のようにホテルで眠った翌朝だ。あと数分で、十時になる。

桜田門駅の際《きわ》に職場がある。

風見は通用口から警視庁本部庁舎に入った。地上十八階建てで、地下は四階まである。

地下一階から三階までは車庫になっていた。地下四階は機械室だ。

一階には大食堂のほか、交通執行課や都民相談コーナーなどがある。
二、三階の一部には、留置場が設けられていた。四階から十六階までは刑事部、交通部、生活安全部、総務部、警務部、警邏《けいら》部、公安部、警備部などがフロアごとに使用している。
警視総監室、副総監室、総務部長室、企画課、人事一課などは十一階にある。十七階と十八階に映写室、道場、大会議室があり、屋上にはヘリポートが設置されていた。ヘリポートの横には、二層式のペントハウスがある。機械室として使われていた。

本部庁舎に隣接しているのは、中央合同庁舎2号館だ。

警察庁と公安委員会が入っているが、いつも人の出入りは少ない。現場捜査を担《にな》っている警視庁は、ひっきりなしに人間が出たり入ったりしている。正月でも、庁舎から人影が消えることはない。

日本の警察制度は、国家警察である警察庁と各都道府県警察本部の二本立てになっている。東京全域をカバーしている警視庁や各警察本部は、自治体警察と呼ばれている。

通常、警察庁は地方機関である管区警察局を通じて各警察本部を指揮監督している。だが、首都の治安を受け持っている警視庁は別格だ。警視庁は、警察庁のダイレクトな指揮監督下にある。当然のことながら、双方の結びつきは強い。

風見はエレベーター乗り場に直行した。

ホールには、十数人の警察関係者がいた。本部庁舎では一万人近い警察官や職員が働いている。誰もが顔見知りというわけではない。

エレベーターは低層用三基、中層用六基、高層用六基、人荷用二基、非常用二基の計十九基がある。使用するエレベーターが違えば、めったに他のセクションの者とは顔を合わせない。

風見は中層用エレベーターに乗り込んだ。

函《ケージ》は無人だった。

ケージの扉《とびら》が閉まると、風見は大きな欠伸《あくび》をした。昨夜は、ほんの一、二時間まどろんだだけだった。

智沙はベッドに身を横たえてから、風見の体をまさぐった。もう高校時代の先輩のことは頭から離れたというサインだったのだろう。

風見は寝た振りをして、智沙にのしかかったりしなかった。智沙が無理をしているように思えたからだ。

柔肌に接しながら、性衝動《リビドー》を抑《おさ》えることは辛《つら》かった。妙に頭の芯《しん》が冴《さ》え、容易に寝つけなかった。しかし、浅ましい真似《まね》はしたくない。風見はなんとか欲情を鎮《しず》めた。

「男の見栄ってやつだったかな」

風見は声に出して呟《つぶや》いた。

そのすぐあと、エレベーターが停まった。六階だった。ケージから出る。

六階には、刑事部長室、刑事総務課、捜査一課、組織犯罪対策部の刑事部屋、捜査一課長室がある。特命遊撃班の刑事部屋は、エレベーター・ホールから最も遠い場所にあった。給湯室の並びだった。

プレートは掲《かか》げられていない。

ドアにも室名は書かれていなかった。九階の記者室に詰めている新聞社やテレビ局の記者たちに覚《さと》られることを警戒しているわけだ。

風見は廊下を大股で進んだ。

出動指令が下されなければ、特命遊撃班の五人は特に職務はない。それでも原則として、平日は登庁することを義務づけられていた。特に登庁時刻は定められていなかったが、午前九時半までに小部屋に顔を出すメンバーが多い。

風見は特命遊撃班の刑事部屋に足を踏み入れた。

二十五畳ほどの広さだ。出入口の近くに四卓のスチール・デスクが据《す》えられ、正面の奥に班長席がある。その斜め前にソファ・セットが置かれていた。五人掛けだった。

予想した通り、成島班長や三人のメンバーはとうに登庁していた。

班長は自席に腰かけ、ヘッドフォンを使って、古典落語のカセット・テープを聴いている。いつもの情景だ。

成島班長は、チームが発足される前まで捜査一課の管理官だった。ノンキャリア組の出世頭であったことは間違いない。

捜査一課の参謀は理事官だ。その理事官の下に管理官がいるわけだが、たったの八人しかいない。捜査一課の課員数は三百五十人を超《こ》えている。優秀な者が少なくない。

管理官はエリートである。八人の管理官は、それぞれ各捜査係を束ねている指揮官だ。

成島は順調に出世してきたのだが、管理官時代に黙秘権を行使している連続殺人犯のふてぶてしい態度に腹を立て、思わず張り倒してしまった。その不始末で、事実上の降格になったわけだ。

しかし、当の本人は少しも意に介していない。むしろ昔のように現場捜査に携《たずさ》われることを喜び、妙に張り切っている。

神田で生まれ育った成島は江戸っ子そのものだ。粋《いき》を尊《たっと》び、野暮を嫌う。事実、いなせだった。出世や金銭欲に囚われることがなかった。気性はさっぱりとしている。

ただし、外見は冴《さ》えない。ブルドッグを想《おも》わせる顔立ちで、ずんぐりむっくりとした体形だ。短く刈り込んだ頭髪はかなり薄い。酔うと、きまってべらんめえ口調になる。

ひとしの遣《つか》い分けが間違っているが、そのことを決して認めようとはしない。その点は、呆《あき》れるほど頑固だ。

めったに部下を誉《ほ》めることはなかったが、肚《はら》の中は空っぽだった。親分肌で、なかなかの人情家である。ジャズと演歌をこよなく愛している変わり者だ。

妻は二年八カ月ほど前に病死した。現在の住まいは文京区本郷《ほんごう》三丁目にある。二十七歳の息子や二十五歳の娘と一緒に分譲マンションで暮らしている。

長男は予備校講師だ。長女はスタイリストである。

「よう、色男！　きょうも重役出勤だな」

成島がヘッドフォンを外して、いつものように軽口をたたいた。

「志《し》ん生《しょう》を聴《き》いてたんでしょ？」

「そう！　やっぱり、落語は古典に限らあ」

「班長、ちょっと一杯引っかけたんじゃないんですか？」

「冗談言っちゃいけねえよ。あたしゃ、公務員なんだ。朝っぱらから酒なんぞ引っかけねえよ」

「志ん生師匠の影響か」

風見は笑顔を返した。

「おっと、いけねえ。普段と口調が変わってたな。色男、眠そうな顔してるね。昨夜《ゆうべ》も例によって、尻軽女《しりがる》をホテルに連れ込んだようだな」

「清いデートをしただけですよ」

「嘘つけ！　お疲れだったら、早退《び》けしてもいいぞ」

成島が言って、ふたたびヘッドフォンで両耳を塞《ふさ》いだ。ソファに坐ってブラックジャックに興《きょう》じていた八神佳奈《やがみかな》と佐竹義和《さたけよしかず》が、ほぼ同時に目顔《めがお》で挨拶をした。

風見は二人に笑いかけ、自分の机に向かった。

もうひとりの仲間の岩尾健司《いわおけんじ》警部は自席で読書していた。読んでいるのは、ニーチェの哲学書だった。

風見は岩尾と短い挨拶を交わし、キャビンをくわえた。紫煙《しえん》をくゆらせつつ、ぼんやりと仲間たちを眺《なが》める。

八神佳奈は東大法学部出身で、国家公務員試験Ⅰ種合格者だ。つまり、警察官僚《キャリア》のひとりである。まだ二十七歳だが、早くも職階は警視だった。

地方の小さな所轄署ならば、署長に就《つ》ける階級である。佳奈は超エリートだが、少しも高慢ではない。常に謙虚で、気立てもよかった。飛び切りの美人だ。おまけに、セクシーだった。

佳奈は警察庁長官官房の総務課勤務のころに有資格者《キャリア》の上司の思い上がりを手厳しく咎《とが》め、警視庁捜査二課知能犯係に出向させられる羽目になった。彼女は出向先でも、理不尽な命令や指示には逆《さか》らいつづけた。

そんなことで、転属以来、厄介者《やっかいもの》扱いされていた。いじめの的《まと》にもされていたようだ。

班長の成島警視は、反骨精神の旺盛な人物を高く評価している。異端者を庇《かば》う気質でもあった。成島は、扱いにくい女性警視を特命遊撃班で引き取った。前例のない人事だった。

三十二歳の佐竹義和巡査部長も、成島に拾われた問題児だ。

かつて彼は、本庁警務部人事一課監察室の室員だった。要するに、元監察官だ。監察官たちは、警察官の不正や犯罪を摘発している。

彼らは警察庁の特別監察官と協力し合って、毎年五、六十人の悪徳警官を懲戒免職に追い込んでいた。

だが、その多くはマスコミでは報じられていない。事実を公《おおやけ》にしたら、威信を保てなくなる。警察の上層部がそう考えているからだ。

佐竹は監察官でありながら、特定の人物の犯罪に目をつぶってしまった。彼は、警察学校で同期だった所轄署風紀係刑事の不正を意図《いと》的に見逃した。監察官失格である。

同期の刑事は管内の性風俗店やストリップ劇場に手入れの情報を事前に教え、そのたびに数十万円の謝礼を受け取っていた。紛《まぎ》れもなく犯罪だし、裏切り行為だろう。

汚れた警察官の実父は、町工場を経営していた。だが、倒産寸前だったようだ。

佐竹は、つい情《じょう》に絆《ほだ》されてしまったのだろう。歪んだ友情を発揮したわけだ。しかし、罪は罪である。弁解の余地はない。

本来なら、間違いなく懲戒免職にされるのではないか。しかし、たまたま前年度はいつもよりも免職者の数が多かった。

そうした裏事情があって、佐竹は刑事総務課に預けられることになった。だが、ろくに仕事は与えられなかった。陰湿な見せしめだ。

成島警視が見かねて、佐竹を拾ってやったという噂は事実だろう。

別に佐竹は私腹を肥《こ》やしていたわけではない。班長は、まだ救いがあると判断したのではないか。

佐竹は細身だが、背が高い。大学時代はバスケットボール部の主力選手だったそうだ。

新宿区内にある単身用官舎で暮らしている。

未婚の警察官は原則として、待機寮と呼ばれている公務員住宅に入らなければならない。門限などがあって、快適な生活はできない。そんなことで、もっともらしい口実で民間の賃貸マンションに移る者が年ごとに増えているようだ。

風見も二十代の半《なか》ばに待機寮を出てから、ずっと中目黒の賃貸マンションで暮らしている。湯河原の実家には年に数回しか帰省《きせい》していない。

次男ということもあるが、価値観や性格がまるで異《こと》なる跡継ぎの兄と顔を合わせたくないのだ。兄とは気が合わないが、義姉とは何かと波長が合う。

兄は、そのことが面白くないのかもしれない。たまに顔を合わせると、必ず神経を逆撫《さかな》でするようなことを口にする。

佳奈も何年か前に国家公務員住宅を出て、港区内のマンションで生活していた。

美人警視は札幌の出身で、父親は老舗《しにせ》洋菓子メーカーの二代目社長だ。佳奈の兄は、父の会社で働いている。商才に長《た》けているようだが、彼女も実家の跡取りとは反《そ》りが合わない様子だ。

風見は短くなった煙草《たばこ》の火を灰皿の底で揉《も》み消した。ちょうどそのとき、岩尾が急に声をあげた。

「そうか、そうだったのか」

「岩尾さん、どうしたんです？」

風見は訊《き》いた。

「びっくりさせて、すまない！　ニーチェの明るいニヒリズムがいつ形づくられたのか長いことわからなかったんだが、この本を読んで謎が解《と》けたんだよ」

「そうなんですか」

「多分、ニーチェは虚無《きょむ》の先には絶望しかないと気づいて、崖っぷちで踏み留《とど》まることにしたんだろうな。生を全面的に否定するのは、ちょっと人間として辛いからね」

「形而上学的《けいじじょうがく》なことを考えるのは、どうも苦手だな。考えれば考えるほど、わけがわからなくなってくるんでね」

「だから、哲学は面白いんだよ。きみも、この本を読んでみないか。あと数十頁《ページ》で読み終えるんだ」

「せっかくだけど、遠慮しておきます。女流作家のリアルな官能小説なら、読んでもいいけど……」

「あいにく、その種の本は一冊も持ってないんだよ。悪いね」

岩尾が真顔《まがお》で応じ、ふたたび分厚い本に視線を落とした。風見は吹き出しそうになった。

四十六歳の岩尾は二年八カ月前まで、本庁公安部外事一課に籍を置いていた。公安刑事としては、だいぶ有能だったようだ。岩尾は三十代のとき、ロシア漁業公団の下級船員を装った大物スパイを根室《ねむろ》市内で検挙した。大手柄だろう。

だが、後がいけない。岩尾はロシアの美人工作員ナターシャの色仕掛《ハニー・トラップ》けに嵌《は》まり、捜査情報を漏《も》らしてしまった。取り返しのつかない失点だ。

彼は本庁捜査三課のスリ係に飛ばされた。明らかに厭がらせの左遷《させん》である。上層部は、岩尾が自発的に依願退職すると考えていたにちがいない。

しかし、岩尾は辞表を書かなかった。死んだような表情で、淡々とルーチン・ワークをこなしていたらしい。成島は岩尾をスリ係で終わらせるのは惜《お》しいと考え、自分の部下にしたと聞いている。

岩尾は美人スパイとの一件を妻に勘づかれて、我が家から叩き出されてしまった。ビジネスホテルやウィークリー・マンションを転々と泊まり歩いていたことから、口さがない連中は岩尾のことをホームレス刑事《デカ》と呼んでいた。

風見がチーム入りした八カ月前、岩尾の表情はひどく暗かった。ただでさえ学者めいた風貌で近寄りがたい印象を与える。ロシアの女スパイに騙《だま》され、人間不信の念を拭えなかったのだろう。

風見の挨拶にも、実に素っ気なく応《こた》えた。てっきり岩尾は人間嫌いだと思い込んでしまったが、後に単なる社交下手だったことがわかった。

そもそも岩尾は、人見知りするタイプだという。自分から他人に話しかけることはできないらしい。打ち解けてみれば、好人物だった。

公安関係の刑事の多くは抜け目がなく、猜疑心《さいぎしん》が強い。だが、岩尾にそうした面はなかった。

岩尾夫妻は別居生活を重ねていたが、去年の十月によりを戻した。ひとり娘が父母に離婚する意思がないことを感じ取り、わざと無断外泊したのである。

岩尾夫妻は慌《あわ》てふためき、力を合わせて娘の行方を追った。ひとり娘は父方の伯母宅に身を寄せていた。夫婦は娘の仕組んだ芝居にまんまと引っかかり、元の鞘《さや》に収まった次第だ。いま岩尾は自宅で、妻子とにこやかに暮らしている。

「なんかお疲れみたいですね」

カード・ゲームを切り上げた佳奈が歩み寄ってきた。

「どっちが勝ったんだ、ドボンは？」

「もちろん、わたしです。佐竹さんには博才がありませんから」

「佐竹から二、三万せしめたんだな？」

「お金なんか賭けてませんよ。わたしたちは一応、現職の警察官ですからね」

「優等生なんだな、やっぱり八神は。ま、無理もないか、東大出だからな」

「そういう偏見は子供っぽいんじゃありません？　チーム仲間から小遣いを毟《むし》るわけにはいかないでしょ？　本当はそういうことですよ」

「そうか。八神も少しおれの色に染まりはじめたな。いい傾向だ」

風見は頬を緩《ゆる》めた。

「どういう意味なのかしら？」

「ちょいと屈折した優しさは悪くないよ。もろに八神が善人ぶったら、おれは赤い糸を切っちまうぞ。これ見よがしの優しさを示す人間は、男も女も偽善者に決まってる」

「その話は、もう何度も聞きました。真に優しい人間は露悪趣味があって、絶対に善《い》い人ぶったりしない。そうでしたね？」

「そうだよ。それから知性派ぶってる奴らもエセ紳士だな。騎士《ナイト》は照れ隠しに軽薄ぶったり、チャラチャラしてるもんなんだよ」

「たとえば、風見さんのように?」

「シニカルな笑みを見せながら、そういうことを言うなよ。だから、東大出の女はみんなに嫌われるんだ」

「みんなって、誰と誰のことなんです?」

佳奈が挑《いど》むような口調で問いかけてきた。

「理屈っぽい女だな。みんなは、みんなさ。朝から面倒臭《くせ》えこと言うなって」

「今朝《けさ》は機嫌がよくないのね。きのうの晩、根上智沙さんと痴話喧嘩でもしちゃいました?」

「八神、おれを尾《つ》けてたのか!?」

「変なこと言わないでくださいよ。なぜ、わたしが風見さんの私生活を探らなきゃいけないんです?」

「それは、おれが気になる男だからさ」

「相変わらず、うぬぼれが強いんですね。風見さんとはよくペアを組んでるから、頼りになる相棒だとは思ってますよ。だけど、それ以上でも以下でもありません」

「キャリアの自尊心が邪魔して、ノンキャリアのおれに惚れてるとは言いにくいか? そうなんだろうな」

「風見さんは長生きすると思います。それはそうと、わたしの質問にちゃんと答えてほしいな。どこかでワンナイト・ラブを娯《たの》しんで、根上智沙さんを怒らせたんでしょ？」

「そこまで女癖は悪くないよ。先月の二十八日の朝に代々木公園で切断遺体が発見されたよな？」

「ええ」

「被害者は、彼女の高校時代の一年先輩だったんだよ。そんな話を聞いたんで、明け方近くまで弔い酒を一緒に飲《や》ってたんだ」

「そうだったんですか」

「眠気醒《ざ》ましに濃いコーヒーを飲むか。八神、コーヒーを淹《い》れてくれないか」

風見は言って、また煙草に火を点けた。

3

班長席の警察電話が鳴った。

正午過ぎだった。成島班長が受話器を掴み上げた。たるんだ頰が引き締まった。

「出動の要請っぽいな」

風見は、隣席の佳奈に小声で話しかけた。

「ええ、そうみたいですね。多分、電話をかけてきたのは刑事部長の桐野《きりの》警視長なんでしょう」

「そうなら、ビデオ・ジャーナリスト殺しの支援捜査指令だろうな」

「ええ。風見さん、根上智沙さんのためにも早く犯人《ホシ》を突き止めてあげましょうよ」

「おれは捜査に個人感情は挟まない」

「カッコつけちゃって。本当は違反捜査を重ねても、智沙さんの高校時代の先輩を惨《むご》い殺し方をした加害者を取っ捕まえたいと思ってるんでしょ？　わたし、わかりますよ」

「そうか。八神は、おれに関心があるから心が読めるわけだ？」

「話を飛躍させないでほしいな。八カ月もコンビで聞き込みや尾行をしてきたんで、相棒の気持ちが少しわかるようになっただけです。風見さんを特別な男性と意識したことなんてありませんよ」

佳奈が苦笑した。

「それが事実なら、若くして死んだ昔の彼氏の残像がまだ消えてないんだな。おれたちは気が合うんだから、一遍《いっぺん》、寝てみるか。体も合いそうだからさ」

「その下品なジョーク、もう聞き飽きたわ。それに風見さんは目下、根上智沙さんに夢中なんでしょ？」

「ああ、いまはな。しかし、男と女のことは先が読めないもんだ。いつか彼女とは別れることになるかもしれないわけだから、スペアは確保しておかないとな」

「不誠実だわ。智沙さんに対しても、わたしにも失礼ですっ」

「まだ八神はガキだな。冗談だよ」

「でも、半分はそう思ってるんでしょ？」

「いや、四分の一ぐらいかな」

風見は釣られて本音を洩《も》らしてしまった。佳奈が風見を甘く睨《にら》み、ぶっ真似をした。

「二人はそうやって、よくじゃれ合ってますよね。基本的には仲がいいんだろうな」

斜め前の席に坐った佐竹がパソコンのディスプレイを見ながら、どちらにともなく言った。風見は佳奈よりも先に口を切った。

「おれと八神は赤い糸で結ばれてるんだ。八神にも、糸ははっきりと見えてるはずなんだが、東大出の女は妙にプライドが高いからな」

「赤い糸なんか、まったく見えてません！」

「八神、照れるなって」

「わたし、ちっとも照れてませんよ。それに前にも言いましたけど、出身大学でおかしな先入観を持つのはやめてほしいな。確かに高飛車な女性はいますけど、卒業した学校は関係ないはずです」

「無関係でもないんだよ。超名門大学を出た女は、どうしてもプライドが高くなる傾向があるからな」

「だからって、みんながそうだとは限りません」

すかさず佳奈が反論した。佐竹が困惑顔になって、曖昧《あいまい》に笑った。

「おたくたちの遣り取りは、まるで若い夫婦みたいだね」

岩尾が佳奈に目を向けながら、ぼそっと言った。

「そんなふうに見られるのは、ちょっと迷惑です。わたし、女性にだらしない男の人は敬遠したいと思ってるんですから」

「八神は誤解してるな。おれは女にだらしがないわけじゃない。ただ、恋愛に対してひたむきなだけだよ。要するに、恋愛至上主義者なのさ」

「物も言いようですね」

「おい、嘲笑することはないだろうが。でも、八神の拗《す》ねた顔も悪くないよ。ちょっと父性本能をくすぐられるね」

「そういうことは根上智沙さんと別れてから言うもんじゃありません？」

「ジェラシーか。やっぱり、おれは気になる男なんだ？」

「風見さん、能天気すぎますっ」

佳奈が横を向いた。岩尾が、さもおかしそうに笑った。かたわらの佐竹も歯を見せた。

そのとき、成島が受話器をフックに戻した。

「班長、出動指令が下ったんですね？」

風見は問いかけた。

「ああ、そうだ。一月二十八日の朝、代々木公園で切断された女性の遺体が見つかったよな？」

「ええ。被害者はフリーのビデオ・ジャーナリストの深町芽衣、二十七歳だった」

「風見君、よく憶《おぼ》えてるな。殺された女性をナンパしたことがあるのか？」

「実は、被害者は知り合いの女性の高校時代の一年先輩だったんですよ。そのことは、きのう、わかったんです」

「知り合いの女性というのは？」

成島班長が訊《き》いた。風見は、根上智沙と交際していることを明かした。

「そうだったのか。手が早いな。いろんな女性を口説《くど》きまくってると、そのうちモテない男たちに袋叩きにされるぞ。それはそうと、すぐに打ち揃って刑事部長室に行こう」

成島が机から離れた。風見たち四人は、成島班長に倣《なら》った。

五人は団子状になって特命遊撃班の小部屋を出て、同じ階にある刑事部長室に急いだ。

ほどなく目的の部屋に達した。

五人は次々に入室した。桐野徹《とおる》刑事部長は、十人掛けのソファ・セットの横で待ち受けていた。まだ五十六だが、髪はロマンス・グレイだった。

刑事部長は、国家公務員試験Ⅱ種を通った準キャリアである。一種有資格者に次ぐエリートだが、〝準キャリ〟の数はずっと少ない。むろん、一般警察官《ノンキャリア》たちより数倍も早く昇進する。

「取りあえず坐ろうじゃないか」

桐野が窓を背にして、深々としたソファに腰を落とした。

風見たち五人は刑事部長と向かい合う形で、横一列に坐った。成島班長は桐野の真ん前のソファに腰を沈めた。いつも通りだった。

「後で捜査資料によく目を通してから支援捜査に取りかかってもらいたいが、最初に第九係の十一人がきょうから追加投入されたことを教えておく」

桐野が成島に告げた。

「一期の捜査を担当した十一名と併《あわ》せて正規のメンバーは二十二人か」

「そうなるね。代々木署生活安全課の若手が庶務班のサポートをしてくれてるが、刑事課の連中はおのおの持ち場に戻った。捜査本部の正規《チョウバ》メンバーは本庁《うち》の二十二人だけだ」

「第一期の捜査では、深町芽衣が殺害された場所も特定できなかったということでしたよね？」

「そうなんだよ。被害者の自宅マンションが殺害現場ではないことは確かだ。一月二十八日の夕方以降、深町宅は静まり返ってたという複数の証言があるからね。それから、部屋にも被害者の血痕はまったくなかった」

「浴室からもルミノール反応は出なかったんですね？」

成島が確かめた。

「そうなんだ。トイレやベランダからもルミノール反応は出なかった」

「凶器班は、電動鋸を販売してる量販店や金物店のチェックは済んだんでしょう？」

「もちろん、それはやったそうだ。だが、購入者に身分証明書を呈示させてから電動鋸を販売してるわけじゃないから、その線から加害者を割り出すのは難しいね」

「そうだろうな。鑑識班は遺体の切断面から、鋸歯の半径を推定したんでしょ？」

「半径十二、三センチの小型電動鋸が犯行に使われたのではないかと推定したそうだ。大工やリフォーム業者たち建築関係者は、主に直径二十五センチ以上の鋸歯《きょし》がセットされた電動鋸を用いてるらしいんだよ。建築業に携わったことがある人間なのか、素人なのかは判断がつかないね」

「そうだな。日曜大工の店で売ってる電動鋸は、誰でも簡単に操《あやつ》れるんだろうか」

「どうなのかね」

桐野が唸《うな》った。

すると、岩尾が口を挟んだ。

「わたし、何年か前に小型電動鋸を買って犬小屋を造ったことがあるんですが、すぐに使えるようになりましたよ」

「そう」

成島が応じた。

「ただ、意外にモーター音が高く響くんですよね。ですから、住宅密集地では犯人《ホシ》は被害者の体を切断してないと思います」

「民家の少ない場所にある工場とか倉庫に加害者は深町芽衣を誘い込んで、壁際まで追い詰めたんだろうな」

「ええ、そうなんでしょう。被害者は回転する鋸歯が迫ってきたんで、とっさに利き腕を突き出してしまったんではありませんかね？」

「そうなんだろうな。そのときに右手の指を三本切り落とされ、激痛に耐えられなくなって倒れ込んだ。犯人は被害者に近づいて、非情にも胴体を真っ二つに切断した。おそらく、犯行の手順はそうだったんだろうな。惨《むご》いことをしやがる」

「ええ、犯行が残虐ですよね。犯人は、よっぽど被害者に憎しみを感じてたんでしょう」

「岩尾君、ところが、聞き込みをどんなに重ねても被害者を憎んだり恨んでる人間は周辺にはいなかったらしいんだ」

桐野警視長が言った。

「そういうことなら、性的異常者の犯行《ヤマ》だったんではないでしょうか」

「わたしも一瞬、そう思ったんだよ。しかし、惨殺されたビデオ・ジャーナリストは犯されていなかった」

「そうみたいですね。しかし、穿いていたショーツを脱がされて、それを口の中に押し込まれてたんでしょ?」

「そうなんだよ。犯人は性的には変質者だったが、男性機能は働かない体だったんだろうか」

「どうなんですかね。風見君は、どう思う?」

岩尾が意見を求めてきた。

「そうなのかもしれないな。まともな人間は、生きてる女性の胴体を切断するなんて考えもしないだろうから。パンティーを被害者の口の中に押し込んだのは、性的にアブノーマルな面があったからなんでしょう。しかし、悲しいことにエレクトはしない。それで歪んだ形で、性的欲望を満足させたんじゃないのかな」

「風見さん、ちょっといいですか？」

佐竹が発言したがった。

「異論があるようだな。遠慮なく喋ってくれよ」

「はい。風見さんが言ったような男が犯人なら、きっと性的ないたずらをしたと思うんですよ。ですが、下半身には何も悪さはしてないんでしょ？　たとえば、性器に異物を挿入してたとか……」

「理事官が届けてくれた捜査資料には、そういった記述は一行も書かれてなかったね」

刑事部長が言った。

「そうですか。自分は、そのことがどうも不自然に思えるんですよ。性的異常者なら、ペニスを挿入できなくても、局部をいじったり、棒状の物を突っ込んだりしたんじゃないかな」

「佐竹さん、もう少しソフトな表現をしてもらえる？　わたしは、まだシングルなんで……」

佳奈が注文をつけた。

「あっ、ちょっとストレートすぎたな。気をつけるよ」

「よろしく！」

「八神警視は、お嬢だからな。下品な言い方は慎んでやれよ」

成島が言って、すぐに肩を竦《すく》めた。

「班長、お嬢という呼び方はもうしないという約束をしましたよね？」

「八神、怒らないでくれ。忘れたわけじゃないんだが、ついうっかりしてしまってな」

「わかりました。それはそうと、わたしの推測を述べさせてもらいますね」

「どう筋を読んだのかな？」

「風見さんや佐竹さんは、イッちゃってる危ない男が犯行を踏んだと読んだようですが、わたしは猟奇的な手口は捜査の目を眩《くら》ませる偽装工作かもしれないと考えてるんです」

佳奈が言った。

「先をつづけてくれないか」

「はい。被害者は口の中にショーツを突っ込まれていましたが、体は穢《けが》されていません。そのことから、加害者は女だった可能性もあると考えてるんですよ」

「女が犯人《ホシ》ではないかって!?」

成島が声を裏返らせた。桐野刑事部長も、意表を衝《つ》かれたような表情になっていた。佐竹と岩尾は顔を見合わせた。

風見は沈黙を守っていたが、内心では驚いていた。残忍で猟奇色の濃い殺人事件の加害者は端《はな》から男だと思い込んでいた。

「犯人は、実は女性だったのかもしれませんよ。男性の仕業《しわざ》と見せかけることが狙いで、丸めた下着を被害者の口の中に押し入れたんじゃないのかしら？　男性なら、被害者の下腹部に何か悪さをしたような気がするんです」

「八神、それだけで女の犯行《ヤマ》と推測するには少し根拠が稀薄なんじゃないか？」

「風見さんにそう思われても仕方がないのかもしれません。しかし、大型の電動鋸じゃなかったら、少し力のある女性は扱えるんじゃないのかな」

「それは可能かもしれないが、女が同性の体を電動鋸で真っ二つに切断するなんてことは考えられない」

「女擦《ず》れしてる割には、ロマンチストなんですね。案外、女は残忍なんですよ。相手に強い憎しみや殺意を懐《いだ》いてたら、体を切り刻むことぐらい平気でやると思います」

「女は怕《こわ》いね。しかし、こっちの知り合いの女性の話では深町芽衣は誰からも好かれてたらしいんだよ。同性の誰かに強く恨《うら》まれてたとは思えないな」

「そうなんですか」

「おれは、やっぱり性的異常者の犯行だと思うね」

風見は言葉をいったん切って、桐野に顔を向けた。

「初動捜査と八係の調べで、性的異常者は捜査線上に浮かび上がってこなかったんですか?」

「ひとり浮上したことはしたらしいんだ。その男は宇野岳人《うのがくと》という名で、三十四だったかな」

「そいつは、過去に性犯罪を起こしたことがあるんですね?」

「ああ。十九の春に準強姦罪で少年刑務所に入れられて、二十六歳のときに強姦罪で三年数カ月服役してる。強姦罪で逮捕されたときは被害者のショーツを脱がせて、口の中に突っ込んでレイプしたんだよ」

「それなら、手口に本部事件と類似性があるな。宇野という奴の事件当夜のアリバイは?」

「一月二十八日の午前二時半ごろ、宇野は代々木公園の近くで複数の者に目撃されてるんだ」

「それでしたら、宇野岳人が別の場所でビデオ・ジャーナリストを電動鋸で切断して、その後、遺体を代々木公園内に棄てたのかもしれませんよ」

「代々木署と本庁《うち》の八係はそう睨《にら》んで、真っ先に宇野岳人をマークしたんだ。しかし、深町芽衣の死亡推定時刻の午前零時から同二時の間は、代々木公園近くで下水道の配管工事に従事してたんだよ。それで、現場監督を含めて四人の作業員仲間が宇野のアリバイを証明したという話だったな。それで、捜査本部は宇野は事件には関与してないと判断したんだそうだよ」

「そうなんですか。刑事部長、宇野は凶暴な男だったんじゃありませんか？」

「そうだとしたら、どうだというんだね？」

「荒っぽい前科持ちなら、作業員仲間たちを威《おど》して、アリバイを偽証させたとも考えられるでしょ？」

「そうか、そうだね。しかし、宇野は並外れた性欲の持ち主のようだが、おとなしいタイプだというんだよ。配管工になって四年ほど経つらしいんだが、現場監督には一度も口答えしたことはないそうだ。それから、同僚たちと揉め事を起こしたこともないらしい」

「そうなら、シロなのかな。殺害された深町芽衣には、松宮雄輔という彼氏がいたらしいんですよね。その若手翻訳家にも捜査本部は聞き込みを重ねたんでしょ？」

「本庁《うち》の機捜初動班と代々木署刑事課の面々が捜査本部《チョウバ》が立つ前に被害者の恋人には二度ずつ会ったらしい。それから捜査本部に出張った本庁《ここ》の殺人犯第八係の連中が、改めて松宮という翻訳家のとこに聞き込みに行ってる。しかし、有力な手がかりは得られなかったんだ」

「そうですか。被害者の身内、知人、友人、仕事関係者からも当然、事情聴取はしたでしょうね？」

「地取りにも鑑取《かんど》りにも手抜かりはないはずだよ。それなのに、結局、第一期では容疑者さえ割り出せなかった。追加投入した第九係の連中が頑張ってはくれるだろうが、正直なところ、少し心許《こころもと》ないんだ」

「そんなことで、特命遊撃班《うち》に出動指令が下ったんだよ」

成島班長が桐野に代わって言った。

「そうですか」

「成《なる》さんのチームには、これまでに十件ほど難事件に片をつけてもらった。きみらは〝黒《くろ》衣《ご》〟だから、事件を解決に導いても自分らの手柄にならない。いろいろ不満はあるだろうが、警視総監とわたしは心から五人に感謝してるんだ」

「そう言ってもらえると、励みになるな」

「みんな、もう少し待ってくれ。特命遊撃班は、いまに必ず正規の特殊チームに格上げする。約束するよ」

「桐野警視長、あんまり無理をしないでください。はみ出し者の寄せ集めチームも気楽で悪くないですから」

「そうだろうがね。そのうち約束は絶対に果たすよ。理事官が揃えてくれた五人分の捜査資料を渡そう」

桐野がソファから立ち上がり、自分の両袖机に歩を運んだ。

風見は背凭《せもた》れに上体を預けた。

4

惨《むご》たらしい。

風見は、鑑識写真から目を背《そむ》けたくなった。

被害者の顔は苦しげに歪んでいる。傷がないことが唯一の救いだ。

殺害された深町芽衣は個性的な美人だった。彫《ほ》りが深い。

風見は刑事部長室から特命遊撃班の刑事部屋に戻るなり、まず自席で捜査資料ファイルに挟まれていた十数葉《よう》の鑑識写真を抜き出した。

二つに切り離された遺体は、太い常緑樹の根方《ねかた》近くに遺棄されていた。衣服は鮮血を吸って、ところどころ変色している。

切断遺体の下の血溜《だ》まりは、想像していたよりも小さい。

殺害現場からビニール袋に入れて代々木公園に運ぶまでの間に、切断面の血はほぼ凝固したのか。そうではなく、加害者は血糊が固まってから被害者の上半身と下半身を別々にポリエチレン袋かビニール袋に入れたのだろうか。

風見は鑑識写真の束《たば》を机の上に置き、事件調書をじっくりと読みはじめた。

切断遺体を発見したのは、代々木公園のそばにある分譲マンションに住む元貿易商の七十八歳の男性だった。発見者は、ただちに携帯電話で一一〇番通報した。その時刻は一月二十八日の午前六時二十三分だった。

通報者は毎朝、代々木公園内を散策している。初めはマネキン人形が打ち捨てられていると思い、いったん発見現場を通り過ぎたらしい。だが、なんとなく気になって引き返したと調書に記述されている。

警視庁機動捜査隊初動班と代々木署刑事課の捜査員がただちに臨場《りんじょう》した。少し遅れて本庁鑑識課検視官室の主任検視官が若い心得を伴《ともな》い、遺棄現場に駆けつけた。

切断遺体の棄てられた周辺には、二十六センチの靴跡があった。犯人の足跡と思われるが、大量生産されている男物の紐靴《ひもぐつ》と判明した。しかし、その靴から加害者を割り出すことはできなかった。

初動捜査の聞き込みで、一月二十八日の午前二時半ごろに代々木公園の外周路付近で配管工の宇野岳人が三人の男女に目撃されていることが明らかになった。本庁の初動班は、すぐさま宇野の犯歴照会をした。いわゆるA号照会だ。

宇野は過去に二度、性犯罪事件を引き起こしている。しかも二度目の強姦事件の被害者の口の中にパンティーを突っ込んでいた。手口が似ていることもあって、代々木署は宇野を任意で連行した。

宇野は午前二時半ごろに代々木公園の外周路の暗がりで立ち小便をしただけで、遺体を切断した覚えはないと言い張った。彼の事情聴取が終わる前に、東大法医学教室から司法解剖の所見が伝えられた。

被害者の死亡推定時間帯には、宇野は代々木公園の近くで下水管の取り替え作業に従事していたことが判明した。その翌日、所轄署に捜査本部が設置され、本庁の殺人犯捜査第八係の十一人が詰めることになった。

捜査本部は宇野の犯歴に拘《こだわ》り、作業員仲間にアリバイを偽証させたのではないかという疑いを捨てきれなかった。

捜査員は、証言者と宇野との日頃の関わり方や力関係を改めて調べ直した。その結果、宇野の供述に偽りはないという結論に達した。

捜査本部の捜査班は杉並区高円寺《こうえんじ》にある深町芽衣の自宅マンションの部屋をくまなく検《しら》べたが、事件を解く手がかりは得られなかった。静岡県清水《しみず》市にある被害者の実家にも捜査員は出向いた。だが、収穫はなかった。

別班は、被害者の交際相手だった松宮雄輔の自宅アパートを二度も訪ねた。事件当夜、被害者の恋人は自分の部屋でアメリカ人作家のサイコ・サスペンスの翻訳にいそしんでいたと供述している。

第三者が松宮のアリバイを完璧には立証できなかったが、自宅アパートの居住者たちが部屋の電灯は点いていたと口を揃えた。また、出版社の担当編集者は締め切りが迫っていたと証言している。若手翻訳家は体の割には足が小さく、二十五センチの靴を履《は》いていることも明らかになった。

十日ほど前に松宮が後追い自殺を図った事実も裏付けられた。そんなことで、被害者の恋人は捜査対象者から完全に外された。松宮の話によると、被害者が誰かとトラブルを起こした様子はまったくうかがえなかったらしい。二人の仲もうまくいっていたという。芽衣は交際しはじめた三年前から、自分の仕事に関することを松宮にあまり語ることはなかったようだ。

捜査本部は、被害者の一月二十七日の足取りを調べ直した。美人ビデオ・ジャーナリストは正午過ぎに自宅アパートを出た後、消息を絶っている。出入りしていた民放各局、ケーブル・テレビ局、通信社などには立ち寄っていない。友人や知人とも会っていなかった。

芽衣は金品は盗られていないようだが、いつも持ち歩いていた茶色いショルダーバッグは見つかっていない。殺害現場の周辺に打ち捨てられているのか。あるいは、殺人者が革《かわ》のショルダーバッグを持ち去ったのだろうか。

風見は捜査資料を読み終えると、キャビンに火を点けた。二口《ふたくち》ほど喫《す》いつけたとき、隣に坐った佳奈が動物じみた唸《うな》り声をあげた。

「八神、どうした?」

風見は声をかけた。

「本件の犯人は絶対に赦《ゆる》せないわ。どんな動機があったにしても、人間を材木みたいに電動鋸で切断するなんてクレージーですよ。人間じゃありません」

「そうだな。冷血なサディストなんだろう。八神、捜査資料を読み終えても、まだ女の犯行かもしれないと思ってるのか？」

「わからなくなってきました。わたしの推測は外れてるのかもしれないな。でも、犯人は被害者を辱《はずかし》めていないですよね。そのことを考えると、やはり加害者は女なんじゃないかという気もするんですよ」

「おれは、宇野岳人を洗い直すべきだと思うね」

「お言葉を返すようですけど、事件調書を読むと、宇野はシロだと考えられます。性犯罪の加害者の累犯率がきわめて高いことは知ってますけど、宇野を色眼鏡《いろめがね》で見ることはよくないと思うな」

「別に色眼鏡で見てるわけじゃない。宇野が代々木公園の外周路付近で、一月二十八日の午前二時半ごろに立ち小便をしてることが少し不自然に思えるんだよ」

「どういうことなのかしら？」

「立ち小便をする場合、たいがいの男は裏通りか路地裏を選ぶ」

「そうなんですか。わたしは女ですんで、よくわかりません」

佳奈が少し恥じらいながら、早口で言った。

「だろうな。広い道で立ち小便をする奴は少ないはずだよ。ひょっとしたら、宇野は人の気配《けはい》を感じ取って、とっさに立ち小便をする振りをしただけなのかもしれないな」

「風見さんは、宇野岳人が切断した遺体を公園に棄てた直後に外周路で人の気配を感じ取ったのではないかと……」

「そうだったのかもしれないぜ」

「でも、現場監督や配管工仲間が宇野のアリバイを証言してるんですよ。おとなしい性格の宇野が作業員たちを威嚇《いかく》して、口裏を合わせることを強《し》いたとは考えにくいでしょ？」

「八係の連中は聞き込みの結果をそう記してるが、それが事実なのかどうか」

「本当は宇野が荒っぽい男で、現場監督や配管工仲間たちに凄《すご》んで偽証させたんではないかと思ってるんですか？」

「そうしたのかどうかはわからないが、宇野は灰色っぽいな」

「だけど、二人に接点があったとは書かれてませんよね？　仮に宇野が被害者を殺害したとしたら、動機は何なんです？」

「宇野は配管工事中に通りかかった深町芽衣を見かけて、邪《よこしま》な欲情に駆られた。それで被害者を尾《つ》けて、高円寺の自宅マンションを突き止めた。そして深夜、芽衣の部屋に忍び込もうとして、見つかってしまった」

「そうなのかな？」

「八神、最後まで喋らせろよ。宇野は、芽衣にまともに顔を見られてしまった。警察に通報されたら、性犯罪の前科のある宇野はいずれ割り出されてしまうという強迫観念を拭えなかった」

「だから、宇野岳人はビデオ・ジャーナリストの口を塞《ふさ》いでしまおうと思った？」

「そう筋を読めないか？」

「だとしたら、宇野は深町芽衣を殺害する前に……」

「姦《や》ってたはずと言いたいんだな？」

「風見さん、別の表現をしてくださいよ。わたし、即物的な言い方をされると、うろたえてしまいますんで」

「小娘みたいなことを言うなって。死んだ彼氏とは数え切れないほどセックスしたんだろうが」

「それ、もろにセクハラですっ」

「目くじら立てんなって。四捨五入すれば、そっちも三十なんだから」

「まだ三十路《みそじ》になるまで何年もあります」

「二年ちょっとだろうが。そんなことは、どうでもいい。宇野は被害者をレイプしたい気持ちはあったんだと思うよ。しかし、犯したら、足がつくかもしれない。そう考え、ブレーキをかけたんだろう」

「そこまで推理を飛躍させちゃうのは、どうなんですかね。根拠らしいものは特にないわけでしょ？」

「まあな」

「科学捜査時代なんですよ」

「そうだが、科学捜査は万能じゃない。ＤＮＡ情報の入力ミスで、とんでもない鑑定結果が出て誤認逮捕した事例があるじゃないか。それも一例や二例じゃない」

「そのことは知ってます。けれど、刑事の勘に頼りすぎるのはちょっと問題だと思いますね」

「八神も言うようになったな」

「生意気だったでしょうか？」

「ああ、ちょっとな。しかし、おれは怒らないよ」

「なぜですか？」

「半分は八神の言った通りだと思ってるからさ。でもな、おれは宇野岳人を特命遊《う》撃《ち》班で洗い直したほうがいいと考えてる」

風見は言った。佳奈が一拍置いてから、岩尾に問いかけた。

「どう思われます？」

「わたしは公安刑事を長くやってたんで、殺人捜査のことはよくわからないんだよね。風見君の言ったことが正しいのかどうかは判断つかないけど、今回の事件の犯人は何か心に闇を抱えてるんじゃないのかな。なんとなくそんな気がするんだ」

「心に闇を抱えてるですか……」

「具体的なことは言えないんだが、加害者は何か心的外傷《トラウマ》にさいなまれながら、必死に生きてきたんじゃないだろうか。それから、基本的には他者を信じてないというか、常に距離を感じてるんだろうな」

「ということは、孤独な人間なんでしょうね？」

「そういうことになるんだろうな。人間嫌いというのか、他人と本気でわかり合いたいとは思ってないんじゃないのかね？　それだから、生きている女性を平気で電動鋸で真っ二つに切断できたんだと思うよ」

「そうなんでしょうか」

「捜査資料を読んだ限りでは、深町芽衣の私生活上のトラブルや心配事はなかったようだから、仕事面での揉め事があったのかどうか探るべきなんじゃないのかな」

岩尾が口を閉じた。風見は佐竹に顔を向けた。

「そっちは、今回の事件《ヤマ》をどう見てる？」

「どう考えても、異常者の犯行《ヤマ》でしょ？　死体を切断したんじゃなく、犯人はまだ生きてる人間を電動鋸で真っ二つにしちゃったんです。正常な人間だったら、そんな残酷なことはできないはずですよ」

「だろうな。そう考えると、やっぱり宇野岳人のことが気になってくるね」

「自分も、宇野はちょっと怪しいと思います。だけど、宇野が犯人《タマ》だとしたら、被害者を犯してから殺害するはずです。準強姦罪と強姦罪で逮捕《パク》られた男は力ずくで女性をレイプすることに異常なほど性的興奮を覚えるんでしょうから、劣情を抑えられなくなるんじゃないのかな？　そう考えると、宇野はクロじゃないような気もするんですよね」

「そうか」

「班長はどんなふうに筋を読んでるんです？」

佐竹が椅子を半分ほど回し、成島に訊《たず》ねた。

成島が自席から離れ、部下たちに近づいてきた。

「風見君が宇野岳人を灰色と思ってるんだったら、八神と一緒に配管工を調べ直してくれないか」

「ええ、そうします」

風見は快諾《かいだく》した。

「わたしは、被害者の深町芽衣はビデオ取材中に何か悪事に気づいたんじゃないかと推測したんだよ」

「しかし、これまでの聞き込みでは被害者が仕事上で犯罪に巻き込まれたとか、悪事を知ったという話はまったく出てきてません」

「そうだね。しかし、フリーのビデオ・ジャーナリストが高く売れるようなニュース種《だね》を掴んでも、それをテレビ局や通信社に話すかな？　そんなことをしたら、特種を横奪《ど》りされかねない。同業のビデオ・ジャーナリストや週刊誌記者なんかにも黙ってるはずだよ」

「でしょうね。おいしい種《ネタ》を放映前に教えてやったら、飯の喰《く》い上げになる」

「ああ、そうだよな。深町芽衣は特種をキャッチしながら、それを仕事関係者はもとより、彼氏の松宮雄輔にも黙ってたんじゃないのかね？」

「そうかもしれないな。被害者は誰かの犯罪か陰謀の確証を押さえたくて、密かにビデオ取材をしてた。しかし、それを相手に覚《さと》られてしまって、始末されることになったんですかね？」

「わたしの推測にも風見君と同じで、何か根拠があるわけじゃないんだ。ま、第六感だね」

「成島さんは捜査畑を長く踏んできたわけだから、勘が大きく外れることはないだろうな」

「いや、大外れかもしれんぞ」

「そんなことはないでしょ？　班長の勘を無視するわけじゃありませんが、一応、おれたちコンビは宇野岳人のことを洗い直させてもらいます」

「ああ、そうしてくれ。岩尾・佐竹班には、被害者の仕事関係者に会いに行ってもらおうか」

「わかりました」

岩尾が即座に応じた。

「聞き込みに行く前に、四人でちょっと代々木署の捜査本部に顔を出してくれないか。うちのチームは警視総監の直属だが、まだ非公式組織だからね」

「いつものように一応、仁義を切っておきますよ」

「頼む。八係の日高《ひだか》係長は大人だから、露骨には迷惑顔はしないと思うよ。しかし、きょうから追加投入された九係を率いてる玉置《たまき》係長は鼻柱が強いから、助っ人要員がしゃしゃり出るなと厭味《いやみ》を言いそうだな」

「でしょうね」

「あんまり邪魔者扱いするようだったら、理事官に苦言を呈しておく。特命遊撃《うち》班の捜査妨害をするようだったら、九係を本庁《こっち》に引き揚げさせて、七係を改めて代々木署に送り込んでもらうよ」

「玉置の奴がでかい面《つら》するようだったら、おれがあいつをトイレに連れ込んで、便器の水をたっぷり飲ませてやりますよ」

風見は岩尾を手で制して、成島班長に言った。

「そんなことをしたら、捜査本部《チョウバ》に集まった情報を玉置はうちのチームにすべて流してくれなくなりそうだな。そうなったら、みんながやりにくくなるだろう」

「別に支障はありませんよ。これまで捜査本部から貰った情報で役立ったものは一つもないですから」

「そうだったっけ？」

「ええ」

「だったら、玉置があまり偉そうなことを言ったら、便所で少しシメてやれよ。ただし、代々木署の署長や刑事課長にはバレないようにな。桜田門の人間が内輪揉めしてるとこを所轄の者たちに見られたら、やっぱりカッコ悪いからな」

「そのへんは心得てます」

「風見君、ついでに玉置の面に小便を引っかけてもいいぞ」

「班長、そこまではやり過ぎですよ」

佳奈が成島をたしなめた。

「冗談だよ、半分は」

「あとの半分は本気なんですね？」

「うん、まあ。男はいくつになっても、態度のでかい野郎はぶっ潰《つぶ》したくなるもんなんだよ」

「男の人って、大人になっても子供っぽいんですね」

「死ぬまでガキでいつづけることが男の誇りだし、勲章でもあるんだよ」

風見は、会話に割り込んだ。すると、佳奈が反応した。

「ばっかみたい！」

「八神、絞め殺すぞ」

風見は、相棒の美人刑事の首を絞める真似をした。佳奈が笑いながら、顎《あご》を突き出す。

「遊びの時間は終わりだ。さ、みんな、出動してくれ」

成島が急《せ》かせた。

風見は真っ先に椅子から立ち上がった。

第二章　不審な前科者

1

怒りが膨《ふく》らんだ。

すでに十分は待たされている。厭《いや》がらせをされていることは明白だ。

風見は、捜査本部に怒鳴り込みたい衝動に駆られた。代々木署の三階の廊下に立っていた。

特命遊撃班の四人は、殺人犯捜査第八係の日高勉《つとむ》係長と第九係の玉置一行《かずゆき》係長が現われるのを待っていた。両係長はともに四十三歳で、職階は警部だった。

「これ以上待たされるのは屈辱ですね」

佐竹が横に立った岩尾に小声で言った。

「そうカッカするなよ。二人の係長は本当に多忙なんだろう」

「岩尾さん、腹が立たないんですかっ。自分らは、捜査本部に手柄を譲ってきたんですよ。公式なチームじゃありませんけど、われわれの支援捜査がなかったら、十件もの殺人事件が迷宮入り《オミヤ》になってたかもしれないんです。殺人犯捜査係の実働部隊である第三係から第十係まで自分らのチームに感謝すべきですよ」

「そうなんだが、こっちは正規の捜査班じゃないからね。あくまでも助っ人チームだから、それなりの遠慮はしないとな」

「岩尾さん、そんなに卑屈《ひくつ》になることはないでしょ！　あなたは日高係長や玉置係長よりも年上なんだから、『おまえら、あまり舐めんなよ』って一発かましてくださいよ。同じ警部なんだから、それぐらいのことを言ってほしいな」

「佐竹君が尻《けつ》を捲《まく》りたくなる気持ちはわかるが、わたしは殺人犯捜査ではまだ半人前だからね」

「それでも、チームで難事件を次々に解決に導いてきたじゃないですかっ」

「そうなんだがね」

岩尾が力なく答え、口を閉じた。

「もう少し待ちましょうよ。廊下で待たされるのは、今回が初めてってわけじゃないんだから」

　佳奈が佐竹をなだめた。

「八神さんはキャリアの警視なんだから、捜査本部で大きな顔をしてるノンキャリアの係長たちを叱りつけてほしいな」

「わたし、職階を楯《たて》にしたり、武器にしたくないのよ」

「その気持ちはわかるけど、恩のある自分らを捜査本部前の廊下に十分も立たせておくのは失礼すぎる」

「ま、そうね。でも、ここで怒ったら、ちょっと大人げないでしょ？」

「くそっ、なんか面白くないな」

　佐竹が拳《こぶし》を固め、仕切り壁を打ちつけた。力を入れすぎたらしく、顔をしかめた。

「二人の係長を引っ張り出してやる」

　風見は誰にともなく言って、足を踏み出した。佳奈が制止したとき、捜査本部から第八係の日高係長が姿を見せた。

「お待たせしちゃって、申し訳ない」

「別に恩着せがましいことを言うつもりはないが、おたくら殺人犯捜査係は特命遊撃班《ゆうげきはん》の支援捜査を忘れてるんじゃないの？」

風見は、日高に突っかかった。

「いろいろサポートしてもらって、感謝してるよ」

「口先だけで、そんなことを言われてもな。本当にありがたいと思ってたら、借りのある人間たちを廊下で待たせたりしないでしょ？」

「きみの言う通りだね。有力情報をようやく摑めたんで、捜査本部《チョウバ》がバタバタしてたんだ。待たせてしまって、申し訳なかった」

日高が風見たち四人の顔を等分に見ながら、深々と頭を下げた。そうまでされたら、もう絡《から》めない。風見は半歩退《さ》がった。

「有力情報というのは？」

岩尾が日高に問いかけた。

「被害者の深町芽衣は、一年あまり前に渋谷のセンター街を根城にしてるギャル集団に密着取材してたんですよ。半年近く飛び飛びにビデオ撮影してたそうなんですが、結局、その映像の放映権を買ってくれるテレビ局はなかったらしいんです。本件の被害者は、ギャル集団のリーダーの郷原理代《ごうはらりよ》、二十一歳に日東テレビのドキュメンタリー番組の枠《わく》に嵌《は》め込められそうだと言ってたらしいんですよ」

「ビデオ・ジャーナリストは、日東テレビの番組担当チーフ・プロデューサーに企画書を出したんですか?」

「ええ、局の企画会議は通ったんだそうです。しかし、番組スポンサーが難色を示して……」

「企画はポシャってしまったんですね?」

「そうなんですよ。ギャル集団のリーダーは自分らのグループがテレビに映るとあちこちに触《ふ》れ回ってたんで、恥をかかされたと深町芽衣に難癖をつけて、一千万円の迷惑料を出せと脅迫してたらしいんです」

「本件の被害者は、脅迫に屈したんですか?」

「いいえ。深町芽衣はケーブル・テレビ局に売り込んでみるから、少し時間をくれと言って、郷原理代に五十万円の取材協力費を渡したようです」

「ビデオ・ジャーナリストはフリーだったわけだから、個人的に五十万円を用意したんでしょうね?」

「ええ、それははっきりしてます。理代は受け取った五十万円を数万円ずつグループの仲間に配ったから、あと九百五十万円を払えと深町芽衣にメールを送りつづけたようなんです。しかし、被害者は取り合わなかったんでしょう。去年の秋ごろから理代は数人の妹分を引き連れて、芽衣の自宅マンションの『高円寺レジデンス』をたびたび訪れ、三〇五号室のインターフォンをしつこく鳴らしつづけてたようです。ですが、被害者は身に危険を感じたらしく、一度も部屋から出なかったそうです」

日高が言葉を切った。風見は岩尾に目配せして、先に口を開いた。

「そのギャル集団のリーダーを怪しんだ根拠はそれだけなのかな？」

「いや、それだけじゃないんだ。郷原理代は高校を中退してから、しばらく家業の工務店の手伝いをしてたんだよ」

「父親は大工なんですね？」

「そう。五、六人の大工を抱えて、大手工務店の下請けで建売住宅を作ってるんだよ。棟《とう》梁《りょう》の娘である理代は見よう見真似で小学五、六年のころから電動鋸を器用に操《あやつ》ってたというんだな。高校を退学してからは父親と一緒に建築現場に出かけて、電動鋸や電動鉋《かんな》を使ってたらしいんだ」

「事件当夜、郷原理代はどこで何をしてたのかな？」

「本人は数人の妹分たちとセンター街裏にあるカラオケ・バーで前夜の十時ごろから翌朝の六時ごろまで一緒にいたと言ってるが、口裏を合わせてもらった疑いもあるからね」

「そうだが、理代は恐喝《カツアゲ》がうまくいかなかったからって、ビデオ・ジャーナリストを殺《や》る気になるかな？　何がなんでも深町芽衣から九百五十万円をせしめようと思ってたんだろうか。あと百万か二百万でも脅し取れれば、儲けもんだと考えてたと思うがな」

「いや、理代は本気で九百五十万円を脅し取る気でいたにちがいないよ。ギャル集団のリーダーの面子《メンツ》もあるからね。ビデオの密着取材に協力してやってくれとグループの連中に言ったにもかかわらず、日東テレビではオンエアされなかった。たった五十万円の取材協力費を貰っただけじゃ、理代の面目は丸潰れだよな？」

「そうだからって、殺人《コロシ》まではやらないでしょ？」

「いや、理代は重要参考人だね」

日高が自信ありげに言った。風見は口を結んだ。

佳奈が手帳を取り出し、郷原理代に関する情報の提供を求めた。日高は少し迷ってから、情報を明かした。

佳奈が必要なことを手帳に書き留める。手帳を閉じたとき、九係の玉置係長がようやく現われた。

「特命遊撃班《うち》が側面支援させてもらうことになりましたんで、挨拶に伺《うかが》いました」

岩尾が年下の玉置に仁義を切った。

玉置は風見たち四人の顔を順に見ながら、舌打ちをした。挑発行為だ。

「岩尾さんがちゃんと挨拶したのに、舌打ちかっ。それはねえだろうが！」

風見は黙っていられなくなった。佐竹が小さく手を叩いた。玉置が顔色を変えた。

「おまえは、まだ警部補だったよな？　佐竹は巡査長だったっけ？」

「佐竹は、もう巡査部長だ」

「そうだったかな。どっちにしても、佐竹も風見も警部のおれよりも格下なわけだ。そうだよな？」

「だから、なんだと言うんだっ」

風見は言い返した。

「警察は階級社会なんだ。階級の下の奴らが生意気な口を利いてもいいのか！」

「そっちが舌打ちなんかしやがったから、むかっ腹を立てたんだよ」

「か、風見！　位《くらい》が上の者に対して、そっちとはなんだっ。無礼にも程がある」

「無礼なのは、あんただ」

「今度は、あんただと⁉　きさま、何様のつもりなんだっ。特命遊撃班は警視総監直轄のチームだが、使えない厄介者の集団じゃないか。成島班長は管理官時代に被疑者を張り倒してる。おまえらメンバーたちも、それぞれ問題を起こした屑ばかりだろうが！　偉そうなことを言う資格なんかないっ」

玉置が言い募《つの》った。風見は前に踏み込み、玉置の胸倉を摑んだ。無意識の行動だった。

考える前に、体が動いていた。

「な、何だっ」

「ちょっとトイレまでつき合ってくれ」

「きさま、まさかホモじゃないよな!?」

「勘違いするな。便器に溜まってる水を飲ませてやるだけだ」

「ふざけるな」

玉置が全身で暴《あば》れた。

風見は玉置の右脚の向こう臑《ずね》を蹴った。的《まと》は外さなかった。肉と骨が鈍《にぶ》く鳴った。

玉置が呻《うめ》きながら、中腰になった。

「きさま、蹴りやがったな」

「何を言ってるんだ？　おれは何もしてないじゃないか」

「とぼけるな。おれの右脚を思いっきり蹴ったじゃないかっ」

「何か勘違いされたらしいな」

風見は玉置から離れた。ポーカー・フェイスは崩さなかった。

「玉置の向こう臑が鳴ったが……」

日高警部が風見の顔を見た。

「こっちには何も聞こえなかったな」

「でも、はっきりと骨が鳴ったよ」

「おれのどっちかの脚が宙に浮いたか？」

風見は、かたわらに立った佐竹に問いかけた。

「いや、風見さんの両足はフロアに吸いついたままでしたよ。どっちの足も数センチも浮かなかったな」

「そうだろう？」

「ええ」

佐竹が澄ました顔で答えた。日高が岩尾に顔を向けた。

「どうでした？」

「風見君は突っ立ってただけだったね」

「そ、そんな!?」

「風見君が玉置係長の向こう臑を蹴った証拠でもあるのかな？」

「玉置の臑に痣《あざ》があるはずですよ」

「しかし、それだけで風見君が蹴ったという証拠にはならないでしょ？　靴の爪先《つまさき》に玉置係長のスラックスの繊維片でも付着しているというなら、話は別だがね」

岩尾が言った。その語尾に、佳奈の声が被《かぶ》さった。

「確かに風見さんは、玉置さんの右脚を蹴りました」

「そうですよね。八神警視はフェアな方だな。やたらに仲間を庇《かば》ったりしない。さすが有資格者《キャリア》ですね」

玉置がそう言いながら、背筋を伸ばした。

「風見さんが蹴りを入れたことは、いいことではないでしょう。自制心が足りなかったと思います」

「そうだよな。いや、そうですよね。警視殿には敬語を使わないとな。年下の女だからといって、軽く見るわけにはいかないですからね。警察は階級社会だからな」

「玉置さん、わたしに無理に敬語なんて遣《つか》わなくても結構です」

「え？」

「そんなことはどうでもいいから、ちゃんと最低の礼儀は弁《わきま》えてほしいわ。客観的に言っても、あなたの応対の仕方は礼を欠いてます。無礼だわ」

「そうですかね？」

「わたしたちのチームは非公式の支援部隊です。正規の殺人犯捜査係の方々には、目障《めざわ》りな存在でしょう」

「ま、そうですね」

「でも、別にあなた方に迷惑をかけたことはないでしょ？」

「ええ、それはね」

「品のない言い方になるけど、うちのチームはあなたたちに点数を稼がせてる。そのことは認めるでしょ？」

「否定はしませんが、ありがた迷惑でもあるんですよ。われわれ三係から十係のメンバーは殺人捜査のエキスパートなんです。特命遊撃班に助《ス》けてもらわなくたって、どの事件《ヤマ》も自分たちだけの力で真犯人《ホンボシ》を検挙《アゲ》ることができたと思うね。いいえ、思います」

「捜査本部《チョウバ》が立って数日以内に事件に片をつけたんだったら、そういう大口をたたいても仕方ないでしょう」

「大口だって!?」

「そうでしょ！　事件がスピード解決してれば、わたしたちのチームに出動指令は下されません。第一期のうちに決着がつかないから、特命遊撃班が駆り出されてるわけでしょ！　違います？」

　佳奈が理詰めで迫《せま》った。

「そうですが……」

「あなた方が無能だとは言いません。だけど、特に有能だとも言えないんじゃないかしら？　とっても優秀な捜査員が揃《そろ》ってれば、第一期内に殺人犯を逮捕できるでしょうからね」

「手厳しいことをおっしゃるが、最近の殺人事件はいろいろ複雑な要素が絡まっていて、なかなか筋が読めなくなってるんだよな。犯人《タマ》どもも悪知恵がついてるんで、偽装工作なんかして、遺留品《リュウ》から足がつかないようにしてるんです」

「ええ、わかってます。しかし、優《すぐ》れた係は第一期で片をつけてます。そういう一個少隊はあまり多くはありませんけどね」

「八神警視は、おれたち、いや、八係と九係に喧嘩を売ってるのかな？」

「黙って話を聞け！」

風見は、玉置を怒鳴りつけた。玉置は目を尖《とが》らせたが、何も言わなかった。

「別段、あなた方に喧嘩を売ってるわけじゃないわ。きちんと礼を尽くしてる相手を黙殺したり、小ばかにしたら、蹴られても仕方がないと言いたかっただけです。玉置さんはまるっきりのぼんくらじゃないんだから、礼を欠いたことぐらいは自覚してますよね？」

「東大出のキャリアだからって、いい気になるな！　そっちが女じゃなかったら、ぶちのめしてたぞ」

「わたしはキャリアだということを笠に着てるわけじゃないわ。ごく当たり前の礼儀も知らない先輩に呆《あき》れて、つい意見しちゃったんですよ」

「生意気な女だ」

「気に入らないんだったら、殴りかかってきなさいよ。腕力ではかなわないだろうけど、わたし、死にもの狂いで闘うわ」

「八神の代わりに、おれが相手になってやらあ」

風見は玉置に言って、ファイティング・ポーズをとった。すると、佐竹が風見の前に出た。

「自分がファイトしますよ」

「おまえら、頭のレベルは中学生だな。ここは暴力教室じゃないんだ。いい年齢《とし》こいて殴り合えるかっ」

玉置が悪態《あくたい》をついて、捜査本部の中に逃げ込んだ。佐竹が玉置を追いかけようとした。

風見と岩尾は、ほぼ同時に佐竹を押し留《とど》めた。

「玉置をぶちのめしたかったのに……」

佐竹は忌々《いまいま》しげだった。

「八神さんがおっしゃったように、確かに玉置の態度はよくありませんでした。彼に代わって、わたしが謝ります。あなた方に不愉快な思いをさせてしまって、すみませんでした」

日高が体を二つに折って、風見たち四人に詫《わ》びた。最初に口を切ったのは、佳奈だった。

「日高さんに謝ってもらっても、仕方がないのよね」

「そうなんですが、玉置は我《が》の強い男ですし、プライドも高いですからね。わたしが説教しても、すぐにあなた方に謝罪することはないと思いますんで」

「そうでしょうね。何がなんでも玉置係長に詫びてほしいとは思ってませんけど、子供じみた対抗心を燃やすのはやめてもらいたいな」

「玉置によく言っておきます」

「お願いします」

「わたし個人は、特命遊撃班を特に敵視してるわけじゃないんです。あなた方の支援捜査はありがたいと思ってますよ」

「そうですか」

「ですが、さきほど申し上げたように重参と思われる郷原理代のアリバイを洗い直して、証拠が固まり次第、裁判所に逮捕状の請求をするつもりですんで、あなた方のチームのお手を借りずに済むと思います」

「そうなれば、いいですね」

岩尾が穏《おだ》やかに言った。

「ギャル集団のリーダーが仮にシロだったとしても、八係と九係の二十二人で本件の犯人《ホシ》を検挙《アゲ》ることに全力を傾けます」

「もちろん、そうしていただきたいな。わたしたちは手柄を横奪《ど》りして、点数を稼ごうなんて思ってるわけじゃないんだ。いたずらに捜査日数をかけたら、それだけ税金を無駄に遣うことになる。そういうことは避けたいんですよ」

「あなた方が無欲だってことは、わたしにはよくわかります。玉置のように誤解してる者が殺人犯捜査係の中にいることはいますけどね」

「それは仕方ないですよ、いろんな人間がいますから。われわれも捜査情報はそれぞれ頭に入れたんで、支援捜査活動に取りかかります」

「よろしくお願いします」

日高が一礼し、捜査本部の中に消えた。

風見たち四人はひと塊《かたまり》になって、エレベーター・ホールに向かった。ホールまでは近かった。

「風見君と八神さんは、宇野岳人の勤め先に行くんだったね？」

岩尾が確かめる口調で訊いた。

「ええ、その予定です」

「わたしと佐竹君は、深町芽衣の仕事関係者から改めて話を聞かせてもらうよ。捜査資料によると、まだ被害者のマンションの部屋は引き払われていない。時間があったら、『高円寺レジデンス』の三〇五号室も管理を任されてる不動産屋に頼んで検《しら》べさせてもらうつもりだよ。ただ、そこまで時間があるかどうかね」

「こっちの聞き込みが早く終わったら、おれたち二人が被害者が住んでたマンションに回ります」

「そうか。それじゃ、後で連絡を取り合うことにしよう。それで、先に手が空いたコンビが『高円寺レジデンス』に向かうことにしようか」

「了解！」

風見はうなずいた。エレベーターの扉《とびら》が左右に割れた。

四人は函《ケージ》に乗り込んだ。

2

覆面パトカーが脇道に入った。

風見は、オフブラックのスカイラインの助手席に坐っていた。ステアリングを捌《さば》いているのは相棒の佳奈だ。

捜査車輛は、JR目黒駅の近くにある権之助坂《ごんのすけざか》の途中で左に折れた。目黒区目黒二丁目だった。

「捜査資料によると、宇野岳人が勤めてる下水道工事会社『三和《さんわ》工業』はこのあたりにあるはずだよ」

風見は言った。

「そうですね。宇野たちは現場で働いてるでしょうけど、社長は会社にいると思います」

「ああ、多分ね。社長は赤澤憲和《あかざわのりかず》という名で、五十八歳だったかな？」

「ええ、そうです。赤澤社長は、なかなかの人物ですよね。前科《ホシ》を二つもしょってる宇野を正社員として雇ったわけですから」

「そうだな。もしかしたら、赤澤にも犯歴があるのかもしれないぞ。だから、前科者を雇い入れたんじゃないのかな？」

「わたしもそう思ったんで、犯歴照会してみたんですよ。でも、前科《マエ》はありませんでした」

「そうか」

「あっ、『三和工業』の袖《そで》看板が見えてきました」

佳奈が少し減速した。

風見はフロント・シールド越しに前方を見た。二、三十メートル先の右側に、目的の会社があった。

社屋は三階建てで、前方は駐車場になっていた。五、六台は駐《と》められそうだ。

相棒刑事がスカイラインを駐車スペースに収める。

風見は先に車を降りた。午後三時を数分過ぎていた。佳奈が運転席から出てきた。パンツ・スーツ姿だ。コートは車内に置いてある。寒気は厳しかったが、背筋は伸び切っていた。

風見は、黒いタートルネック・セーターの上に茶色のスエード・コートを羽織《はお》っている。下はライト・グレイのスラックスだった。

「風見さんは、ラフな恰好《かっこう》が似合いますね」

「スーツが嫌いなんだ。ネクタイも苦手だな」

「風見さんは組織に収まり切らない不良なんだから、会社員っぽい服装は避けたほうがいいですよ」

「いつからファッション・コーディネーターになったんだ？」

「わたしのセンス、よくありませんか？」

「悪くないよ。でも、たまにはマイクロミニのスカートを穿《は》いてくれ。相棒の目を楽しませるぐらいのサービス精神は必要だぜ」

「女は、男の愛玩《あいがん》動物でいろってことなんですねっ」

「そっちの短所は、冗談のキャッチボールが下手なことだな」

「彼女はウィットに富んだ会話をしてくれるんですか？」

「誰だよ、彼女って？　ああ、根上智沙のことか」

「ええ、そうです」

「八神よりは少しくだけてるよ、私大出だからな。国公立大出身の女は、どうしても優等生っぽくなっちゃう」

「そういう見方は偏《かたよ》ってますっ」

「八神、それだよ」

「え？」

「そんなふうに生真面目《きまじめ》なリアクションを示すとこが、まだまだなんだ。何事も遊び心がないとな。そうだ、遊びで一度おれと体を合わせてみるか？」

「一度じゃ駄目です。十度なら、考えてもいいけど」

「少し成長したじゃないか。遊んでる場合じゃないな。行こう」

「はい！」

二人は社屋の表玄関に足を向けた。

社員数二十数名の会社には受付カウンターはなかった。佳奈が一階の事務フロアにいる若い女性社員に身分を明かし、来意も告げた。

相手が緊張した様子で内線電話をかけた。遣《や》り取りは短かった。

「三階の社長室でお待ちしているとのことでした」

「そう。ありがとう。エレベーターはなさそうだね？」

「はい、申し訳ありません」

風見は確かめた。

「きみが謝ることはないよ。世話をかけたね」

「どういたしまして。階段の昇降口は、あちらですので」

女性事務員が手で示した。

風見たちは軽く頭を下げ、すぐに階段を上がりはじめた。社長室は三階の奥にあった。ドアをノックして、入室する。

社長室は十五畳ほどの広さだった。出入口の近くに応接ソファ・セットが置かれ、窓側に執務机やキャビネットが並んでいる。

赤澤は机に向かって、帳簿に目を通していた。色が浅黒く、典型的な猪首《いくび》だった。肩と胸板が厚い。若いときから配管工として働き、独立したのだろう。

風見たちはおのおのＦＢＩ型の警察手帳を呈示し、姓だけを名乗った。赤澤が机から離れ、二人に名刺を差し出した。

「代々木署と警視庁捜査一課の八係の方がすでに訪ねてきましたが、まだ宇野は疑われてるんですか？」

「そういうわけではないんですよ。捜査本部が代々木署に設けられて二十日以上になりますが、まだ重要参考人も特定できてないんです。それで、われわれ支援捜査員が改めて聞き込みをさせてもらってるわけです」

風見は事情を説明した。

「そうなんですか」

「同じ質問をされるのはご迷惑でしょうが、ひとつご協力願います」

「わかりました。とりあえず掛けましょう」

赤澤が言って、執務机側のソファに腰を沈めた。風見たち二人はコーヒーテーブルを挟んで、赤澤と向かい合った。並ぶ形だった。

「一月二十八日の午前二時半ごろ、宇野は代々木公園の外周路の暗がりで立ち小便をしたそうです。そのことで、女性ビデオ・ジャーナリストの切断遺体を園内に棄《す》てたと警察に疑われたようですが、彼は殺人犯じゃありませんよ」

「そう思われる理由を聞かせてください」

風見は促《うなが》した。

「はい。もうお調べでしょうが、宇野は十九のときに準強姦事件を起こし、少年院に送られました。さらに二十六歳のとき、強姦罪で三年数ヵ月、服役したんです」

「ええ、そうですね」

「彼が刑務所に入って間もなく、母親が自宅で首吊り自殺をしたんですよ。宇野は自分が親不孝したことを心から悔やみ、仮出所後は真面目に生きてきたんです。犯歴があるんで、まともな仕事には就けませんでしたが」

「そうでしょうね」

「それでも宇野はレストランの皿洗いの仕事にありついて、安い時給で懸命に働いたんです。わたしは知り合いの保護司さんから宇野のことを聞いて、彼をこの会社に雇い入れたわけです」

「前科者を雇う事業主はそれほど多くないと思うんですが、赤澤さんが宇野岳人さんを入社させる気になったのは、なぜなんでしょうか？　失礼ですが、血縁者の中に犯罪加害者がいらっしゃるんでしょうか？」

佳奈が話に加わった。

「わたしの身内に犯罪者はひとりもいません」

「ごめんなさい。失礼しました」

「気にしないでください。わたしの生まれ育った岩手の田舎町で子供のころ、金貸し殺しが発生したんですが、その犯人は実に気のいい人物だったんですよ。洋服の仕立て屋をやってたんですが、仕事の注文は減る一方で闇金融から生活費を借りるようになったようです。でも、利払いもできなくなって……」

「借金の形《かた》に自宅を取られてしまったのかしら？」

「いいえ、そのお宅は店舗付きの住宅を借りてたんですよ。だから、高校生だった娘さんが盛岡市内のソープランドに売り飛ばされて、母親は暴力団が仕切ってる露店の手伝いをやらされるようになったんです」

「昔は、そういうことがあったようですね」

「数年後、母と娘は真冬の海に入水《じゅすい》して命を絶《た》ってしまったんです。殺人罪で服役していた父親は仮出所してから妻と娘の遺骨を納める墓を建てたくて、懸命に働き口を探しはじめたんですよ。しかし、閉鎖的な田舎のことだから、前科者を雇ってくれる工場も商店もありませんでした」

「そうですか」

「高利貸しを殺《あや》めてしまった男性は妻と娘の遺骨を粉々に砕《くだ》いて胃に流し込んでから、農薬を服《の》んで人生に終止符《ピリオド》を打ってしまったんです。そのことを知ったとき、わたしは泣きましたよ。仕立て屋だった方は、近所の子供たちの服の縫《ぬ》い目の綻《ほころ》びを只《ただ》で直してくれたんです。わたしも、お世話になったひとりでした」

赤澤が天井を仰《あお》いだ。目を潤《うる》ませていた。

「この国は犯罪被害者の遺族たちには、ささやかながらも支援している。しかし、加害者の家族には実に冷ややかですからね」

風見は言った。すぐに赤澤が口を開いた。

「そうなんですよね。凶悪な事件を起こした加害者は他人にある程度、後ろ指をさされても仕方がありません。ですが、その家族まで白眼視するのは間違いです。身内であっても、それぞれ人格は別なんですから」

「赤澤さんのおっしゃる通りだな。犯罪加害者の家族、恋人、友人たちまで色眼鏡で見るのはよくないことです」

「ええ、そうですね。保護司さんから宇野君のことを聞いたとき、わたしは不幸な人生を終えた洋服仕立て屋さんのことを思い出したんですよ。そんなわけで、彼にわたしの会社に入ってもらったんです」

「仕事ぶりはどうなんですか？」

「よく働いてくれてます。仕事の覚えも悪くなかったんで、いまや一人前の配管工ですよ」

「まだ独身なんですよね？」

「ええ。二人の被害者を不幸にしてしまったんで、一生、誰とも結婚はしないつもりだと言ってます」

「しかし、性犯罪加害者は並の男よりも性欲が強いと思うんですが、その点はどう処理してるのかな？」

「彼は毎日、朝晩、自分で欲望を……」

「それだけで満足できるんだろうか。生身の女性とセックスしたくなるでしょ？」

「そういう気分になったときは、マラソンをして欲情をなだめてるようですよ」

「まだ三十代の前半なのに、ずいぶん禁欲的《ストイック》な生活をしてるんだな。まるで修行僧みたいじゃないですか」

「ま、そうですね。それだけ過去の罪を償《つぐな》う気持ちが強いんでしょう。彼は、二年前から酒も煙草もやめてるんです。せっせと貯金に励んでますよ」

「何か目的があって、溜《た》めまくってるんですかね？」

「特に目的はないようです。独身従業員の中では、宇野が一番リッチかもしれませんね。同僚たちには、〝宇野銀行〟なんて呼ばれてるんですよ」

「個人的に金貸しをやってるんですか？」

「給料日前に配管工仲間に二、三万、無利息で回してやってるんですよ。お礼に昼飯を奢《おご》ってもらったり、クッキーなんかは貰ってるみたいですが、金利は一円も取ってないはずです」

「欲がないんだな」

「別に彼女がいるわけじゃないし、会社で借り上げたアパートに住んでて、本人の家賃負担は光熱費を含めて月に二万五千円なんですよ。月によって残業時間が違いますが、平均の手取り月給は三十四、五万になると思います。食費や服代に金をかけてもいないから、その気になれば、毎月、二十万円前後は貯えに回せるでしょう」

「だから、〝宇野銀行〟になれたわけだな」

風見は冗談めかして言い、口を結んだ。

宇野に無利息で金を借りたことのある同僚たちは、ある種の恩義を感じていたのではないか。そうならば、アリバイの偽証を頼まれたら、断りにくいだろう。

「宇野君は二度も性犯罪を起こしてるから、猟奇色の濃い殺人事件の容疑者と疑われたんでしょうが、彼は犯人じゃありませんよ」

「赤澤さんは、どうしてそう断言できるんでしょう？」

佳奈が訊《たず》ねた。

「最初に聞き込みにいらした代々木署の刑事さんの話だと、深町とかいう被害者女性は犯されてはいなかったそうですね？」

「ええ、そうです。でも、被害者の方は穿いていたショーツを脱がされて、それを口の中に押し込まれてました。宇野さんも過去の性犯罪で同じことをしてるんです」

「それは、単なる偶然の一致だと思うな。宇野は何年もセックスをしてないんですよ。もしも彼の犯行だとしたら、被害者の体を穢《けが》してたでしょう」

「そうかもしれませんけど」

「刑事さん、宇野君は事件に関わってませんよ。彼は血に弱いんです」

「血に弱い？」

「ええ。一年ぐらい前に工事現場の近くで野良猫が車に轢《ひ》かれて、ぺっちゃんこになったんです。全身、血塗《まみ》れでした。宇野君は血みどろの死骸を見て、貧血を起こしたんですよ」

「そんなことがあったんですか」

「ええ。わたしが現場の見回りに出た日のことでした。真っ青になって倒れた彼を直《じか》に見てますんで、血に弱いことは確かですよ。そんな宇野君が電動鋸を使って、生きている人間の胴体を真っ二つに切断できるわけありません。彼は事件には絶対に関与してませんよ。ええ、そう断言できます」

赤澤が言葉に力を込めた。佳奈が目で風見に救いを求めてきた。どう応じていいのか、迷ってしまったのだろう。

「一月二十八日の午前二時半ごろ、宇野さんは代々木公園の外周路の暗がりで本当に立ち小便をしてたんですかね。事件調書には、そう綴《つづ》られてましたが……」

「あなたは、宇野君が嘘をついてると思ってるようですね？」

「そこまでは思ってませんが、立ち小便をするなら、裏通りか路地裏を選ぶんじゃないのかな？」

「適当な場所がなかったんでしょう」

「そうだったんだろうか。ちょっと意地の悪い見方ですが、宇野さんは代々木公園から走り出たとき、複数の人間の姿に気がついて、とっさに立ち小便をしてる真似をしたとは考えられませんかね？」

「そうしたのは、誰にも顔を見られたくなかったからということですか？」

「ええ、多分ね」

「あなたは彼に前科歴があるんで、先入観に引きずられてるんだな」

「別段、先入観に囚《とら》われてるわけじゃないんですよ。普通、広い道で立ち小便をする者はあまりいませんからね。そのことに、ちょっと引っかかってるだけです」

「それだけなのかな？　ま、いいでしょう。多分、宇野君は尿意を抑《おさ》えられなくなったんでしょうね。だから、外周路の暗がりで放尿しちゃったんだろう」

「そうだったのかもしれませんね。ところで、一月二十八日の午前零時過ぎに宇野さんと一緒に下水管工事をしてた同僚たちと現場監督は、きょうはどちらで作業をしてるんです？」

風見は問いかけた。

「そのチームなら、きょうは大田区東雪谷《ひがしゆきがや》四丁目で作業をしてますよ。荏原《えばら》病院の裏通りです」

「そうですか」

「現場監督の佐藤だけじゃなく、配管工仲間たちも宇野君のアリバイを証言してるわけだから、もう蒸《む》し返さなくてもいいでしょ？　それとも宇野君が怪しいという新事実が出たんですか？」

赤澤の表情は幾分《いくぶん》、硬かった。不快感を懸命に抑えているようだ。

「そういうわけじゃないんですが、一応、現場監督や同僚たちの証言に聞き落としたことがないかどうかを確認しておきたいんですよ」

「そう。宇野は数回、事情聴取されて、ちょっと神経がまいっちゃってるんですよ。聞き込みは、きょう限りにしてやってください。お願いします」

「わかりました。そうしましょう。ご協力に感謝します。ありがとうございました」

風見は赤澤に一礼し、ソファから立ち上がった。佳奈も腰を浮かせた。

二人は社長室を出て、一気に一階まで下った。表に出ると、すぐにスカイラインに乗り込んだ。

「宇野岳人は同僚たちに二万、三万と無利息で貸してあげて、喜ばれてるようですね」

佳奈が言って、覆面パトカーのエンジンを始動させた。

「〝宇野銀行〟に世話になってた仕事仲間は、金の貸し手に恩義を感じてたにちがいない」

「でしょうね」

「八神、それだけか？」

「はい？」

「東大出の警察官僚《キャリア》もたいしたことないな。学校秀才は暗記力はあっても、推理力はないのか。宇野岳人のアリバイを証言した連中が給料日前にちょくちょく〝宇野銀行〟から何万円か借りてたとしたら、偽証したとも考えられるだろうが？」

「あっ、そうですね。風見さん、さすがだわ」

「よせやい！　そんなふうに感心されると、逆に小馬鹿にされたような気がして、いたく傷つくぜ。おれは粗野に振る舞ってるが、神経はガラス細工より脆《もろ》いんだ」

「そんなふうには見えませんけどね」

「こら、殴るぞ。話を元に戻すぞ。そういうことだから、東雪谷の工事現場に行ってくれないか」

風見は指示した。

佳奈が短い返事をして、覆面パトカーを発進させた。スカイラインは権之助坂を下り、大鳥《おおとり》神社交差点を左折し、山手《やまて》通りに入った。西五反田《にしごたんだ》で中原《なかはら》街道に乗り入れて、環八《かんぱち》通り方向に進んだ。

まだラッシュアワー前である。車の流れはスムーズだった。捜査車輛は東急池上《いけがみ》線の洗足池《せんぞくいけ》駅の横を抜けて、東雪谷と上池台《かみいけだい》の間を進んだ。

ほどなく荏原病院の建物が見えてきた。

「病院の裏手に回ってくれ」

風見は助手席で命じた。

佳奈が巧《たく》みにステアリングを操り、スカイラインを脇道に進めた。荏原病院のほぼ真裏に回り込むと、下水道工事中の看板が見えてきた。

捜査一課の理事官が用意してくれた捜査資料の中には、宇野岳人の顔写真も入っていた。それは強姦事件のときに逮捕された直後に撮《と》られた写真だった。それから八年ほど経過しているが、顔立ちはそれほど変わっていないだろう。

風見は視線を伸ばした。

ヘルメットを被った作業服姿の男が五人いた。最年長と思われる五十年配の口髭《くちひげ》を生やした男が現場監督の佐藤だろう。ほかは二、三十代と思われる。その中のひとりは、宇野岳人だった。

「宇野以外の人間をひとりずつ少し離れた場所に導いて、問題の証言を確認する。いいな？」

「了解！」

佳奈が覆面パトカーを路肩《ろかた》に寄せた。工事現場の五、六メートル手前だった。

二人は相前後して車を降りた。

そのとき、宇野がスコップを投げ捨てた。次の瞬間、身を翻《ひるがえ》した。スカイラインとは逆方向に走りだした。

前科者なら、ナンバーの上の平仮名《ひらがな》で警察車輌を見抜く。宇野は疚《やま》しさがあるから、逃げる気になったにちがいない。

「証言の真偽を確認してくれ」

風見は佳奈に声をかけ、勢いよく駆けはじめた。

宇野は一目散に逃げていく。風見は全速力で走った。充分に助走をつけて、宇野の背中に飛び蹴りを見舞う。反則技だが、逃亡されるよりは増しだ。

宇野が前に大きくのめった。両腕で空を掻《か》きながら、路上に倒れた。同時に、呻いた。

風見は宇野を引き起こし、右腕を肩の近くまで捻《ねじ》り上げた。宇野が痛みを訴えた。

「おまえがビデオ・ジャーナリストの深町芽衣をストーカーじみた行為で悩ませ、警察に駆け込まれそうになったんじゃないのか?」

「えっ⁉」

「前科《マエ》があるんで、そっちは危《ヤバ》いと思った。だから、どこかで深町芽衣を電動鋸で切断して、代々木公園に遺棄《いき》したんじゃないのか? その後、遺体のことが気になって、公園の様子をうかがいに行った。その帰りに複数の人間の者に気がついた。で、とっさに外周路の暗がりで立ち小便をする振りをした。そうなんじゃないのかっ」

「ち、違うよ。おれは、その事件にはタッチしてない」

宇野が言下に否定した。

「それじゃ、なぜ公園に入ったんだ?」

「えーと、それは……」

「口ごもったな」

「あの晩、おれは公園の近くで下水道工事をしてたんだよ。そのとき、酔った若い女が通りかかったんだ。甘い香水の匂いを嗅《か》いだら、急に……」

「むらむらとしちまったのか?」

「そうなんだよ。だから、おれは現場監督や作業員仲間にコンビニで缶コーヒーでも買ってくると嘘ついて、代々木公園に駆け込んで一発抜いてきただけなんだ。まさか園内に切断遺体が転がってるなんて夢にも思わなかったよ」

「いまの話は本当なんだな？」

「もちろんだよ。別の刑事たちは、おれの話を信じてくれた。けど、おたくはおれを疑ってるんだな。おれは性犯罪で二度逮捕《パク》られてるから疑われたんだろうけど、女の体を切断するわけないよ。おれ、血を見ただけで、貧血を起こしちゃうんだ」

「早とちりだったのかもしれない」

風見は手を少し緩《ゆる》めた。

ちょうどそのとき、佳奈が走り寄ってきた。現場監督や配管工たちが偽証している気配はうかがえなかったらしい。

「勘弁してくれ。そっちはシロだったようだ」

風見は宇野の体を反転させ、深く頭《こうべ》を垂れた。

「ひどいじゃないか」

「気が済むまで殴ってもいいよ」

「不愉快だけど、忘れてやる」

宇野が言って、足早に遠ざかっていった。

「勇み足を踏んじまった。別段、功を急いでたわけじゃないんだがな。本部事件の被害者が根上智沙の高校時代の先輩だというもんだから……」

「彼女に早くいいとこを見せたかったんでしょう？」

佳奈が言った。

「そういうことでもなかったんだがな」

「ううん、そうなんですよ。風見さん、本気で彼女に心を奪われてしまったのね」

「面白くないか？」

「うぬぼれも、いい加減にしてほしいな。でも、さっきはカッコよかったですよ」

「え？」

「ほら、自分の勇み足を認めて、宇野岳人に殴ってもいいと言ったでしょ？　風見さんの潔《いさぎよ》さは素敵でした」

「飛び蹴りをしちゃったからな。反則技のペナルティーを受けてもいいと思っただけだよ」

「そうですか。岩尾さんたちはまだ被害者の仕事関係者を訪ね歩いてるでしょうから、わたしたちは『高円寺レジデンス』に回りましょうよ」

「そうしよう」

風見は相槌《あいづち》を打った。

3

ドア・ロックが解かれた。

殺害された深町芽衣が住んでいた部屋だ。

風見は、鍵穴からマスター・キーを抜いた不動産屋の女性従業員を短い言葉で犒《ねぎら》った。

五十絡みで、真砂《まさご》という苗字だった。

「部屋は深町さんの納骨が済んだら、引き払われると聞いてるんですが……」

「そうなんです。静岡のご実家から、そうしたいという電話をいただいております。家主さんもそれでかまわないとおっしゃってるんで、部屋はそのままになっているんですよ。もっとも撮影したビデオやパソコンのUSBメモリーなんかは代々木署の方たちが捜査資料として持っていってしまいましたけどね」

「それは知ってます」

「そうですか。事件が起きてから三週間以上経ってるのに、まだ犯人はわからないんですかね」

「すみません」

風見は頭に手をやった。

「別にあなた方を責《せ》めてるわけじゃないんですよ。亡くなられた深町さんはまだ若いのに、きちんとした女性だったから、一日も早く成仏させてやりたいんです」

「われわれも、それを望んでます」

「持っていった捜査資料を分析すれば、怪しい人物はわかりそうですけどね。捜査員の方たちはビデオを観《み》て、取材対象者たちをしっかり調べたのかしら？　それから、パソコンのMOやUSBメモリーなんかもチェックしたんですかね」

「もちろん、代々木署と本庁捜査一課の者はお借りした捜査資料を手がかりにして、捜査を進めてきたはずです」

佳奈が口を挟んだ。幾らか心外そうな口ぶりだった。

「素人のわたしが口幅ったいことを言って、ごめんなさいね。捜査がずさんなんじゃないかと非難したわけじゃないの。わたし、焦《じ》れてるだけなんですよ」

「感情を害したわけではありませんから、気にしないでください」

「そう？　あなたの顔つきが少しきつくなったように見えたんで、わたし、失礼な言い方をしたかなって少し後悔してたの」

「わたし、怒ってなんかいません」

「それなら、よかったわ。あなた、綺麗ね。女優さんになれば、よかったんじゃない？　いまからでも遅くないと思うわ」

「わたし、いまの仕事、割に気に入ってるんですよ」

「あら、そうなの。また、余計なことを言ってしまったようね。これ、あなたにお渡ししておくわ。お部屋を見終わったら、返してくださいね」

真砂がマスター・キーを佳奈に手渡すと、三〇五号室から離れた。足音が遠のいてから、風見は相棒に声をかけた。

「一瞬、むっとしたんだろう？」

「ええ、少しね。八係の日高さんたちだって、間抜けじゃないと思うんですよ」

「それなりに力を傾けたと思うが、成果は上げられなかった。そういうことなんだろう」

「ええ、そうなんでしょう」

「変なもんだよな」

「え？」

「殺人犯捜査各係をそれほど高く評価してるわけじゃないのに、部外者に悪口めいたことを言われると、なんとなく身内を庇《かば》いたくなる。いつの間にか、おれたちも悪しき体質になってしまったんだろうな」

「そうなんですかね。身内をもっと客観的に見ないといけないのかしら？」

「お互いに少し冷徹になろうや」

「そうですね」

佳奈が素直に同調した。

風見は先に三〇五号室に足を踏み入れた。室内は薄暗い。風見は玄関ホールの照明を点けてから、靴を脱いだ。

間取りは２ＤＫだった。手前に六畳ほどの広さのダイニング・キッチンがあり、その奥に二部屋が並んでいる。

左手の洋室は仕事部屋として使われていたようだ。右側の和室にはカーペットが敷き詰められ、ほぼ中央にシングルベッドが据えられている。ベッドカバーで覆われていた。

「そっちは寝室を検《しら》べてくれ。ベッドマットの下にパソコンやＩＣレコーダーのメモリーが隠されてるかもしれないから、よく検べてくれないか」

風見は佳奈に言い、左側の洋室に入った。隣の三〇六号室に接した壁際に書棚、ＣＤミニコンポ、テレビなどが置いてある。仕切り壁側にはパソコン・デスクやキャビネットが連《つら》なっていた。

キャビネットには各種のビデオ・カメラが十台近く載《の》っていた。デジタル・カメラも四、五台あった。

風見は両手に白い布手袋を嵌《は》めてから、事件を解く手がかりを探しはじめた。

だが、CD-ROM、USBメモリー、取材メモの類《たぐい》は一つも見つからなかった。溜息をついて、ダイニング・キッチンに戻る。

風見は気を取り直し、浴室やトイレの中をくまなく検べた。手洗いの貯水タンクの中まで覗き込んでみたが、無駄骨を折っただけだった。

「手がかりになりそうな物は何もありませんでした」

佳奈が寝室から現われた。

「こっちも収穫はゼロだったよ」

「そうですか。無駄になるかもしれませんけど、マンションの居住者たちに聞き込みをしてみましょうか。初動と第一期の地取り捜査では何も手がかりは得られてなかったわけですけど、運がよければ、何か新しい事実を摑めるかもしれないでしょ？」

「そうだな」

二人はチェック済みの居室の電灯を消した。

その直後、三〇五号室のドアが開けられた。入室してきたのは、五十代と思われる男女だった。

「あなた方は？」

男が問いかけた。目のあたりが被害者とよく似ている。深町芽衣の父親だろう。

「わたしたち二人は、警視庁の者です」

風見は名乗って、相棒の姓も教えた。

「お世話になっています。わたし、芽衣の父の深町彰《あきら》です。横にいるのは、妻の彩子《あやこ》です」

「芽衣の母親です」

被害者の両親が挨拶した。故人の母親は大きな花束を抱えていた。赤いスイートピーだった。

「家内がどうしても娘が暮らしてた部屋にも花を手向《たむ》けたいと言うもんで、東名の上り線を突っ走ってきたんですよ。それから、ほかにもしなければならないことがあったものですからね」

「そうですか。われわれは捜査本部の支援要員なんですが、少し話をうかがわせていただけないですかね？」

風見は申し入れた。被害者の父母は快諾し、風見たち二人をダイニング・テーブルの椅子に坐らせた。コンパクトながら、四人掛けだった。

深町夫妻も並んで坐った。しかし、すぐに芽衣の母は立ち上がってエアコンのスイッチを入れ、手早く二人分のインスタント・コーヒーを淹《い》れた。

「どうかお構いなさらないでください。お母さまもお坐りになっていただけますか」

佳奈が恐縮してから、被害者の母親に言った。彩子が小さくうなずき、佳奈と向かい合う位置に腰かけた。

「これまでの捜査では、まだ容疑者を特定できていないんですよ」

風見は深町彰に語りかけた。

「わたしたちも、捜査本部の方にそううかがっています。親馬鹿と笑われるかもしれませんが、娘は他人に嫌われたり、恨まれるようなことはしていなかったと思うんです」

「聞き込みでは、事実、芽衣さんのことを悪く言う者はいなかったようです」

「そうですか。ただ、芽衣は子供のころから曲がったことが嫌いでした。ですんで、不正や犯罪を知ったら、見て見ぬ振りはできない性分《しょうぶん》だったんです」

「そうなら、仕事で何か犯罪の事実を知ったため、命を奪われたのかもしれませんね」

「わたしたち夫婦は、そう考えています。娘は松宮雄輔という若い翻訳家と交際していたんですが、その彼とはうまくいってたようですからね」

「その彼が十日ほど前に後追い自殺しかけたことはご存じですか？」

「捜査本部の日高警部から、その話を聞いて驚きました。娘のことをかけがえのない存在と思ってくれていたんでしょうね、彼は」

「松宮さんとは面識がおありなんですか？」

「一年近く前に芽衣が彼を連れて、清水の実家に遊びに来たんですよ。会ったのはそのとき一度きりでしたが、好印象でしたね。母さんも同じだよな？」

深町が妻を顧《かえり》みた。

「ええ、松宮さんはとっても感じのいい方でした。芽衣のことを大事にしてくれているようで、嬉しかったですね。松宮さんが睡眠導入剤をたくさん服んで自死しようとしたという話をうかがったときは、娘を死なせた犯人を殺してやりたいと思いました」

「母さん！」

「いいじゃありませんか。そう思っただけで、加害者に復讐したわけじゃないんだから」

彩子が夫に言い、風見に顔を向けた。

「松宮さんと娘はまだ婚約していたわけじゃなかったんですが、いずれ二人は結婚するのではないかと思っていました」

「そうでしょうね。ところで、娘さんは仕事に関することはあまり松宮さんにも話してなかったみたいですよ。松宮さんは聞き込みの際に、そう答えてるんです」

「そうだったのかもしれませんね。娘はわたしたち親にも、取材してる内容については具体的に話してくれなかったの。親だけじゃなく、親しい人たちにあまり心配をかけさせたくないという配慮だったんでしょうね。芽衣は周囲の人間に迷惑をかけたくないタイプでしたんで」

「娘さんは人一倍、正義感が強かったそうですから、仕事で知ってはならないことを知ったため、身に危険が迫ったこともあるんじゃないですか？」

「ええ、ありました。実は、そのことを警察の方に話すべきかどうか、ずっと迷っていたんです。娘から聞かされた話は、とてもショッキングだったんですよ。にわかには信じられないような内容でした。でも、話すべきだと決心したんで上京したんです。あなた方にお会いできて、ちょうどよかった」

先に応じたのは、被害者の父親だった。

「差し支えない範囲で結構なんですが、そのときの話を喋っていただけませんかね？」

「わかりました。娘の芽衣は、投資詐欺を働いて国会議員の資格を失った元政治家が暴力団関係者に路上生活者、ネットカフェ難民、家出少女などを拉致監禁《らちかんきん》させ、殺人遊戯の獲物《えもの》にして荒稼ぎしてる闇ビジネスのことを知って、こっそりビデオ撮影してたんですよ」

「なんですって!? そのことをもっと早く捜査関係者に話していただけたら、犯人を割り出せたんですがね。それはそうと、殺人遊戯というのは、人間狩りみたいなものなんですか？」

「ええ、そうです。標的にされた男女は両足首に三キロの鉄亜鈴《てつあれい》を括《くく》りつけられて、走ることはできなかったそうです。そういう人たちを五百万円のゲーム代を支払ったリッチな客たちが追い回し、棍棒《こんぼう》、ブラックジャック、鉄の鎖などで殴打して、嬲《なぶ》り殺しにしてたらしいんですよ」

「そういう事件が表面化したことはなかったと思うがな。記憶にあるか？」

風見は、かたわらの佳奈に訊いた。相棒が黙って首を振った。

「事件化する前に、殺人遊戯ビジネスを思いついた元国会議員は一切《いっさい》の痕跡を消してしまったという話でした。それでも、芽衣は警察に通報しようとしたんです。そのとたん、魔手が次々に迫ったんですよ。芽衣は無灯火の車に撥《は》ねられそうになったり、サイレンサー・ピストルで撃たれそうになったんです。それでも、娘は正義を貫こうとしました。ですが……」

「大変な目に遭《あ》われてたんですね、娘さんは。その時点で、何もかも打ち明けてくれていれば、悲しいことにはならなかったのに。それはそれとして、あなた方にも危険が迫ったんではありませんか？」

「その通りです。静岡のわたしの自宅に放火されたんですよ。幸い発見が早かったので、小火《ぼや》で済みましたけどね。一年三ヵ月前のことでした。そんなことがあったんで、芽衣は殺人遊戯のことを警察に言えなくなってしまったんです。脅迫に屈する形になったんで、娘は悔《くや》しかったでしょうね。しかし、わたしたちに何かあっては取り返しがつかないと考え、不本意ながらも……」

「狂った殺人ゲームのことは、誰にも話さなかったわけか」

「ええ」

「彼氏の松宮さんにも話さなかったんですかね？」

「喋ってないと思います」

彩子が夫よりも先に答えた。

「問題の元政治家の名を娘さんは口にしなかったんですか？」

「固有名詞は、最後まで明かしませんでした。それから、殺人遊戯が行なわれてた場所や人間狩りの標的にされた男女の監禁場所なんかも教えてくれなかったんですよ」

「そうですか。ひょっとしたら、その元政治家がほとぼりが冷めたころを見計らって、娘さんを犯罪のプロに葬《ほうむ》らせたのかもしれないな」

「そうなんですかね。あなた、どう思います？」

「わからないな」

深町が妻の問いかけに小声で応じ、下を向いた。語尾が少し聞き取りにくかった。胸底《むなぞこ》から悲しみが迫《せ》り上がってきたにちがいない。

風見は意図的に話しかけなかった。無言でマグカップを傾ける。コーヒーは少し冷めていた。

佳奈も沈黙したまま、マグカップを静かに持ち上げた。

「わたし、持ってきた花を花瓶《かびん》に活《い》けちゃいますね」

彩子が椅子から立ち上がり、流し台に歩み寄った。スイートピーの花束はシンクの上にあった。

だが、芽衣の母の両手は動かなかった。肩が小さく震えはじめた。嗚咽《おえつ》を堪《こら》えているにちがいない。

「娘は子供のころから、なぜか赤いスイートピーが好きだったんですよ」

深町が誰にともなく呟《つぶや》いた。その声は涙でくぐもっていた。

「ご両親でゆっくりと故人を偲《しの》んであげてください。お邪魔しました」

風見は被害者の父母に声をかけ、椅子から腰を浮かせた。すぐに佳奈も立ち上がった。

　二人は三〇五号室を出ると、同じ階の各室を訪ねた。しかし、
だが、留守宅が多かった。聞き込みができたのは、たったの一戸だけだった。

新たな手がかりは得られなかった。

風見たちは粘《ねば》り強く、各階の居住者を訪ねてみた。

捜査に協力してくれたのは、五人だった。

半ば予想していたことだが、やはり徒労に終わった。二人は『高円寺レジデンス』を出て、スカイラインに乗り込んだ。

助手席のドアを閉めたとき、風見の捜査用の携帯電話が着信音を発した。官給品モバイルフォンのディスプレイを覗《のぞ》く。

発信者は成島班長だった。風見は急いで携帯電話を耳に当てた。

「何か動きがあったんですね？」

「捜査本部から理事官にギャル集団のリーダーの郷原理代を別件容疑で連行したという報告が上がってきたそうだ」

「別件の容疑は？」

「傷害だってさ。理代って娘《こ》は無断でグループを脱けた十八歳の美容師見習いの娘をセンター街のハンバーガー・ショップに呼びつけて、説教垂れたらしいんだ。すると、相手が

口答えしたそうなんだよ」

「理代は頭にきて、美容師見習いの娘《こ》をとことんシメちゃったわけか」

「いや、頬を平手打ちしただけらしいよ」

「それで傷害容疑でしょっ引くなんて、汚い手を使いやがる。どうせ九係の玉置係長が八係の日高係長に入れ知恵を授《さず》けたんでしょうね」

「ああ、おそらくな。何か収穫があったか？」

成島が訊ねた。風見は経過を話した。

「そういうことなら、宇野岳人はシロだな」

「ええ」

「元国会議員が殺人遊戯であこぎに稼いでたのか。これは気になる話だな」

「その正体不明の元政治家が殺し屋《プロ》に深町芽衣を始末させたんだろうか」

「その話は、後で詳しく聞こう。その前に代々木署に回ってもらえないか。理代のことも気になるんでな」

成島が先に通話を切り上げた。風見は班長との遣り取りを佳奈に伝え、行き先を告げた。

4

アルミの灰皿が宙を泳いだ。

灰皿を投げ放ったのは、本庁殺人犯捜査第九係の係長だった。代々木署の刑事課の取調室である。

灰皿は仕切り壁にぶち当たって、床に落下した。落下音まで聞こえた。

「やり過ぎだ」

風見は苦々しく呟いた。取調室に接している面通し室だ。

二畳ほどのスペースだった。取調室との仕切り壁には、マジック・ミラーが嵌《は》め込まれている。警察関係者には〝覗き部屋〟と呼ばれていた。

取調室の真ん中に灰色のスチール・デスクが置かれ、右側に傷害容疑で連行された郷原理代がいた。パイプ椅子にふてぶてしい態度で腰かけている。

化粧が濃い。付け睫毛《まつげ》は不自然なほど長かった。ブロンドに染めた髪は高く盛り上げられている。そのせいか、頭がやたら大きく見えた。

玉置警部は、向かい合ったギャル集団のリーダーを鋭く睨《にら》んでいる。

彼の斜め後ろには、記録係の所轄署刑事が坐っていた。パソコンのディスプレイには、数行が打たれているだけだ。

「灰皿を壁に投げつけて被疑者をビビらせるなんて問題だわ。相手は二十一の女の子なんですよ」

相棒の美人警視が憤《いきどお》りを露《あらわ》にした。

「玉置はおれたちに先を越されたくなくて、焦《あせ》ってやがるんだよ」

「そうなんでしょうが、追い込み方がアンフェアです。わたし、取調室に行って、玉置さんに注意してきます」

「八神、待てよ」

「風見さんは、玉置警部の横暴ぶりに義憤を覚えないんですかっ」

「ま、落ち着けって。玉置の行き過ぎをたしなめる前に、もう少し様子をうかがおうじゃないか」

風見は提案した。佳奈が少し考えてから、無言でうなずいた。

「ハンバーガー・ショップで、無断でグループを脱《ぬ》けた未来《みく》の頰を軽く平手打ちしたことは認めるわよ。でもさ、それで傷害容疑なんてオーバーじゃない？　未来の顔は別に腫れたり、赤痣ができたわけじゃないんだよ」

理代が不満を口にした。

「おまえが正直に話してくれりゃ、傷害容疑には目をつぶってやる」

「正直に話せって、なんのこと？　あたしには、なんのことかわからないよ」

「殺人《コロシ》のことさ」

「おたく、何を言ってんの⁉　あたし、誰も殺してなんかないよ。なんでそういうことになっちゃうわけ？」

「おまえには、ビデオ・ジャーナリストの深町芽衣を殺すだけの動機があった。おまえが仕切ってる集団は深町芽衣の密着取材に協力してやった。自分らのことがテレビで放映されると思ってたが、撮影済みのビデオの放映権は日東テレビには買ってもらえなかった」

「そうだよ。深町は日東テレビでオンエアされる確率は高いと言ってた。けど、放映はされなかった。あたしは、いろんな知り合いにグループのことがテレビで放送されるって前宣伝してたんで、みっともないことになったと思ったよ」

「だから、深町芽衣に文句をつけて、取材協力費という名目で五十万円を脅し取ったんだな？」

玉置が上体を反らせ、脚を組んだ。

「恐喝《カツアゲ》したわけじゃねえよ。彼女が自分から五十万を出したの！　グループのみんなに少しずつ金を渡してやったから、あたしの手許には数万残っただけだった」

「それじゃ満足できないんで、おまえは深町芽衣から九百五十万円を脅し取ろうとした。しかし、相手は要求に応じなかった。で、おまえは何人かの妹分を引き連れ、深町芽衣の自宅マンションにたびたび押しかけた。だけど、ビデオ・ジャーナリストは居留守を使って、部屋から出てこなかった。そこまでは認めるな？」

「それは……」

「どうなんだっ」

「認めるよ。九百五十万を吐き出させることは無理だと思ってたけど、百万か二百万ぐらいは迷惑料を毟《むし》れるかもしれないと読んでたんでね」

「しかし、相手は金を出す気はなさそうだった。それを感じ取ったおまえは、一気に殺意を募《つの》らせた。そうだったんだよな？」

「ちょっと待ってよ。あたし、そのうち深町芽衣をちょっとシメてやろうとは思ってたけど、殺したいなんて考えてなかったよ」

「まだ粘る気か。しぶとい姐《ねえ》ちゃんだ」

「本当だってば」

「おまえの親父は、大工の棟梁だな」

「工務店の社長って呼んでよ。一応、会社組織になってんだからさ」

「気取るな。大工は大工だ」

「どっちだっていいよ」

「おまえは高校を中退してから、半年かそこら、家業の手伝いをしてたな？」

「まあね。毎日、センター街で遊んでるだけじゃ、小遣いも貰いにくいじゃん。だから、ちょっと手伝ってたのよ」

「おまえは父親の仕事をガキのころから見てたんで、電動鋸や鉋を器用に使えるんだってな？」

「それがどうだって言うの？」

「一月二十八日の午前零時から二時の間、どこでどうしてた？」

「それ、深町芽衣の死亡推定時刻なんじゃない？」

「いいから、質問に答えろ！」

「その時間帯はセンター街の裏手にある『ユニゾン』ってカラオケの個室でグループの娘《こ》らと飲みながら、マイクを握ってたよ。店を出たのは明け方だったね。一緒にいたのは、明日香《あすか》、友梨《ゆり》、のどかの三人だったかな」

「その三人は、おまえの妹分だよな？」

「うん、そう」

「なら、口裏を合わせてもらったんだな。つまり、おまえは偽のアリバイを用意して、深町芽衣をどこかに誘《おび》き出し、そこで電動鋸を使って……」

「あたしに殺人の濡れ衣を着せる気なの⁉」

理代が声を上擦《うわず》らせ、椅子から腰を浮かせかけた。

「ちゃんと坐ってろ。勝手に立ち上がったら、前手錠を掛けるぞ。それから、腰縄も回す」

「あたし、電動鋸は自在に動かせるけどさ、深町芽衣を生きたまま切断なんかしてないよ。そんな残忍なことできない。本当に彼女を殺してないって。お願いだから、信じて！」

「おまえが真面目な娘なら、信じてやってもいいよ。でも、すれっからしだからな。おまえの言葉を鵜《う》呑《の》みにはできない」

「明日香たち三人をここに呼んでよ。そうすれば、あたしにはれっきとしたアリバイがあることがわかるから」

「どうせ三人の妹分は偽証するに決まってるさ。ここに呼んでも、無駄だな」

「あたしが深町芽衣を殺したって、物的な証拠があるの？　そんな物、あるわけないよね？　あたしは、事件にはノータッチなんだからさ」

「じきに立件材料は揃うさ。それはそうと、おまえにいいことを教えてやろう」

「いいことって？」

「刑事や検事の心証をよくしておいたほうが利口だぞ。すんなり全面自供すれば、どっちも情状酌量《しゃくりょう》する気になる。逆に頑《かたくな》に犯行を否認しつづけてる容疑者に対しては、どうしても厳しくなる。刑事も検事も人の子だからな」

「そんなこと言われたって、あたしは人殺しなんかしてないっ」

「おまえ、強情だね。素直にならないと、損するよ。凶器の電動鋸はどうした？　どこかの池か川の底に沈めたのか？　それとも分解して、土の中に埋めたのかな？」

「知らないよ」

「おい、警察を舐めんじゃねえぞ。おまえが深町芽衣を殺《や》ったことはわかってるんだっ。いい加減に吐きやがれ！」

　玉置が立ち上がるなり、郷原理代の髪の毛を鷲摑《わしづか》みにした。そのまま強く引き絞った。

理代が痛みを訴える。

　記録係の所轄署刑事が玉置をやんわりとたしなめた。玉置はそれを黙殺した。

「証拠写真を撮っておきます」

　佳奈が職務用の携帯電話を取り出し、内蔵されているカメラで玉置の違法行為を手早く撮影した。

「手を放してよ。刑事がこんな荒っぽいことをしてもいいのかよっ」

「喚《わめ》くな！　おまえがしぶといから、こういうことをやってるんだっ。おい、もう観念しろ！」

「あたしは未来の頬をはたいたけど、絶対に人殺しなんかやってない。嘘じゃないって」

「ボディー・ブロウを二、三発叩き込んでやろうか。面《つら》を殴ると、青痣《あおあざ》になるが、腹にパンチを入れても、打撲傷は外からじゃ気づかれない」

「あんた、ヤー公みたいだね。まともな刑事《デコスケ》じゃない」

「おれは、所轄の平刑事じゃない！　本庁捜一の殺人犯捜査第九係を仕切ってるんだ。娘っ子、誰に物を言ってやがるんだっ。とりあえず傷害で送致して、おまえを勾留期限ぎりぎりの二十三日間、朝から晩まで厳しく取り調べてやる。そんな目に遭《あ》いたくなかったら、さっさと自白《ウタ》え！」

「あたしは殺人事件には関わってないよ」

「図太い女だ」

玉置が呆れ顔で言い、右腕を引っ込めた。

理代が玉置に憎悪に満ちた目を向け、床に唾を吐いた。玉置がいきり立ち、机の脚を蹴った。スチール・デスクが元の位置から二十センチはずれた。

「玉置をとっちめてやろう」

風見は相棒に耳打ちして、先に面通し室を出た。

すぐに佳奈が従《つ》いてくる。風見は取調室のドアを開けた。ノックはしなかった。

「きさま、なんの真似だ。正規の捜査員以外は取調室には入れないはずだぞ」

玉置が切り口上で言った。

「そんなことはわかってる。あんたの取り調べがひどかったんで、見過ごすことができなくなったんだよ」

「おまえら、面通し室にいたのか!?」

「そうだ。取り調べの一部始終はマジック・ミラー越しに見させてもらった。ルール違反を重ねたな」

「おれが何をしたと言うんだっ」

「灰皿を壁に投げつけて、そこにいるギャル集団のリーダーを怯《おび》えさせ、証拠もないのに深町芽衣殺しの犯人扱いしたよな。それで犯行を否認したら、頭髪を鷲摑みにした」

「おれは、そんなことしていない」

「そうかい」

風見は薄笑いをした。

「その薄笑いは何なんだっ」

「あんた、狡《ずる》い男だな」

「きさま、態度がでかいぞ。生意気な口を利くなっ」

「相手がまっとうな人間なら、礼を欠いた喋り方はしないよ。あんたは年上で警部だが、尊敬できる人間じゃない」

「おれは取り調べで行き過ぎたことなんて何もしてないぞ。ああ、そうだ」

玉置が言い張って、記録係に同意を求めた。所轄署刑事が困惑顔になって、何か言い澱《よど》んだ。

「今戸《いまど》巡査長、ちゃんとおれを弁解してくれ」

「は、はい。わたしはパソコンに向かってたので、玉置警部の動きをずっと見てたわけではないんです。ですけど、被疑者に手荒なことをしたとは感じ取れませんでしたね」

「そうだよな」

「代々木署の警官《マッポ》は何もかも見てるはずよ。そいつは、本庁の刑事を庇《かば》ってるんだわ」

理代が今戸を指さした。すると、玉置が大声を張り上げた。

「おまえは黙ってろ！」

「黙ってられないよ。あたしは人殺し扱いされて、ひどいことをされたんだからさ」

「いいから、口を噤《つぐ》むんだ」

「くそったれ！」

理代が毒づいた。風見は玉置を見ながら、ふたたび薄笑いを浮かべた。

「それは嘲笑のつもりかっ」

「もちろん、嘲《あざけ》ってるのさ」

「きさま、大物ぶるんじゃない」

玉置が額に青筋を立てた。

「あんた、迂闊《うかつ》だったな。仕切り壁にマジック・ミラーが嵌められてることをつい忘れちゃったんだろうな」

「おまえら、〝覗き部屋〟から小型ビデオ・カメラかデジカメで動画撮影してたのか⁉」

「動画じゃないが、証拠写真は撮らせてもらった」

風見は言って、相棒刑事に目で合図した。佳奈がモバイルフォンを取り出し、さきほど写した画像を再生させ、玉置の眼前に翳《かざ》した。

玉置が目を剝《む》き、金魚のように口をぱくぱくとさせた。

「この映像を捜査一課長か理事官に観せたら、あんたはどこか所轄の交通課あたりに飛ばされるだろうな。しかし、それじゃ、殺人犯扱いされた娘《こ》が納得できないだろう」

「き、きさま、何を考えてるんだ？」

「本庁《うち》の警務部人事一課監察室を素通りして、警察庁《サッチョウ》の特別監察官に直《じか》に密告したら、あんたは確実に懲戒免職だな」

「そこまでする気なのか⁉」

「どうするかは、あんたの出方次第だ。郷原理代がグループから離れた未来って娘《こ》の頬を平手打ちしたことは事実なんだろう。しかし、それで傷害容疑で東京地検に送致するのは、見え見えの引きネタだな。恋人同士が口論の末にどちらか一方が平手で顔面を叩いても、加害者を傷害容疑で引っ張ってるのか？」

「そういうことは……」

「玉置警部、はっきりと答えなさい」

佳奈が命じた。玉置が額の脂汗《あぶらあせ》を手の甲で拭って、天井を仰《あお》ぎ見た。

「キャリアの警視殿に背《そむ》いたら、出世に響くと思うよ」

風見は玉置を心理的に追い込んだ。玉置は上昇志向の塊《かたまり》だった。

「おれは、いや、わたしはちょっと功を急いでたんだ。それだから、郷原理代を別件容疑で引っ張ったんだよ」

「本庁《うち》の理事官や代々木《こ こ》署の署長には、ビデオ・ジャーナリスト殺しの容疑は固まったと偽ったんだな？」

「うん、まあ」

「汚いことをやるもんだ。どうしても特命遊撃班に先に犯人《タマ》を割り出されたくなかったわけだ？」

「そうだよ。助っ人チームに手柄を立てられたら、正規捜査員は面目《めんもく》丸潰れだからな」

「だからといって、引きネタで郷原理代の身柄《ガラ》を押さえるなんて姑息《こそく》すぎる。大工の娘なら、電動鋸を使えても別に不思議じゃないだろうが？」

「ま、そうなんだが……」

「捜査班の人間が理代と一緒にカラオケに行った三人の妹分たちに聞き込みをして、偽証してたことがわかったのか？」

「いや、三人とも嘘なんかついてないと口を揃えたらしい。しかし、理代の妹分たちがリーダーを庇ってる疑いも消えなかったんで、引きネタで……」

「昔の刑事はよく引きネタを使ってたようだが、邪道だよ」

「それはわかってたんだが、成島さんのチームには負けたくなかったんだ」

「おれたちが先に真犯人《ホンボシ》を検挙《アゲ》ても、捜査本部の手柄になるのにな」

「表向きはその通りなんだが、助っ人チームに点数稼がされたら、われわれ正規メンバーの誇りはどうなる？　プライドは、ずたずたじゃないかっ」

「あんた、人間の器《うつわ》が小さいな」

「そう言うが、立場が逆でも同じことが言えるか？」

「多分、言えると思うよ」

「そうだろうか」

「そんなことよりも、郷原理代をすぐに家に帰してやってくれ。そうしなかったら、あんたの人生は暗転するぞ」

「おまえ、警部補《ホ》の分際でおれを脅迫してるのかっ」

「もう虚勢を張るなって。おれたちの指示に従わなかったら、あんたはそう遠くないうちに元刑事ってことになる。九係の係長まで出世したのに、もったいない話だがな」

「うむ」

「どっちか好きなほうを選ぶんだね」

風見は突き放した言い方をした。

そのすぐあと、八係の日高係長が取調室に入ってきた。

「なんか様子がおかしいね。何があったのかな？」

「玉置警部が取り調べで違法なことをしてたんですよ」

　佳奈がそう前置きして、経緯を日高に伝えた。日高は話を聞き終えると、玉置に意見しはじめた。

「玉置、それはまずいよ。いくらなんでも行き過ぎだ」

「おれは郷原理代がアリバイを妹分たちに偽証させてるんではないかと睨んでたんで、つい引きネタを使ってしまったんだ」

「それじゃ、立件できるだけの材料はあると言ったのは、はったりだったのか」

「そうだったんだ。すまん！」

「なんてことなんだ。郷原さんに謝罪して、すぐに釈放しよう。玉置、そうしないと、おまえの前途は閉ざされてしまうぞ。とにかく、郷原さんにお詫びしたほうがいい」

「そうだな」

　玉置が理代に歩み寄って、神妙な顔つきで謝った。

「頭下《ペテン》げれば、それで済むってもんじゃないでしょ！」

「もちろん、傷害容疑で書類送検もしない」

「当たり前だよ、そんなこと」

「それでも気が済まないと言うのか？」

理代は立ち上がるなり、右のバックハンドで玉置の横っ面を張った。頬骨のあたりが鳴った。

「ええ、そうよ」

「ああ、すっきりした」

「これで、水に流してくれるな？」

「本当は蹴りも入れたいとこだけど、ま、いいわよ」

「悪かった」

玉置が言って、またもや頭を下げた。

「ちょっと確かめたいことがあるんです」

風見は日高に小声で言って、先に取調室を出た。

日高、佳奈の順に廊下に姿を見せた。

風見は『高円寺レジデンス』の三〇五号室で深町芽衣の両親と鉢合わせしたことを明かし、元国会議員が殺人遊戯であくどく儲けていたという話も手短に語った。

「殺人遊戯をプロモートして荒稼ぎしてたとは、前代未聞の悪事だね。しかも元国会議員が、そこまで堕落してたとは信じられないような恐ろしい話だ。実家に火をつけられたんで、本件の被害者はそのダーティー・ビジネスのことを告発することを断念したんだな。

本人にも魔手が伸びてたんで、脅迫に屈してしまったんだろう」

「多分ね。深町芽衣はギャル集団の件とは別の犯罪を暴こうとしたんで、命を狙われることになったんだな。そのことにもっと早く気づいていればと思いますよね。日高さん、被害者宅にあったビデオ映像は捜査資料として全巻借り受けたんでしょ？」

「借りた四十一巻の映像をすべて観たが、殺人遊戯を隠し撮りしたビデオなんかなかったな。元政治家が深町芽衣からビデオ・テープを奪って、マザー・テープと複製テープを一緒に焼却したんだろう」

「そうかもしれないな。被害者の仕事関係者のとこを岩尾・佐竹班が回ってるから、謎の元政治家を突き止める手がかりを摑んでくれる可能性もありますよ」

「そっちは、その元国会議員が第三者に深町芽衣を亡き者にさせたのではないかと筋を読んでるのか？」

「その可能性はゼロじゃないと思いますよ」

「そうなんだろうか」

日高が考える顔つきになった。

風見は佳奈に目配せして、先に刑事課のフロアを出た。三階だった。

風見たちは代々木署を出ると、警視庁本部庁舎に向かった。

第三章　気になる殺人遊戯

1

まだ大食堂は混んでいない。

空席が目立つ。午前十一時前だった。

本部庁舎の大食堂である。風見は奥まった席で、コーヒーを啜《すす》っていた。ブラックのままだった。ギャル集団のリーダーを釈放させた翌日だ。

前夜、相棒の美人刑事と特命遊撃班に戻って間もなく、岩尾と佐竹が聞き込みを終えて帰ってきた。ビデオ・ジャーナリスト仲間の話によると、殺された深町芽衣は五カ月ほど前に地下鉄六本木駅の階段から突き落とされそうになったらしい。

その当時、本件の被害者は六本木にある出会い系喫茶を取材していたという。その店では、外国人女性たちが春をひさいでいるそうだ。

脱北者を装った北朝鮮の女スパイたちが上野で性風俗店を営《いとな》み、荒稼ぎした金を地下銀行を通じて本国に送金していた事例があった。深町芽衣はその種の犯罪を取材していて、命を落としたのだろうか。それとも、元政治家絡みのダーティー・ビジネスを知ったことで若死にすることになったのか。まだ、どちらかは判断がつかない。

被害者の仕事仲間は詳しいことは知らなかった。しかし、それでも岩尾・佐竹コンビが得た情報はありがたかった。

風見は昨夜のうちに組織犯罪対策部時代の同僚だった仙名悠輝《せんなゆうき》に電話をかけ、投資詐欺で実刑判決を受けた元国会議員の割り出しを頼み、闇社会とのつながりも教えてほしいと言ってあった。

仙名は、風見よりも二つ年下だった。外見はやくざっぽいが、気の優しい男だ。他人に頼られたら、必ず応《こた》えるだけの俠気《おとこぎ》もあった。

仙名が蟹股《がにまた》で近づいてきた。黒ずくめだが、靴だけ茶色だった。本人はダンディーと思っているようだが、あまりセンスがいいとは言えない。

「仙名、余計なことをさせて悪いな。コーヒーでも、どうだ?」

「朝から早くもコーヒーを三杯も飲んじゃったんですよ。何もいりません」

「そうか。ま、坐れよ」

風見は促《うなが》した。仙名が正面の椅子に坐る。

「まず元政治家のことから教えてくれないか」

「わかりました。七年前に投資詐欺を働いて、三年四ヵ月ほど服役したのは民自党の衆議院議員だった土橋忠良《どばしただよし》、現在、六十七です」

「名前と顔は知ってるよ、会ったことはないがな。狸《たぬき》みたいな顔してる代議士だったと思うが……」

「ええ、その通りです。土橋は出所後は再建プロデューサーと名乗って、赤字に陥《おちい》ってる観光旅館や老舗旅館の経営の相談に乗ってるようです。しかし、それは見せかけなんです。実際は、つながりのあるリフォーム業者においしい思いをさせて、工事代金の二、三割を紹介料として貰ってるんです。経営相談をした側からもしっかりコンサルタント料を受け取ってるんですから、抜け目がありませんよね」

「投資詐欺の被害者たちは当然、民事告訴をしたんだろう?」

「ええ。しかし、公判中に大半の者が告訴を取り下げてます。土橋は関東桜仁会《おうじんかい》の理事たちと親交があるんですよ。おそらく裏社会の人間が土橋に投資金の返還を求めた人たちを脅迫して、告訴を取り下げさせたんでしょう。関東桜仁会は首都圏で四番目に大きな組織ですが、武闘派揃いですからね」

「そうだな。被害者たちは自分だけではなく、家族にも危害を加えられるかもしれないと怯《おび》えてしまったんだろう」

「でしょうね。土橋が殺人遊戯で荒稼ぎしてるかもしれないということでしたが、組対がそうした闇ビジネスで内偵捜査をしたことはありませんでした」

「そうか。深町芽衣に危《ヤバ》いダーティー・ビジネスを知られた時点で、土橋は証拠になりそうな物を急いで消したんだろうな」

「殺されたビデオ・ジャーナリストは、本当にクレージーな殺人遊戯の決定的な証拠をビデオ撮影してたんですかね？」

「被害者の父親が作り話をしなければならない理由はないから、事実なんだと思うよ。現に芽衣自身が命を狙われそうになったらしいし、実家にも火を放たれたということだったからな」

「そういうことを考えると、捜査本部事件の被害者は土橋忠良の犯罪の事実を知ってたんで、消されてしまったのかもしれないな。自分、それとなく関東桜仁会の二次か三次の下部組織《エダ》に探りを入れてみますよ。ホームレス、ネットカフェ難民、家出少女たちを引っさらって監禁した実行犯は若い組員らでしょうからね」

「おそらく、そうなんだろう」

「リッチな奴らから五百万取って、拉致した社会的弱者たちを嬲《なぶ》り殺しにさせてたとしたら、なんか慄然《りつぜん》としますね。誰だって金は欲しいと思ってるでしょうが、そこまでやっちゃうなんて、冷血漢そのものですよ。普通の人間は金銭欲を満足させるために、そんな惨《むご》いことはしません」

「そうだな。五百万円出して人間狩りを愉《たの》しんだ客も、狂気の領域に足を突っ込んでるとしか思えない」

風見は溜息混《ま》じりに言った。

「自分も、そう思います。二十数年前のバブル全盛のころから日本人は拝金《はいきん》主義に走って、人間らしさを忘れちゃったのかもしれませんね。たくさん金があれば、確かに快適な暮らしはできるでしょう。しかし、物質的な豊かさと精神的な充足感はイコールじゃありません」

「仙名の言う通りだな。金はないよりも、あったほうが何かと都合がいい。だけど、多くの金を得るために自分らしさを失ったり、ストレスを溜め込んで心を病《や》んだりしたら、かえって不幸だ」

「ええ、そうですよね。ここまで景気が落ち込んでしまったから、誰も生き残ることに必死なんだろうけど、金にひざまずくような人生は味気ないし、虚《むな》しいと思うな」

「仙名もおれもまだ独身だから、そんなことを言ってられるのかもしれないぞ。妻子を抱えてリストラ解雇された中高年の民間人は、呑気《のんき》には構えていられないはずだよ。それから、就職超氷河期なんて言われるほど新卒の内定率は低下してるから、若い世代も不安だらけなんだろう」

「そうなんでしょうね。自分らの俸給は安いけど、公務員は喰うには困らない。われわれは、まだ恵まれてるんだろうな」

「そうなんだと思うよ。ところで、六本木の出会い系喫茶のことも調べてくれた？」

「ええ、所轄の麻布《あざぶ》署の生活安全課から少し情報を貰いました。その出会い系喫茶で体を売ってるのは、二、三十代の白人女性ばかりだそうです。日本人を含めて東洋人の娼婦はひとりもいないということでした」

仙名が前屈みになって、声をひそめた。

「脱北者になりすました北の女スパイたちが体を売りながら、日本のさまざまな情報を集めてたわけじゃないんだな」

「アジア人の女はまったく出入りしてないというから、その線は考えられないでしょうね。その店は『キューピッド』という名で、六本木五丁目交差点の近くにある雑居ビルの五階で午後三時から翌朝の五時まで営業してるそうです」

「どういうシステムになってるんだい？」

「客の男たちは五千円の入場料を払って、ガラス張りの部屋に待機してる白人娼婦たちを選び、個室で相手と十五分のお喋りをするようになってるそうです。商談が成立したら、二人は近くのホテルにしけ込むんだそうです」

「遊び代は？」

「二時間のショートで六万円、泊まりは十二万円だとか」

「高いな。二流の白人クラブの女は、もっと安い値で客と寝てるぜ」

「『キューピッド』で客を取ってる白人女性たち十六人は全員、英会話学校の元講師らしいんですよ。ルックスもそこそこで、それぞれ母国の有名大学出身者だとかで、ほかの買春クラブの白人娼婦よりも遊び代が高いんだそうです」

「その十六人は、同じ英会話学校で働いてたわけか？」

風見は訊《たず》ねた。

「ええ、そうです。去年の春、テレビのCFで派手にスポットを打ってた『グロリア』という全国展開してた英会話学校が倒産したでしょ？　百数十億円の負債を焦《こ》げつかせて、社長は自己破産したんです」

「そういえば、そういうことがあったな」

「白人娼婦たちは数ヵ月分の給料が未払いだったし、学校の寮からも立ち退《の》かされて、路頭に迷ってたんですよ。で、生きるために体を売らざるを得なくなったようです」

「気の毒にな。社長は倒産前に雲隠れして、生徒や講師たちにずいぶん非難されてたんじゃなかったか？」

「そうです。『グロリア』をワンマン経営してた円谷直樹《つぶらやなおき》、五十八歳は支援企業が十社近く名乗り出てくれたと債権者たちに嘘をついて安心させ、その裏で妻と離婚して、自己破産の準備をしてたんですよ」

「そうだったな。確か『グロリア』の金を着服して、横領罪で起訴されたんだろう？」

「ええ。東京拘置所に収監されたんですが、保釈されて、現在、公判中です」

「『キューピッド』の経営者は、その円谷なのか？」

「それがはっきりしないそうです。書類上の経営者は、えーと、湯原《ゆはら》……」

仙名が上着の内ポケットから四つ折りにした紙切れを抓《つま》み出し、押し開いた。

「情報をプリントアウトしてくれたようだな？」

「ええ。やっぱり、湯原という姓でした。湯原健一郎《けんいちろう》、四十四歳です」

「そいつは何者なんだ？」

「二年ほど前に港友会友成組《こうゆうともなり》を破門になった元やくざです。服役中の弟分の内縁の女房を寝盗《と》ったんで、組から追放されたようです」

「その湯原って奴は、ダミーの経営者っぽいな」

風見は言った。

「ええ、おそらくね。『キューピッド』の真のオーナーは、円谷直樹なのかもしれませんよ。元講師の白人女性たちに売春させてるんですから。元やくざの湯原がそういう女性たちを自分で集められるとは思えません」

「そうだろうな」

「二期目から九係が追加投入されても、正規のメンバーだけじゃ犯人《ホシ》を割り出せないと思いますよ。玉置係長はいつも偉そうなことを言ってますが、ほとんど手柄を立てたことないからな」

「あの男が苦手なんだ？」

「ええ、大っ嫌いです。玉置は、組対の人間は体力だけで知力が足りないと暴力団係《マルボウ》を軽く見てるんですよ」

「そういうとこがあるな、あいつには」

「確かに体格《ガタイ》がよくて、いかつい男たちが組対には多いですけど、頭が空っぽな奴ばかりじゃありませんよ。風見さんは以前、組対にいたから、そのへんはわかるでしょ？」

「ああ、知力のある奴もいるな。少なくとも、玉置よりも頭の回転が速い者が二十人、いや、三十人はいるね」

「もっと多いでしょ？」

「仙名の立場もあるだろうから、五十人はいることにするか」

「そこまでサービスしてくれなくてもいいですよ。中を取って、玉置よりも頭のいい奴が四十人はいることにしませんか？」

「わかった。そういうことにしよう」

「待てよ。そんなには多くないですね」

　仙名が真顔で言った。風見は、思わず笑ってしまった。

「三十人でも、四十人でもいいですよね。でも、組対の総人数は千人を超えてるんですから、どっちにしても数が少ないな。やっぱり、組対は体力だけの捜査員の集団なんですかね？」

「そんなことはないさ」

「自分、風見さんが羨《うらや》ましいですよ」

「なんで？」

「成島班長は親分肌だから働きやすいでしょうし、美人警視とペアを組んでるんですから。八神さんと二人で聞き込みに回れるんだったら、自分、非番なんかなくてもいいな。俸給だって、半分に減らされてもいいぐらいです」

「八神は、いい女だよな。創造主がえこひいきしたと思えるぐらいに、あらゆる面でほとんどパーフェクトだ」

「ええ、そうですね。美人だし、キャリアでも人柄がいいんでしょ？」

「ああ、気立てもいいな。しかし、一つだけ気に入らないとこがあるんだ」

「何が気に入らないんです？」

「たやすく口説《くど》けないんだよ」

「女たらしの風見さんが迫っても、脈なしなのか」

「残念ながら、落とせそうもないな」

「だったら、もう諦《あきら》めてください。八神さんは独身男、いいえ、妻帯者を含めて本庁の野郎どものマドンナなんですから」

「だから、余計に口説きたくなるんだよ」

「本気なんですか？」

「ああ、半分はな」

「風見さんは女性に関しては欲張りなんですね。去年の十二月ごろから、特定の彼女とつき合ってるって噂が自分の耳にも入ってますよ」

「そうか。それは事実だが、男と女の関係は予測不能だからな。八神を永久に口説かないとは約束できない」

「八神さんに手を出したら、絶対に複数の男たちに風見さんは闇討《やみう》ちされますね。そのときは、自分、加勢しませんよ」

「仙名、真顔になってるな」

「冗談なんかじゃありませんからね」

「わかった、わかったよ。いくら熱っぽく八神に言い寄っても、おれは当分まともには相手にされないだろう」

「いま、当分と言いましたよね。ということは、一年先はどうなるかわからないってことでしょ？」

「そんな怖い顔をするなって」

「八神さんを誘惑して棄《す》てたら、自分も風見さんを痛めつけますよ。こっちは土橋に関するデータです」

仙名がようやく笑顔になって、上着のポケットから別のプリントアウトを取り出した。

風見は二枚の紙を重ねて受け取り、スラックスのヒップ・ポケットに突っ込んだ。

「別々に出たほうがいいでしょう。殺人犯捜査係の正規メンバーたちには、組対の情報を提供するつもりはないんでね」

仙名が片目をつぶり、椅子から立ち上がった。男のウインクはいただけない。それでも、風見は笑みを絶やさなかった。

仙名が大食堂から出ていった。

風見はコーヒーを飲み干してから、腰を上げた。大食堂を出た直後、私物の携帯電話が身震いした。登庁する寸前にマナー・モードに切り替えてあった。

電話をかけてきたのは、交際中の智沙だった。

「いま、話せる？」

「ああ、問題ないよ」

「捜査がどの程度進んでるかと思ったんだけど、職務のことを外部の者に話しちゃいけないんでしょうね？」

「そうなんだが、こっちは優等生じゃないからな。規則は破りたくなる性質《たち》なんだよ」

風見は、これまでに知ったことをかいつまんで話した。

「深町さんは元政治家の殺人遊戯ビジネスの証拠映像をこっそり撮《と》ってたのかしら？　そ

うだとすれば、土橋という男が誰かに先輩を殺害させたのかもしれないな」

「そうだね。それから、出会い系喫茶の売春ビジネスを告発する気だったことが殺人事件を招いたとも考えられる」

「ええ、そうね」

「チームの別班と手分けして、その両方を少し調べてみようと思ってるんだ」

「その前に松宮さんに改めて聞き込みをしてみたら、どうかしら？　ひょっとしたら、初動捜査のときには思い出せなかったことを……」

「思い出すかもしれない？」

「ええ。松宮さんは先輩が亡くなった翌日か、翌々日に刑事さんの訪問を受けたと思うの」

　智沙が言った。

「そうだったにちがいない」

「そのときは気が動転してたでしょうから、聞き込みに冷静には応じられなかったはずよ」

「だろうね。松宮さんに会ってから、捜査を進めるよ。犯人に目星がついたら、こっそりきみには教えよう」

風見は終了キーを押し、モバイルフォンを折り畳んだ。

2

鉄骨階段は赤錆《あかさび》だらけだった。

木造モルタル造りの二階建てアパートは、老朽化が目立つ。築後三十年は経っていそうだ。

「行くぞ」

風見は相棒の佳奈に声をかけ、先に鉄骨階段のステップに足を掛けた。ステップや手摺《てすり》のペンキは、あちこち剝《は》がれ落ちていた。

アパートは笹塚《ささづか》の住宅密集地にあった。両隣の家屋が迫っていて、陽《ひ》当たりはよくない。松宮雄輔の部屋は二〇三号室だ。

午後一時を過ぎて間がない。

風見たちは階段を上り切り、二〇三号室の前に立った。佳奈が合板ドアをノックする。

ややあって、ドア越しに男の声で応答があった。

「どなたでしょうか？」

「警視庁の者です。松宮さんですね？」

「はい。芽衣を殺した犯人が逮捕されたんですか？　そうなんでしょ？」

「残念ながら、そうではないんです。再聞き込みをさせていただきたくて、伺《うかが》ったんですよ」

「そうですか」

「ご協力いただけますか？」

「ええ、もちろん！」

「よろしくお願いします」

佳奈が半歩退《さ》がった。

ほどなくドアが開けられた。姿を見せた翻訳家は格子柄のフランネルシャツの上に、灰色のフリースを重ねていた。下は、厚手の草色のカーゴ・パンツだった。

風見と佳奈は、それぞれ顔写真付きの警察手帳を松宮に呈示した。濃いチョコレート色だが、暗がりでは黒く見える。

「どうぞお入りください」

松宮が来訪者を自分の部屋に請じ入れた。

間取りは2Kだった。手前に三畳ほどのキッチンがあり、その右側に浴室とトイレが並んでいる。キッチンに接した三畳間は和室で、片側に押入れがあった。

奥の洋室は六畳だった。ベランダ側にパソコン・デスクが置かれ、壁際には書棚が連なっている。書物の多くは洋書だった。

「部屋が狭いんで、ソファも置けないんですよ」

松宮が恥ずかしそうに言って、ベージュのカーペットの上に三つのクッションを手早く置いた。

風見はクッションの上で胡坐《あぐら》をかいた。佳奈は横坐りだった。

「お茶も差し上げられませんが……」

松宮が言いながら、風見の前に腰を落とした。風見は何気なくパソコン・デスクの上を見た。

深町芽衣の小さな遺影の前には、一輪挿《ざ》しが置かれている。活《い》けられている花は、赤いスイートピーだった。

「故人の納骨までには犯人を捕まえてやってください。お願いします」

松宮が風見と佳奈の顔を等分に見ながら、訴えるように言った。

「わたしたちは支援要員ですが、ベストを尽くします。実はきのう、『高円寺レジデンス』の三〇五号室で偶然に芽衣さんのご両親にお会いしたんですよ」

佳奈が切り出した。

「そうなんですか。ぼくは彼女の告別式のとき、ご両親と弟さんにお目にかかったきりなんですよ。遺族を力づけてやらなければならないんですが、ぼくがなかなかショックから立ち直れないもんだから、清水のお宅にも行けなかったんです」

「まだ無理ですよね？」

「翻訳の印税収入だけで芽衣を養えるようになったら、彼女にプロポーズする気でいたんですよ。芽衣は結婚という形態には拘《こだわ》っていないようでしたが、ぼくは考え方が古いのか、共働きをしなければ、夫婦が喰えないという生活スタイルは好きじゃないんです」

「松宮さんは九州男児でしたよね？」

「ええ。福岡生まれで、大学に入るまで向こうにいました。結婚しても、芽衣が仕事をつづけることに反対する気はありませんでした。でも、男なら、自分の稼ぎだけで妻を養いたいという気持ちがあったんです。時代遅れの考え方なんでしょうがね」

「そういう男性がいてもいいと思います」

「そうですかね。ベストセラー本の翻訳の仕事は、まず若手には回ってきません。ぼくなりに頑張ってるつもりなんですが、翻訳の印税で年に三百万円を稼ぐのはきついんですよ。それで週に一、二度、運転代行のアルバイトをしながら、なんとか人並、いいえ、なんとか食べているんです」

「それでも立派ですよ。その若さで、翻訳家として認められてるんですから」

「ぼくなんか駆け出しも駆け出しです。厳密には、まだセミプロですよ。最低でも翻訳印税だけで五、六百万円の年収がなければ、プロとは言えません」

「だいぶ前から出版不況と言われてるから、それだけ稼ぐのは結構大変なんだろうな」

風見は口を挟んだ。

「ええ。翻訳の仕事だけで家族を養えてる方は二十人もいないでしょうね。ほとんどの者がセミプロで、大学やカルチャーセンターの講師をやって、足りない収入を補ってるんです。でも、ぼくは専業の翻訳家をめざして頑張ってきたんですよ。しかし、こんなことになるんだったら、共働きでもいいから、芽衣と結婚するんだったな」

「そうすべきだったのかもしれないな」

「男の見栄を張ったりしなければ……」

松宮がうつむいた。固めた拳《こぶし》が小刻みに震えている。涙ぐんでいるのだろう。

「きのう、被害者の父親から手がかりになるような話を聞いたんですよ」

風見は、元国会議員のダーティー・ビジネスのことを語った。

「芽衣が殺人遊戯の証拠映像を盗み撮りしてたかもしれないとおっしゃるんですね？」

「ええ。それは事実なんでしょう。芽衣さん自身が命を狙われ、さらに実家に火をつけられたという話でしたんでね」

「彼女の父親がそんな作り話をするとは考えにくいから、そうなんでしょう。芽衣はそんな恐ろしい目に遭《あ》いながら、なぜ何も話してくれなかったんだろうか。打ち明けたら、ぼくに取材を中止しろと言われると思ったんでしょうかね？」

「そういうことじゃなく、故人は松宮さんを巻き添えにしたくなかったんじゃないのかな？　多分、そうなんでしょう。それだけ被害者は、おたくのことを大切な男性《ひと》と思ってたんだと思うな」

「そうだとしても、水臭いですよ。ぼくらは婚約こそしてませんでしたが、恋人同士だったんですから」

「しかし、芽衣さんにはビデオ・ジャーナリストとしての誇りと意地があったんでしょう。不正を自分で告発する気だったんだろうから、たとえ命を狙われても、正義を貫く覚悟があったにちがいない。彼氏の力を借りることは恥だと思ってただろうし、松宮さんに迷惑をかけたくもなかったんだろうな」

「そうなんでしょうか。それで、警察はその元政治家が誰だということを調べ上げたんですか？」

松宮が問いかけてきた。

「まだ断定はできないが、民自党の衆議院議員だった土橋忠良と思われるんだ。別班が土橋の周辺から聞き込みをしてるはずです」

「その土橋って男は六、七年前に投資詐欺罪で有罪になって、何年か服役したんじゃなかったかな？」

「そうなんだ。土橋は出所してからは経営コンサルタントめいたことをやってたんだが、もっと手っ取り早く大金を摑みたくなったんだろうね」

「だから、人間狩りを思いついて、客から五百万円ずつ貰ってたんでしょうか。殺人遊戯の獲物は、どうやって集めたんですかね？」

「土橋忠良は、関東桜仁会の理事たちと親しいんだ。おそらく系列の組員が路上生活者、ネットカフェ難民、家出少女たちを上手に騙《だま》して集め、マン・ハンティングが行なわれてる場所に監禁してたんだろう。嬲り殺しにされた者たちの死体は大型ミート・チョッパーでミンチにしたか、クロム硫酸《りゅうさん》の液槽《えきそう》に投げ込んで骨だけにしてたんだろうな」

「そうなんでしょうか」

「ミンチにした肉を豚か野犬に喰わせたり、砕いた骨の粉を水洗トイレに流してしまえば、死体は永久に見つからない。死体なき殺人事件だと、立件が難しいな」

「そんなことまでしてたんだろうか」

「考えられるね。被害者から殺人遊戯のことはまったく聞いてなかったのか……」

「ええ」

「それじゃ、五ヵ月ほど前に深町芽衣さんが地下鉄の六本木駅の階段から何者かに突き落とされそうになったことも知らないんだろうな」

風見は言って、かたわらの相棒に目配せした。佳奈が出会い系喫茶『キューピッド』で行なわれている売春ビジネスのことを説明した。

「元国会議員の土橋忠良が芽衣の事件に関与してなかったら、その出会い系喫茶の関係者が怪しいんですね？」

「ええ、まあ」

「芽衣が少し仕事に関することを話してくれてたら、何かお役に立てたはずなんですけどね。それが残念です」

「松宮さん、悲しみが薄らぐまで時間がまだまだかかるでしょうが、もう早まったことはしないでくださいね」

「睡眠導入剤を服んだこと、ご存じだったのか」

「ええ。わたし、大学生のころに交際していた相手に若死にされたんですよ。あなたの辛さは理解できます。わたしも支えを失ってしまって、生きる張りをなくしかけたことがあります」

「あなたも同じような悲しみを味わわれたんですか」

「そうなんです。ですんで、松宮さんの喪失感《そうしつ》はよくわかります。でも、後追い自殺なんかしたら、故人が最も悲しむと思います。自分が短命だった分、愛《いと》しい相手にはできるだけ永く生きてほしいと願ってるんじゃないかしら？」

「そうなんでしょうが、なんだか何もかも虚《むな》しく思えてきてね」

「そうだったんでしょう。だけど、月並ですけど、命のスペアはないんです。死んでしまったら、それでジ・エンドですよ」

「ええ、そうですね」

「悲しみは、いつか時間とともに薄れます。わたしは、そのことを実体験で知りました。生き抜くことが、故人には最大の供養になるんではありませんか？」

「創文出版の担当編集者にも、同じことを言われました。森脇《もりわき》という担当者がたまたま別の打ち合わせで笹塚に来たんで、このアパートに寄ってくれたんですよ。彼が訪ねて来なかったら、ぼくは死んでたと思います。森脇敏《さとし》さんは、まさに命の恩人です」

「その方は原稿の催促にやってきたんですか？」

「いえ、そうじゃないんです。仕事の捗《はかど》り具合が気になって、ぼくのとこに立ち寄ってくれただけなんですよ」

「そうなんですか。こんなことを言うと笑われるかもしれないけど、きっと深町芽衣さんが神通力《じんつうりき》みたいなもんで、担当編集者の方に何か働きかけたんじゃないのかしら？」

「そうだとしたら、芽衣にも感謝しないといけないな」

「ええ、そうですね。ところで、睡眠導入剤はどうやって手に入れたんです？」

「去年の梅雨《つゆ》のころ、漠とした不安にさいなまれて、眠れない夜がつづいたんですよ。そのときに心療クリニックで睡眠導入剤を七、八回処方してもらったんですが、錠剤を三分の一ぐらいしか服用しなかったんです。薬に頼るのはよくないと思ったんでね」

「そうだったんですか。で、余った分をまとめて服んでしまったわけだ？」

「そうなんです。強い眠気を覚えたとき、森脇さんがこの部屋にやって来たんですよ。だけど、ぼくは死ぬ気だったんで、あえて返事をしませんでした。森脇さんは何か様子が変だと感じて、近くに住んでる大家さん宅に走って、一緒に戻ってきたんです」

「大家さんがマスター・キーを使って、この部屋に入ったのね？」

「そうです。それで、森脇さんがすぐに救急車を呼んでくれたわけです」

松宮が口を結んだ。

ちょうどそのとき、部屋のドアがノックされた。部屋の主が風見たちに断って、クッションから腰を浮かせた。

来訪者は七十代と思われる女性だった。

「お客さんみたいね」

「ええ、そうなんですよ。大家さん、家賃の集金ですね？」

「そうなの。二カ月分の家賃を溜められちゃうと、わたしんとこも遣《や》り繰りがきつくなるのよね」

「いつもご迷惑をかけて、すみません」

「松宮さん、せめて一カ月分だけ払ってもらえない？　それぐらいなら、なんとかなるでしょ？」

「あと四、五日だけ待ってもらえませんかね？　仕事の資料本をいろいろ買い込んじゃったんで、食費しか残ってない状態なんですよ」

「アルバイト先で少し前借りできないの？」

「前借りなんかしたら、お払い箱にされちゃうでしょう。月に七、八万ぐらいしか稼げないけど、大事な副収入なんですよ」

「困ったわね。それじゃ、博多《はかた》のお母さんのとこに連絡させてもらうわ」

「大家さん、それだけはやめてください。この部屋を借りるときに連帯保証人が必要だと言われたんで、仕方なく母になってもらいましたが、世話になりたくないんですよ」

「実の母親なんだから、本当に困ってるときは少しぐらい援助してもらってもいいんじゃない？」

「実母ですが、どうしても世話になりたくないんです」

「実家にいるとき、お母さんと確執《かくしつ》でもあったの？」

老女が訝《いぶか》しげに訊いた。

「ええ、ちょっとね」

「お母さんと同居してる男性は、内縁の夫だったわね。実のお父さんは、どこに住んでるんだっけ？」

「以前は長崎県内にいたようですが、現在の居所はわかりません。両親が離婚したのは、ぼくが四つのときなんですよ。それ以来、実の父とは一度も会ってないんです」

「そうなの。あなた、子供のころから苦労したようね。高校と大学はアルバイトをしながら、やっと卒業したんでしょ？」

「家が豊かじゃありませんでしたから、仕方ありませんよ。明日、仕事をしてる出版社に翻訳印税の前借りを頼んでみますんで、もう少し待ってください。多分、二カ月分を一緒にお支払いできると思います」

「そうしてね。自分の夢を実現させようとしてる若い人をいじめるようなことはしたくないけど、わたしの二番目の娘が孫を二人連れて実家に出戻ってきたのよ。わたしたち老夫婦も悠々自適ってわけにはいかなくなっちゃったの」

「次女の方、離婚されたんですか？」

「そうなの、先月の上旬にね。次女の旦那だった彼は、酒乱なのよ。素面《しらふ》のときは腰が低くて、温厚そのものなんだけどね。アルコールが入ると、別人になっちゃうの。会社の上司や同僚には絡《から》むし、女房子供に平気で暴力をふるうのよ。初孫を産んでから、次女は夫の暴力に泣かされつづけてたの。二番目の子供ができても、いっこうに酒を断つ気がないようなんで、わたしら夫婦が半ば強引に離婚させたのよ」

「ドメスティック・バイオレンスで妻子や恋人を泣かせてる男たちは共通して、劣等感が強いんですよね。でも、そうした弱点を他人に覚《さと》られまいとして背伸びをしたり、虚勢を張りつづけてるからストレスを溜め込んじゃうんです」

「そうみたいね。だから、お酒を飲むと、一気に自制心が利かなくなっちゃって、暴君みたいになっちゃうんだろうな。次女の元亭主は飲まなければ、それこそ好人物なのよね」

「酒乱は病気なんですよ。精神科医院できちんと診療を受けないと、一生、治らないでしょう。それから、ちょっとしたことで逆上する男たちも正常じゃないんですよ」

「誰か身近にキレやすい人間がいたみたいな口ぶりね。実のお父さんが、そうだったの？」

「実の父は優しかったですよ。でも、母親の彼氏たちはどいつも……」

松宮が言い澱《よど》んだ。

「厭なことは思い出さないほうがいいわ」

「そうですね。なるべく早く家賃はお払いしますので、もう少し時間をください」

「わかったわ。来客中に恥をかかせて、ごめんね。こちらも生活があるんで、つい痺《しび》れを切らしちゃったの。どうもお邪魔しました」

家主の妻がドアを閉めた。

松宮がきまり悪げな顔で、奥の居室《きょしつ》に引き返してきた。

「みっともないとこをお見せしてしまいました。専業翻訳家になることが中学生のころからの夢だったんで、もう少し貧乏と闘いながら粘ってみたいんです」

「頑張ってほしいな。夢を持とうとしない若い世代が多くなってるようだが、松宮さんはドリーマーでありつづけたいと思ってる。その生き方は清々《すがすが》しいですよ」

風見は立ち上がって、部屋の主に笑いかけた。松宮が照れ臭そうに笑った。

「夢まで後一歩じゃないですか。そのまま突っ走ってください」

佳奈が腰を上げ、三つのクッションをてきぱきと積み上げた。風見たちは礼を言って、松宮の部屋を出た。

二人は、すぐに鉄骨階段を下った。アパートの敷地を出て、ふと風見は足を止めた。

「何か忘れ物ですか?」

「いや、そうじゃない。松宮雄輔のアリバイを一応、確認しておくべきかと思ったんだよ」

「代々木署と本庁《うち》の初動班の両方が裏付《ウラ》けを取ってるんだから、その必要はないでしょ?」

「しかし、アパートの居住者は一月二十八日に二〇三号室の電灯が点いてたと証言してるだけだぜ。松宮が自室にいたと完全に立証されたわけじゃない」

「そうですけど、彼が加害者であるわけないですよ。かけがえのない女性が亡くなったんで、松宮さんは後追い自殺まで図ったんです」

「そうだな。彼はシロなんだろう」

「それは、まず間違いないですよ」

佳奈が断言した。

そのとき、風見のスエード・コートの内ポケットで官給品の携帯電話が着信音を発した。モバイルフォンを取り出し、発信者を目で確認する。岩尾からの電話だった。

「いま土橋忠良の入院先を出たとこなんだが、元国会議員は一月七日の夜に自宅で脳出血で倒れ、東都医科大学病院の個室にいるんだ。いまも意識不明の状態なんだよ」

「意識を取り戻す可能性は？」

「担当医は、きわめて低いと言ってた。植物状態で何年か昏睡《こんすい》したまま、やがて脳死に移行するのではないかと言ってたね」

「それじゃ、土橋自身から殺人遊戯で荒稼ぎしてたかどうかを聞き出すことはできなくなったわけか。それから、危《ヤバ》い証拠映像を盗み撮りされたかどうかも……」

「そうだね。深町芽衣殺害事件に元政治家が絡んでたのかどうかは、本人に追及できなくなったわけだ。わたしと佐竹君は、これから関東桜仁会の理事たちの周辺の者に探りを入れてみるよ。そっちに何か収穫はあったのかな？」

「これといった手がかりは得られなかったんですよ。おれたち二人は、六本木の出会い系喫茶に回る予定です」

風見は通話を切り上げ、相棒に土橋が入院していることを伝えはじめた。

3

追尾《ついび》されているのか。

風見は後続の白っぽいアリオンが気になった。松宮のアパートを出てから、アリオンはスカイラインと同じルートをたどっている。

風見はルームミラーとドアミラーを交互に覗いた。

アリオンを運転しているのは、四十代半ばの男だった。眼光が鋭い。だが、筋者《すじもの》ではなさそうだ。

捜査車輛は甲州街道を走行中だった。西新宿に差しかかっていた。

「八神、どこか脇道に車を入れてくれ」

「え!? どうしてなんです？」

「後ろのアリオンは、松宮のアパートの近くから尾《つ》けてるんだと思う。それを確かめたいんだよ」

「関東桜仁会の者なんですかね？ 岩尾・佐竹班が土橋の入院先に行ったんで、殺人遊戯の獲物を拉致監禁したことがバレたんではないかと思って、警察の動きを探る気になったのかしら？」

「尾行者はヤー公には見えないな。とにかく、どこか裏通りに入ってくれないか」

「了解！」

佳奈が次の交差点の手前で、左のウインカーを点滅させた。

風見はドアミラーに目をやった。

アリオンのウインカーは灯《とも》っていない。尾行されていたわけではなかったのか。

相棒が覆面パトカーを左折させた。

アリオンは脇道に入ってこなかった。風見は苦笑した。少し神経過敏になっているようだ。佳奈も微苦笑した。

スカイラインを六本木に向かわせる。

出会い系喫茶『キューピッド』を探し当てたのは、午後二時半ごろだった。佳奈が雑居ビルの数十メートル先にスカイラインを停める。

「営業時間は午後三時からだって話でしたよね？」

「組対の仙名の情報では、そうだったな」

「わたし、白人とのハーフに見えません？」

「ハーフは無理でも、クォーターなら通用するかもしれない。八神は割に彫りが深いし、色白だからな。まさか娼婦志願者になりすまして、『キューピッド』に偵察に行く気になったんじゃないだろうな？」

「そうしようと思ったんですけど、純粋な白人女性しか採用する気はないと門前払いされちゃいますかね？」

「そういうことよりも危険すぎる。ダミーの責任者だと思うが、売春ビジネスを仕切ってる湯原は元やくざなんだ。怪しまれたら、無事に帰してもらえないだろう」

「危《ヤバ》くなったら、わたし、うまく逃げてきますよ」

「その考えは甘いな。下手したら、八神は消されちまうぞ。その前に湯原に姦《や》られるかもしれない。湯原は服役中の弟分の内妻を寝盗って港友会友成組を破門になったという話だから、相当な女好きなんだろう」

「わたし、やすやすとレイプされるような女じゃありません」

「やくざだった男を甘く見てると、取り返しのつかないことになるぞ。拳銃《ドウグ》を隠し持ってたら、逃げるに逃げられなくなる」

「それじゃ、体を売ってる『グロリア』の元講師たちと雑居ビルのエレベーター・ホールで接触して、聞き込みをします？」

「それも、ちょっと危険だな。おれが『キューピッド』の客に化けるよ」

風見は言った。

「白人女性を買うんですか⁉」

「買う振りをするだけさ。連れ出した女とホテルに入ったら、身分を明かして聞き込みをする。特命遊撃班《うちちち》の捜査費には特に制限はないから、ショートの遊び代とホテル代ぐらいの出費はどうってことないだろう」

「でも、白人女性と密室で二人っきりになったら、妖《あや》しい気分になりそうね。風見さんは女好きなんだから。根上智沙さんを裏切るようなことは絶対にしないって誓えます？」

「おい、おい！　八神は、いつから智沙のマネージャーになったんだよ？　女好きだが、おれにだって節操はあるさ」

「でも、相手は白人の女性なんですよ。東洋の男たちは欧米の女性たちに弱いから、弾みで……」

「セックスしちゃいそうか？」

「ええ、多分ね」

「そういうことはしないよ、職務中だからな」

「本当かしら？」

「おれを信じろって。ホテルに入っても、じきに出てくる」

「そういうことなら、その手でいきましょうか」

佳奈が不機嫌そうな声で言った。

「八神、何が気に入らないんだ？　おれが白人娼婦とホテルに行くこと自体、面白くないんだな。ということは、やっぱり八神はおれに気があるわけだ？」

「相変わらず軽いですね。軽すぎますっ」

「相手がブロンド美人でも、抱いたりしないよ。ちょっともったいない気はするがな」

風見は冗談めかして言った。

相棒はなんの反応も示さなかった。むっつりと押し黙っていた。

少し経つと、飛び飛びに白人女性たちが雑居ビルに入っていった。いずれも、二、三十代に見えた。かつて『グロリア』で英会話を教えていた欧米人だろう。目を惹《ひ》く美女もいた。

やがて、午後三時になった。

「行ってくるよ。そっちは、車の中で待機しててくれ」

風見は相棒に言って、スカイラインの助手席から出た。六本木五丁目交差点方向に少し戻り、雑居ビルに入る。

風見はエレベーターで五階に上がった。

出会い系喫茶『キューピッド』は、ワンフロアをそっくり使っていた。

ドアを開けると、すぐ目の前に受付カウンターがあった。二十代前半の男が立っていた。風見は五千円の入場料を払った。

すると、案内係の青年が近づいてきた。青年に導かれて、通路を進む。右手にガラス張りの部屋があり、七人の白人女性がソファに坐っていた。

全員、肩を露出したカラフルなドレスを着用していた。スカートの丈《たけ》は短い。

娼婦たちが競《きそ》い合うように媚《こび》を含んだ眼差《まなざ》しを向けてくる。投げキッスをする女もいた。七人とも、番号札を胸のあたりに付けていた。

「奥のブースに入られてから、お気に入りの女性の番号を押してください」

案内係の男が言った。

「わかった。パートナーは、すぐに連れ出せるんだな？」

「はい。二時間コースを選ばれるんでしたら、ホテルの部屋でパートナーに六万円渡してやってください。ホテルの休憩料金は、お客さまに負担していただきます」

「オーケー。ショートで遊ぶつもりなんだ。ブロンドの女は人気があるんだろうな？」

「ええ。彼女は地毛が金髪ですんで、ナンバーワンですね」

「売れっ子はサービス精神があまりないだろうから、栗毛の娘《こ》を選ぶかな」

「じっくりお選びください。ブースでの会話は十五分以内でお願いします」

「ああ、わかったよ」

風見は大きくうなずいた。案内係の男が一礼し、踵《きびす》を返した。風見は品定めする真似をしてから、奥にあるブースに入った。

三畳ほどの広さで、コンパクトなテーブルと椅子が置かれている。椅子は二脚だった。

風見は番号パネルに手を伸ばし、三番を押した。

三番の札を付けていた栗毛の女は三十歳前後で、バストが豊かだった。瞳の色はスティール・ブルーだったか。

椅子に腰かけると、案内係の男がすぐに二人分のオレンジ・ジュースを運んできた。彼が下がると、今度は選んだ女がブースに入ってきた。

「初めまして。スージーです」

「日本語が上手なんだな。ブロークン・イングリッシュで会話をするつもりだったんだ」

「わたし、日本語で大丈夫です。日本に来て、もう四年半になりますから」

「そう。アメリカ人かな?」

「ええ。オレゴン州の田舎で育ちました。あなたのお名前を教えて」

「中村《なかむら》だよ」

「ポピュラーなお名前ね。偽名なんでしょうけど、それでかまわないわ」

「スージーも本名じゃないんだろ？」

「いえ、本名よ。でも、姓はマコーミックになったり、スチュワートになったり、いろいろね」

「深くは詮索しないよ」

「あなた、大人ね。二時間コースでいいんでしょ？」

「ああ」

「なら、すぐ出ましょう。わたし、コートを取ってくるから、あなたは一階のエレベーター・ホールで待ってて」

「いつも利用してるホテルは近いのかな？」

「歩いて二、三分ね」

「それじゃ、階下《した》で会おう」

風見は先にブースを出て、エレベーターで一階に下った。

数分待つと、スージーが五階から降りてきた。黒革のロング・コートを着込んでいた。

風見たちは雑居ビルを出た。覆面パトカーの脇を通り、裏通りに入る。少し先に高級ラブホテルがあった。五階建てだ。

フロントは無人だった。スージーが客室パネルに近寄り、部屋を選ぶ。料金は各室に設けられたエア・シューターを使って払う仕組みになっているようだ。

風見たち二人は、四階の一室に落ち着いた。

「先に六万円をいただきます」

スージーが革のロング・コートを脱ぎ、手を差し出した。風見は六枚の万札を手渡した。

「一緒にシャワーを浴びましょ。わたし、あなたの男根《コック》を洗ってあげる」

スージーが黒いドレスを床に落とした。

ブラジャーとショーツは、黒だった。肌の白さが際立《きわだ》って見える。ただ、産毛《うぶげ》は目立った。肌理《きめ》も粗《あら》い。

「裸にならなくてもいいんだ」

風見は言った。

「なぜ《ホワイ》なの？」

「女を金で買うわけにはいかないんだよ」

「わたし、理解できないわ」

スージーが首を傾《かし》げた。風見は黙って警察手帳を見せた。

「あなた、刑事《コップ》だったの!?」

「そうだ。日本には、売春防止法って法律があるんだよ」

「お金は返すわ。わたしたちは、まだメイク・ラブしてない。だから、わたしは法律を破ってないね」

「きみらが体を売ってることは、もうわかってるんだ。六万円は情報料として受け取ってくれ。質問する前に服を着てくれよ。いつまでもランジェリー姿を眺めてたら、そっちを抱きたくなるかもしれないからな」

「抱いてください。そうすれば、わたしは捕まらなくても済むだろうから」

「立場上、そっちとセックスするわけにはいかないんだよ。早くドレスを身につけてくれ」

「仕方ないね」

　スージーが肩を大きく竦《すく》め、手早く黒いドレスをまとった。風見は、スージーをダブルベッドの端に腰かけさせた。

「『キューピッド』で働いてる白人女性は全員、潰《つぶ》れた『グロリア』で講師をしてたんだな?」

「そういう質問は、わたし、困ります。六万円はいらないから、お店に帰らせて」

「世話を焼かせるなって」

「わたし、サービスするわ」

スージーが床にひざまずいて、片腕を風見の腰に回した。

「なんの真似だ?」

「わたし、オーラル・プレイ下手じゃない」

「ベッドに腰かけろ。連行されたくなかったら、言われた通りにするんだっ」

風見は声を張った。スージーが全身を竦《すく》ませ、ふたたびベッドに浅く腰かけた。

「さっきの質問だが……」

「あなたの言った通りね。わたしたち、『グロリア』が倒産する二、三カ月前から、給料を貰えなかったの。教えてた教室は別々だったんだけど、みんな、同じ寮で暮らしてた。寮といっても、目白《めじろ》駅の近くにある賃貸マンションだったんだけど。ほとんどの講師はろくに貯金もなかった。別の英会話学校に雇ってもらえないかと頼んでみたんだけど、採用されたのはイギリスの名門大学を出てる男性ひとりだけだったね」

「それぞれの母国に帰った連中もいるんだろう?」

「ええ、二十人ぐらいはね。その人たちは貯《たくわ》えがあったり、家族に帰りの航空券を送ってもらったの。でも、親兄弟に経済的な余裕のないわたしたちは日本で働くほかなかった。

だけども、不況で働き口はなかなか見つからなかった」

「店の責任者は元やくざの湯原ってことになってるが、ダミーの経営者なんだね？」

「それは……」

「『キューピッド』のオーナーは、『グロリア』を倒産させた円谷直樹なんだろ？」

「ええ、そうだと思う。湯原さん、自分は雇われてるだけだから、四割のピンハネはあこぎすぎると思ってるけど、オーナーに逆《さか》らえないんだと言ってたから」

「『グロリア』の講師だった白人女性に売春ビジネスを持ちかけたのは、円谷なんだね？」

「ええ、そう。わたしを含めて誰もパンを得るため、屈辱的なアルバイトをするようになったの。でも、稼ぎの四十パーセントを手数料として差っ引かれるから、実質的には五十万円の月収もないわね。金髪のシンディというオーストラリア人は百万円前後、毎月稼いでるみたいだけど」

「そうか。円谷は女房と離婚してから、ホテルやリース・マンションを転々としてるらしいな」

「そうみたいだけど、円谷さんの居所はわからないわ。湯原さんは知ってると思うけど」

「湯原は、いつも何時ごろに店に来てるんだい？」

風見は訊いた。

「だいたい五時ごろね」

「そうか。女のビデオ・ジャーナリストが店で売春ビジネスが行われてるのを嗅ぎつけ、密《ひそ》かに取材してたと思うんだが……」

「その彼女、わたし、知ってる。深町芽衣という名前でしょ？」

「そうだよ。そっちは取材されたことがあるんだな？」

「ええ。六本木五丁目交差点の近くで声をかけられて、どんな仕事をしてるのかって質問されたの。本当のことを喋ったら、まずいでしょ？」

「そうだな」

「だから、わたしたちはお店に来る男性とカフェやイタリアン・レストランに行って、話し相手になってるだけだと言っておいたわ。でも、彼女は客の男性たちから取材済みで、わたしたちが売春ビジネスをしてることを知ってる様子だったけど」

「そうか」

「あの女性、一月の末に殺されたのよね。彼女の切断遺体が代々木公園で発見されたというニュースをテレビで知って、わたし、すごく驚いた」

「一緒に働いてる娘《こ》たちも、深町芽衣に声をかけられたのかな？」

「たいていの娘《こ》が取材を申し込まれたはずだけど、わたしたちが体を売ってることは喋ってないでしょうね。湯原さんからマスコミ関係者が接近してきても、売春ビジネスのことは絶対に言うなと口留《ど》めされてたの」

「湯原は、ビデオ・ジャーナリストが『キューピッド』の周《まわ》りをうろついてたことを知ってたのかな？」

「知ってるはずね。わたしは言ってないけど、エリザベスって、イギリス系カナダ人女性が取材の申し込みをされたことを湯原さんに喋ったから」

「そうか」

「あなた、ビデオ・ジャーナリスト殺人事件のことを調べてるの？」

　スージーが問いかけてきた。

「うん、まあ。話を元に戻すが、円谷直樹は自己破産する前に『グロリア』の金を横領してたそうじゃないか」

「そういう噂、わたしも聞いてるわ。円谷さんは倒産前に会社のお金を愛人だったベテラン経理係に着服させてたらしいの。その金額まではわからないけど、横領したのは億以上なんじゃないのかな」

「その愛人の名は？」

「確か横内《よこうち》ね。そう、横内万里子《まりこ》という名前だった。三十六、七だったと思う。でも、彼女のアドレスはわからない。それから、いまの仕事も知らないね」

「それは、こっちで調べるよ」

「そう。わたし、困ったね。すぐにお店に戻るわけにはいかない」

「ここで少し昼寝をしてから、『キューピッド』に戻ればいいさ。さも客とメイク・ラブしたような顔をしてな。これで、休憩料金を払ってくれ」

風見はスージーに一万円札を握らせ、ひとりで部屋を出た。スージーが母国語で何か呟いたが、聴き取れなかった。

高級ラブホテルを出ると、風見は大股で捜査車輛まで引き返した。

「連れの女性は？」

佳奈が開口一番に訊いた。

「全裸でぐったりとしてるよ。おれがワイルドに抱いたからな」

「やっぱり、風見さんは女にだらしがないんですね。軽蔑します！」

「嘘だよ。昼寝をしてから、店に戻れと言っといたから、ベッドに横になってるんだろう。もちろん、服を着てな」

「それじゃ、セックスは……」

「しなかったさ。おれは早漏《そうろう》じゃない。情事には最低二時間はかけてる」

「そんなこと、誰も訊いてませんっ」

「そうだったな。少し収穫があったよ」

風見は助手席のドアを閉め、聞き込みの内容を伝えはじめた。

4

寒風が頬を刺す。

痛いほどだった。首を縮めたくなる。

風見は、雑居ビルの脇の暗がりにたたずんでいた。午後五時数分前だった。

革のロング・コートを着た外国人女性が小走りに駆けてくる。よく見ると、スージーだった。高級ラブホテルで、うたた寝をしていたのだろう。

スージーは急いでいたからか、風見には気がつかなかった。ほどなく雑居ビルの中に消えた。

そろそろ元やくざの湯原が、任されている出会い系喫茶に顔を出す時刻だ。それにしても、底冷えがする。夜半過ぎには雪になるのではないか。

風見はスエード・コートのポケットに両手を突っ込み、足踏みしはじめた。体を動かしていれば、少しは温《ぬく》もるだろう。

相棒の佳奈は、スカイラインの運転席で待機中だった。彼女も同じ場所で湯原を待ち伏せたがったのだが、二人だと人目につきやすい。そんなことで、風見だけが暗がりで張り込みはじめたわけだ。

五時を十分ほど過ぎたころ、キャメル・カラーのチェスター・コートを羽織った四十絡《がら》みの男が目の前を通り過ぎ、雑居ビルに足を踏み入れた。

素《す》っ堅気《かたぎ》には見えない。目の配り方が荒くれ者っぽかった。年恰好《としかっこう》から察して、湯原と思われる。

風見は足音を殺しながら、雑居ビルの中に入った。

やくざっぽい男は、エレベーター・ホールに立っていた。風見は男に走り寄った。背後から組みつく。

「何しやがるんでえ！」

相手が吼《ほ》え、全身で抗《あらが》った。風見は左腕を相手の首に回したまま、体を探った。

男のコートの右ポケットに硬い物が入っている。感触で超小型拳銃とわかった。風見は、それを掴み出した。

水平二連式のデリンジャーだった。護身用の超小型拳銃だ。装弾数は二発だが、威嚇《いかく》にはなる。撃てば、身を護《まも》れるだろう。

「てめえ、明和《めいわ》会の者だなっ。何度揺さぶりをかけても、『キューピッド』はみかじめ料なんか払わねえぞ。おれはな、港友会友成組の舎弟頭だったんだ。なめんじゃねえ！」

「湯原だな？」

「てめえ、おれの名前まで知ってやがったのか⁉」

「警察だ」

「ふざけたことを言うんじゃねえ。明和会のチンピラだろうが！」

「湯原、喚《わめ》くな。銃刀法違反で現行犯逮捕だ。デリンジャーは押収する」

風見は膝頭で湯原の尾骶骨《びていこつ》を蹴り上げ、超小型護身銃を自分のコートのポケットに収めた。それから、手早く湯原に後ろ手錠を掛ける。

「あんた、本当に刑事《デカ》かよ？　警察手帳《チョウメン》、見せてくれや」

湯原が向き直って、風見に疑わしげな目を向けてきた。風見は警察手帳を短く見せた。

「あんた、以前は暴力団係《マルボウ》だったんじゃねえの？」

「当たりだ」

「やっぱりな。で、荒っぽいことをしやがったんだな。甘いマスクしてやがるのに、ワイルドだね。それはそうとよ、なんで本庁の刑事がおれを内偵してたんだ？　麻布署が摘発に乗り出したってんなら、納得できるけどさ。あんた、捜一《そういち》関係なんだろ?」

「まあな」

「押収されたデリンジャーは、知り合いの渡世人の物なんだ。おれは預かっただけだよ。銃刀法違反は、ちょっと厳しいんじゃねえのか? 預かっただけなんだからさ。今回だけ見逃してくれや」

湯原が泣きを入れた。

「元ヤー公なら、泣きなんか入れるな。みっともないぜ」

「けど、この年齢《とし》で服役刑なんか喰らいたくねえからな。目をつぶってくれるんだったら、まとまった小遣いをやるよ。それからさ、女どもも提供する。セクシーなブロンド美女を抱かせてやるよ」

「その女は、オーストラリア出身のシンディのことだな?」

「えっ!?」

「『キューピッド』が白人女性を使って売春ビジネスで荒稼ぎしてることは、もうわかってるんだ」

「狙いは、それだったのか」

「それだけじゃない。とりあえず覆面《メン》パトに乗ってもらおうか」

風見は湯原の背後に回り、肩を押した。湯原は観念したようで、おとなしく歩きだした。

風見はスカイラインに達すると、湯原を先に後部座席に押し込んだ。すぐに自分も湯原の横に腰を沈める。

「湯原ですね？」

運転席の佳奈が上体を捩《ねじ》った。

「そうだ。デリンジャーを隠し持ってたんで、銃刀法違反で手錠《ワッパ》打った」

「どうしましょう？　代々木署に連行しますか？　それとも、特命遊撃班の小部屋で取り調べます？」

「少し走って、人目につかない場所で車を停めてくれ」

風見は指示した。

支援捜査機関に過ぎない特命遊撃班は、専用の取調室を有していない。殺人事件の被疑者の身柄を確保したら、捜査本部に引き渡すことが不文律《ふぶんりつ》になっていた。しかし、湯原が深町芽衣殺しに関与しているかどうかはわからない。

スカイラインが走りはじめた。

「警視庁にこんなマブい女刑事がいたなんて、おれ、知らなかったよ。あんたの相棒、並の女優以上に綺麗だね。それに、頭《ペテン》もよさそうじゃないか。ナイスバディでもある。パーフェクトな女じゃねえか。あんた、いい相棒とコンビを組めて最高だね」

「ああ、ラッキーだよ」

「いい女なんだから、当然、もう口説いたんだろ？　抱き心地はどうだった？　寝てくれるんだったら、百万、いや、二百万払ってもいいな」

「おれの相棒を娼婦と一緒にするなっ」

風見は言うなり、湯原の脇腹にエルボーを叩き込んだ。湯原が上体を屈め、長く唸《うな》った。

「相棒は、ただの女性警察官じゃない。東大法学部出の警察官僚《キャリア》なんだ。階級は、もう警視なんだよ。超エリートに車を運転してもらってるんだから、ありがたく思え！」

「キャリアだろうとなんだろうと、女は女だ。腕力じゃ、男にゃかなわねえ。押し倒して、姦《や》っちまえばいいんだよ」

「あなた、女をなんだと思ってるの！　わたしたちは、男たちに奉仕するために生まれてきたんじゃないわ」

佳奈がハンドルを操りながら、湯原を詰《なじ》った。本気で腹を立てているようだ。

「偉そうなことを言っても、結局、女はただの牝《めす》だよ。体がさ、男に従うような構造になってるんだ。おれがコマした女たちは、どいつもペットになったからね」

「おれの相棒を侮辱するな!」

風見は、湯原の側頭部に肘《ひじ》打ちを浴びせた。ふたたび湯原が唸り声を洩らした。

「ありがとう! おかげで、すっきりしたわ」

佳奈が言って、捜査車輛をガードレールに寄せた。

裏通りだ。人っ子ひとり通りかからない。

「ここで、取り調べをする。そっちは『キューピッド』の書類上の経営者ってことになってるようだが、本当のオーナーは円谷直樹だな?」

風見は問いかけた。

「そいつは何者なんでえ? おれが『キューピッド』を経営してんだよ。麻布署はおれが十六人の白人女に売春させてると疑ってるようだが、そんなことをさせた覚えはねえ。おれは、女たちに客と食事をさせてるだけだよ。おれに内緒で客とホテルに行ってる娘《こ》がいたとしても、こっちの責任じゃない。そうだろうがよ。あん?」

「時間稼ぎをしても意味ないぜ。おれは午後三時過ぎに客に化けて、『キューピッド』に行ったんだ」

「なんだって!?」

「受付にいた男は、気に入った外国人女性とショート六万円、泊まり十二万円で遊べるとはっきりと言った。おれは五千円の入場料を払って、白人女性のひとりとブースで二人だけで話をした。その彼女は『グロリア』の元講師たち十六人が英会話学校を倒産させた円谷直樹に誘われて、体を売るようになったと証言したんだよ」

「それは誰なんだ？　メアリーなのか？　ケイトなのか。あの二人は、ちょっと口が軽いからな」

「個人名は明かせない」

「ま、いいや。店の奴らに訊けば、おたくが指名した女はすぐにわからあ」

「その娘《こ》に何らかの仕返しをする気なら、暴発を装って、そっちの頭を撃ち抜く」

「フカシだろ？」

湯原が口を歪《ゆが》めた。

風見は薄く笑って、スエード・コートのポケットからデリンジャーを摑み出した。親指の腹で撃鉄《ハンマー》を搔《か》き起こし、湯原のこめかみに銃口を押し当てる。

「ただの威《おど》しだよな!?」

「甘いな」

「本気なのか!?」

「もちろん、本気だ。女たちを喰い物にしてる野郎は屑《くず》だからな。のさばらせておいたら、警察の恥にもなる。おれが暴発だったと主張すれば、それで通るだろう。そっちがデリンジャーを取り戻そうとしたんで、揉み合いになったということにするか」

「おれは後ろ手錠を掛けられてるんだぞ。そんなこと、できるわけがねえだろうが！」

「手錠《ワッパ》を外した隙に反撃されたと言えば、それで問題はないさ」

「汚《きたね》えな。警察は法の番人なのに、そんな手で真面目な市民を殺《や》ってもいいのかよっ」

「売春ビジネスで甘い汁を吸ってる元ヤー公のどこが真面目なんだい？　ふざけるな！」

「おれは足を洗って、もう堅気《ネス》になったんだ」

「足を洗った？　友成組を破門されたんだろうが、服役中の弟分の内縁の妻を寝盗ってな」

「おれは相手に色目を使われたんで、つい抱いちまったんだよ。ある意味では被害者だね」

「スケベ野郎、男らしくないぞ。ま、いいさ。『キューピッド』の真の経営者は、円谷なんだなっ」

「いや、おれがオーナーだよ」

「そこまで円谷を庇《かば》うほど高いダミーの謝礼を貰ってるのか？」

「おれはダミーじゃねえって。何回言ったら、わかるんだよ」

湯原が苛立《いらだ》った。

「そっちがそのつもりなら、取り調べは終わりにしよう」

「お、おれを撃《ハジ》くのか⁉」

「ああ。車が汚れるが、仕方がない。怖かったら、目を閉じてろ」

風見は冷然と言った。

「待って！　いくらなんでも、そういうことは……」

佳奈が早口で制止した。慌《あわ》てた様子だ。

「そっちは黙ってろ」

「そう言われても、見て見ぬ振りはできません」

「なら、八神に流れ弾が当たったことにしよう。殺すには惜《お》しい相棒だがな」

風見は言いながら、片目をつぶった。それで、ようやく相棒は風見の意図を察したようだ。

「風見さんが言ったように、女性を喰い物にしてる男たちは屑ですよね。救いようのない悪人です。社会の害虫は駆除《くじょ》したほうがいいんでしょうね。暴発したってことにして、湯原を始末しちゃいましょう。わたし、風見さんの正当性を証言しますよ」

「そうしてくれ」

「悪党の血を浴びたくないんで、わたし、車の外に出てます」

「そうしたほうがいいな」

「はい」

佳奈がスカイラインの運転席から慌《あわ》ただしく降りた。

「撃たねえでくれ。本当はおれ、ダミーの経営者なんだよ」

湯原が震え声で哀願した。

「やっと白状する気になったか。オーナーは円谷直樹に間違いないんだな？」

「ああ。円谷さんに頼まれて、おれ、『キューピッド』の運営を任されてたんだ。月々百五十万の金を貰ってるけど、単なる使用人だよ」

「円谷とは、どういうつながりなんだ？」

「一年ちょっと前に赤坂の秘密カジノで初めて会って、その後もよく顔を合わせてたんだよ。そんなことで、おれは『キューピッド』のダミー経営者になったんだ」

「開業資金は、円谷がそっくり用意したんだな？」

「そうだよ。十六人の白人女も円谷さんが集めてくれてあったんだ。『グロリア』が倒産して生活費に困ってた元講師たちは、背に腹は代えられないと思ったんだろう」

「だろうな。『キューピッド』が売春ビジネスをやってることを嗅ぎ当てた女性ビデオ・ジャーナリストのことは知ってるな？」

「え？」

「空とぼける気なら、デリンジャーの引き金を絞るぞ」

「やめてくれ！　深町芽衣って女のことなら、知ってるよ。店の女や客たちに接触を図ってたようだからさ」

「そのことは、円谷に報告したんだな？」

「ああ、したよ。警察《サツ》に摘発されたら、廃業に追い込まれちまうからさ」

「で、円谷はそっちに六本木駅の階段から深町芽衣を突き落とせと指示したわけか」

「そ、そんなことは指示されてねえよ」

「目が泳いでるな。そっちは嘘をついてる。十五年も刑事をやってると、犯罪者の嘘を見抜けるようになるんだよ」

「そう言われてもな」

「湯原、念仏を唱《とな》えろ」

風見はデリンジャーの銃口を強く押しつけた。

「銃口を下げてくれねえか。小便、チビりそうなんだ。あんたの言った通りだよ。円谷さんに三百万の成功報酬を払うと言われたんで、おれは深町って女を尾《つ》けて、地下鉄駅の階段の途中で背を強く押したんだ。ビデオ・ジャーナリストの女はよろけてステップを五、六段下ったけど、転げ落ちたりしなかった。面《つら》を見られるとまずいんで、おれは急いで階段を駆け上がって地上に出たんだ」

「そういう失敗《ドジ》を踏んだんで、次にそっちは深町芽衣を拉致して、電動鋸で胴体を切断したんじゃないのか？」

「冗談じゃねえ！　おれは、あの女を殺《や》っちゃいねえよ」

「一月二十八日の午前零時から同二時の間、そっちはどこでどうしてた？」

「その日は確か自分の家《ヤサ》で寝てたよ。前日から咳《せき》が出てたんだが、とうとう熱を出しちまったんだ。それでさ、天現寺《てんげんじ》の自宅マンションで寝てたんだよ。仕事は休んだんで、その日は一度も店には顔を出してない」

「女と同棲してるんじゃないのか？」

「去年の九月の中旬まで小料理屋の女将《おかみ》と一緒に暮らしてたんだが、逃げられちまったんだ。その女、若い板前と駆け落ちしやがったんだよ。だから、それからは独り暮らしをしてるんだ」

「つまり、アリバイはないってわけだ」

「そうなるんだろうけど、おれ、本当に殺人《コロシ》なんかやってねえって」

「円谷が自分で手を汚したとは考えられないか？」

「抜け目がないから、てめえが人殺しの実行犯になるとは思えねえな」

湯原が答えた。

「だろうな。そっちの家に着いたら、円谷の携帯を鳴らしてもらう。それで、店でトラブルがあったと偽《いつわ》って、すぐ相談したいとか言って、居所を聞き出すんだ」

「円谷さんは警戒心が強いから、泊まってるホテルかリース・マンションを教えてくれねえと思うな。携帯のナンバーだって、毎月のように変えてるんだからさ」

「悪さばかりしてるからなんだろう」

「なんでおれの自宅に来たがるんだよ？」

「電動鋸が隠されてるかもしれないからさ」

「おれは殺人犯じゃねえって」

「そいつを確認する必要があるんだよ」

風見はデリンジャーの撃鉄を押し戻し、スエードのコートのポケットに収めた。湯原が安堵《あんど》した表情になった。

そのすぐあと、佳奈が運転席に戻った。風見は経過をかいつまんで伝え、捜査車輌を天現寺に向かわせた。

二十分もかからないうちに、湯原の自宅マンションに着いた。

八階建ての賃貸マンションだった。表玄関はオートロック・システムにはなっていなかった。管理人も常駐していない。

湯原の部屋は六〇一号室だった。三人はエレベーターで六階に上がった。風見は六〇一号室の前で手錠を外し、湯原に部屋のドア・ロックを解かせた。

間取りは2LDKだった。

「どこかに凶器がないか探してくれないか」

風見は相棒に言って、湯原のベルトをしっかと握った。腰の真後ろのあたりだった。

佳奈がリビングの右側にある八畳のベッドルームに足を踏み入れた。ベッドはダブルだった。

「いまは、ダブルベッドで侘《わ》び寝《ね》をしてるわけか」

風見はからかって、別の居室に湯原を押し入れた。六畳の洋室だ。

六〇二号室との仕切り壁に沿ってDVDラックが三台並んでいた。ラックに収まっているのは、アメリカで製作されたB級ホラーやスプラッター映画のDVDばかりだった。

居間側の壁には、三日月刀、各種の手裏剣、インディアン・トマホークが飾られている。どれも複製品ではない。本物だった。

「そっちは、鮮血に異常なほど関心があるようだな？」

「何か含みがあるような言い方だな。どこを探したって、電動鋸なんか見つからねえよ。おれは、深町ってビデオ・ジャーナリストなんか殺《や》ってねえんだからさ」

「ちゃんとしたアリバイがあるわけじゃないから、まだ疑いが晴れたわけじゃない」

「いい加減にしてくれねえか。おれ、さっきから小便を我慢してるんだ。逃げたりしねえから、トイレに行かせてくれよ」

「いいだろう」

風見はベルトから手を放した。

湯原が振り向きざま、ターボ・ライターの大きな炎を風見の顔面に向けてきた。風見は一瞬、たじろいだ。

片腕で顔を庇《かば》ったとき、横蹴りを見舞われた。躱《かわ》せなかった。

片方の腿《もも》を蹴られ、風見は不覚にもフローリングに横倒れに転がってしまった。湯原が洋室を走り出て、玄関ホールに向かった。

風見はすぐさま起き上がり、湯原を追った。

湯原はソックスのままで六〇一号室を飛び出し、エレベーター・ホールとは逆方向に駆けていった。非常階段を駆け降りて、逃走する気らしい。
湯原は非常口の扉を押し開け、踊り場に躍《おど》り出た。
風見は懸命に追った。踊り場に達したとき、すでに湯原は五階の降り口まで下ってい
た。
「止まれ！　止まらないと、撃つぞ！」
風見はスエード・コートの右ポケットからデリンジャーを摑み出した。
ちょうどそのとき、湯原が足を踏み外した。彼は頭から五階と四階の中間にある踊り場
まで転がり、さらに下に落下していった。
四階に落ちる前に体が大きくバウンドし、手摺の外側まで跳《と》んだ。そのまま湯原は地面
に落ちた。ほぼ垂直に落下した。
風見は非常階段を一気に下り、昇降口を回り込んだ。
湯原は地べたに俯《うつぶ》せに倒れていた。身じろぎ一つしない。呼びかけてみたが、返事はな
かった。
風見はしゃがみ込んで、湯原の右手首を取った。脈動は熄《や》んでいた。
「湯原はステップを踏み外したんですね？」
頭上から佳奈の声が降ってきた。

風見は短く応じ、ゆっくりと立ち上がった。

第四章　証拠映像の行方

1

街全体が雪化粧されている。

だが、車道は黒い。前夜の雪は、あらかた消えていた。路肩に残雪がわずかに見える。

風見は走るスカイラインの助手席で、円谷直樹のモバイルフォンに電話をかけていた。

湯原が自宅マンションの非常階段から転落死した翌日の正午過ぎである。

風見たちは前夜、所轄署に事故死を通報した。駆けつけた署員に経緯を話し、押収したデリンジャーを手渡した。

そのとき、風見は湯原の携帯電話に登録されていた円谷直樹のモバイルフォンの番号をメモさせてもらった。昨夜から今朝《けさ》にかけて、数え切れないほど円谷の携帯電話をコールしてみた。しかし、相手のモバイルフォンの電源はいつも切られていた。

「電話、つながらないようですね」

佳奈が運転席で言った。

「ああ。どうやら円谷は、携帯を替えたようだな。新しいナンバーは、まだ湯原には教えてないんだろう」

「ええ、そうなんでしょうね。岩尾さんたちが円谷の居所を教えてもらえるといいんだけど……」

「そうだな」

風見は官給品の携帯電話を折り畳み、口を引き結んだ。

岩尾・佐竹コンビは、円谷と離婚した元妻の住むマンションに向かったはずだ。元夫人は娘と同居している。二人とも職には就《つ》いていない。

円谷が自己破産する前に、『グロリア』から着服した金の一部を元妻に渡したのではないか。そうだとしたら、元妻は娘と当分は暮らしていける額の金を受け取ったのだろう。

スカイラインは、世田谷の三宿《みしゅく》通りを進んでいた。

「円谷の愛人だった横内万里子は、世田谷公園の並びにある『三宿パークサイドパレス』にいまも住んでるといいんですけどね」

「住まいは分譲マンションだったかな?」

「いいえ、賃貸のはずです」

「なら、『グロリア』が倒産した直後に部屋を引き払って、どこかに転居したかもしれないな」

「そうだとしても、住民票から転居先はわかると思います」

「ああ、そうだな」

「円谷が横内万里子の自宅に身を寄せてたら、捜査の手間が省《はぶ》けるんですけどね」

「そうだが、それはないだろう。円谷は自己破産してからは開き直って、ダーティー・ビジネスであこぎに儲けてるんだから、家族や愛人に近づいたら、危《ヤバ》いことになるとわかってるはずだ」

「ええ、不用意には近づかないでしょうね」

佳奈が運転に専念した。

それから間もなく、左手に目的の賃貸マンションが見えてきた。九階建てで、南欧風の造りだった。

外壁は純白だ。スペイン瓦《がわら》はオレンジ色だった。世田谷公園から数百メートルしか離れていない。

相棒がスカイラインを『三宿パークサイドパレス』の前の路肩に寄せる。風見たちは相前後して車を降り、賃貸マンションの石畳のアプローチを進んだ。

出入口は、オートロック・システムにはなっていなかった。エントランス・ロビーに入り、集合郵便受けに歩み寄る。

四〇五号室のメール・ボックスに、横内というプレートが掲《かか》げられていた。引っ越してはいないようだ。

風見たちはエレベーターで、四階に上がった。

佳奈が四〇五号室のインターフォンを鳴らす。一分ほどして、部屋の主が応答した。相棒が身分を明かし、捜査の協力を求めた。

待つほどもなくドアが開けられた。横内万里子は普段着で、ノーメイクだった。そのせいか、四十過ぎに見えた。

風見と佳奈は居間に通された。

間取りは1LDKだったが、床面積は広かった。四十平米以上はありそうだ。

部屋の主は三人分の緑茶を淹《い》れてから、リビング・ソファに浅く腰かけた。佳奈と向かい合う位置だった。

「円谷直樹がある犯罪に関わってる容疑が濃くなったんで、行方を捜してるんですよ」

風見は、すぐ本題に入った。

「そうですか」

「自己破産後は神宮前《じんぐうまえ》の自宅を引き払って、ホテルやリース・マンションを転々としてたらしいんですが、居所がわからないんですよ。あなた、ご存じじゃないかな？」

「知りません。わたしは『グロリア』が倒産したとき、紙屑みたいに棄《す》てられちゃったんですよ。十一年も円谷に尽くしてきたのにね。わたしは彼が奥さんといつか正式に別れるという言葉をずっと信じてたんですけど、向こうにそんな気はなかったんでしょうね。円谷を信じたわたしが愚《おろ》かでした」

「円谷は何年も前から巧妙な手口で、『グロリア』の内部留保金を着服してたんでしょ？」

「ええ、七、八年前からね。講師や職員の給料や福利厚生費を架空計上して、毎年、四千万円前後は着服してました。それだけで、総額三億円近く会社のお金をネコババしてたと思います」

「横領の片棒を担《かつ》いだ横内さんは当然、口留め料を貰ってたんでしょ？」

「わたしは脅迫されて、片棒を担がされたんです。円谷は経理の不正操作に協力しなかったら、わたしが彼の愛人だってことを和歌山の親兄弟にバラすと言ったんです。わたしの父は高校の元校長で、二人の兄も教育者なんですよ。わたしは東京で地道に働いてると思われてましたんで……」

「脅迫に屈してしまったわけだね？」

「ええ」

「それでも口留め料めいた金は受け取ってたでしょ、月々の手当のほかに」

「それは……」

万里子がうなだれた。

「あなたを横領罪で捕まえる気はないんだ。だから、知ってることはすべて話してほしいな」

「そういうことなら、正直に話します。円谷から毎月三十万円の手当を貰ってたんですけど、そのほかに十万とか二十万を時々くれましたね。ブランド物のバッグや腕時計をプレゼントしてもらうこともありました」

「それだけだったのかな？」

「倒産する少し前に円谷は、プールしてあった授業料や入学金など二億八千万円を密かに下ろして、ここに隠してあったんです。口留め料のつもりか、わたしには一千万円をくれました」

「残りの二億七千万円の半分ぐらいは、別れた奥さんに渡したのかな？」

「奥さんには一円も渡してないと思います。円谷は離婚する前に神宮前の自宅を第一抵当権を持ってたメガバンクに引き取ってもらって、借入金を差し引いた売却益の八千万円を奥さんにそっくり渡してるはずですから」

「すると、円谷は二億七千万円をどこかに保管してあるんだね？」

「もう現金はあまりないんじゃないかな？　円谷は六本木の雑居ビルのワンフロアを借りて、『キューピッド』とかいう出会い系喫茶を元やくざに運営させてるんです。『グロリア』で講師をやってた十六人の白人女性に売春させてるようです」

「その話は円谷から直《じか》に聞いたのかな？」

「いいえ、そうじゃありません。元講師のスージーというアメリカ人女性と表参道《おもてさんどう》でばったり会ったときに聞いた話です」

「そう」

「円谷は非合法ビジネスをやってでも、なんとか再起したいと考えてるんだと思います。彼は負けず嫌いですから。再生するには、生活を安定させる必要がありますでしょ？」

「そうだね」

「多分、円谷は着服したお金で中古の戸建て住宅を買ったんじゃないかな」

「まず塒《ねぐら》を確保したいってわけだね？」

「いいえ、安定した家賃収入を得るためですよ。彼はだいぶ前からシェアハウスの経営をやりたがってたんです」

「シェアハウスというと、一軒家で何人かの借り手がそれぞれ家賃を払って、共同生活をしてるあれだね？」

「ええ、そうです。居住者は各自が個室を持ってるわけだけど、炊事や掃除は同居人が分担でこなしてるんですよ。新しいライフ・スタイルとして数年前からマスコミで取り上げられてるでしょ？」

「そうですね」

　佳奈が風見よりも先に口を開いた。

「〝無縁社会〟と言われて、都会で孤独死する人たちが増える一方でしょ？　こういう時代だから、地縁《ちえん》、血縁《けつえん》、社縁《しゃえん》が薄れ、現代人は孤独になる。これまでのアパートやマンション経営だと、建物が古くなれば、入居者が少なくなりますよね？」

「ええ」

「でも、シェアハウスの経営は将来性があるからと円谷は目をつけてたんです。きっと彼は友人か親類の名義を借りて、都内の住宅街にある大きな中古住宅をネコババしたお金で購入したにちがいないわ。中古のアパートかワンルーム・マンションを買っても、空き室が多くなったら、経営は安定しないでしょ？」

「よくわかりませんけど、そうなのかもしれませんね」

「彼は『グロリア』を潰してしまったわけだけど、割に商才はあるんです。そのうち、何かニュービジネスで再起すると思いますね。でも、わたしは円谷ともう関わりたくありません。結局、わたしはうまく遊ばれて、横領の手伝いをさせられたわけだから」

万里子が自嘲的な笑みを浮かべた。

「あなたが知ってる円谷の携帯のナンバーを教えてもらえるかな？」

風見は頼んだ。万里子がナンバーをゆっくりと告げた。転落死した湯原の携帯電話に登録されていた番号と同じだった。

「もし円谷から横内さんに電話があったら、連絡してほしいんだ」

「わたしに電話してくることはないと思うわ。だって、もう利用価値がないもの」

「でも、一応……」

風見は自分のモバイルフォンの番号をメモして、万里子に渡した。

「円谷が横領罪で逮捕されたら、わたしも捕まっちゃうんでしょ？」

「そのことは心配しなくてもいいんだ。われわれは殺人事件の捜査をしてるんだよ」

「ということは、彼、誰かを殺してしまったのね？」

「それはまだはっきりしないんだが、怪しい点があるんだ」

「円谷は、いったい誰を殺害したと疑われてるの？」

万里子が佳奈に問いかけた。佳奈が深町芽衣の事件のことに触れた。

「その事件のことなら、はっきりと憶《おぼ》えてるわ。口の中にパンティーを突っ込まれてたみたいだから、てっきり変質者の仕業《しわざ》と思ってたんですよ。円谷が生きてる女性の胴体を電動鋸で切断するなんてことは……」

「考えられないですか？」

「ええ。彼、いつかわたしがスリッパでゴキブリを叩き潰したとき、顔をしかめて、ベランダに追い出すだけでよかったじゃないかと言ったの」

「殺生《せっしょう》が嫌いなんですね？」

「そうなのよ。腕の血を吸ってる蚊を叩き殺すときも、謝ってから潰してたわ。金と女性には貪欲《どんよく》だけど、案外、気が優しいのよね。だから、売春ビジネスのことを深町というビデオ・ジャーナリストに知られたからって、その彼女を殺したとは思えません」

「円谷直樹が自分の手を直《じか》に汚したんじゃないでしょうね。だけど、誰かにビデオ・ジャーナリストを始末させたかもしれないでしょ？」

「そうだとしたら、円谷は売春ビジネスのほかに別の悪事を深町という女性《ひと》に知られてしまったんじゃないかしら？　それしか考えられないわね」

「横内さん、別の悪事に何か思い当たります？」

「具体的なことは思い浮かばないけど、円谷はいったん事業で成功したわけよね。『グロリア』の全盛期には年商が百五十億円を超えてたんだから、ちょっとした成功者だったと言えるんじゃないかしら？」

「ええ、そうですね」

「だけど、放漫経営で会社は倒産して、円谷個人も自己破産してしまった。そのまま沈みっ放しじゃ、惨《みじ》めよね？　事業欲に燃えてた男なら、どん底から這《は》い上がろうと再起を胸に誓うんじゃないのかな？」

「多分、そうでしょうね」

「だけど、自己破産した人間は五年間は金融機関から一円も融資してもらえない。元手がゼロじゃ、どんな商売もやれないでしょ？」

「そうですね」

「となれば、非合法な手段で荒稼ぎするほかないわ。だから、円谷は元やくざに売春ビジネスをやらせる気になったんでしょうね。でも、売春代金が丸々、彼の懐に入るわけじゃない。それで、円谷は着服した金でシェアハウス経営に乗り出したのかもしれないな」

「仮に10ＬＤＫぐらいの大きな中古住宅を買ったとしても、居住者たちからは七、八万しか家賃は取れないでしょ？」

風見は万里子に言った。

「そうですね。部屋が十室あっても、月の家賃収入は七、八十万円か。ボロ儲けってわけじゃないな。円谷はシェアハウスの入居者を女子大生や若いＯＬだけに限定して、その娘《こ》たちをデリバリー嬢にしてるのかしらね？」

「話が少し逸《そ》れるが、円谷は赤坂の秘密カジノにちょくちょく出入りしてたようだね。横内さんは、そのことを知ってました？」

「ええ。ルーレットやトランプ・カードで百万円プラスになったとか、逆に八十万のマイナスになったとか言ってたわ」

「その秘密カジノの名とか、仕切ってる組の名を洩らしたことは？」

「そういうことはありませんでしたね」

「そう。殺人遊戯と呼ばれてる人間狩りを愉《たの》しんだことがあるなんて話は聞いたことがないかな？」

「何ですか、それ!?」

「投資詐欺を働いて国会議員の資格を失った元民自党の議員が裏社会の人間に

路上生活者《ホームレス》、ネットカフェ難民、家出少女たちを拉致監禁させて、客から五百万円取ってね、そうした男女を嬲り殺しにさせてたんだよ」

「ひどい！　残酷な話だわ」

「ああ、そうだね。殺害された深町芽衣は、その人殺しゲームの証拠映像をこっそり撮ってたようなんですよ。その殺人遊戯ビジネスをやってた元政治家は脳出血で倒れて、いまは植物状態で入院中なんだ」

「罰《ばち》が当たったのよ」

「そうなのかもしれないね。入院中の元国会議員は、関東桜仁会の理事たちと親交があるんですよ。円谷が通ってた赤坂の秘密カジノを取り仕切ってるのが関東桜仁会の下部組織なら、あなたのパトロンだった男が五百万円払って、殺人ゲームに参加したとも考えられるんだ」

「彼が、円谷が獲物の人間を嬲り殺しにしたかもしれないって言うんですか!?」

「単なる推測なんだが、深町芽衣は偶然に円谷の殺人シーンをビデオに収めた。ビデオ・ジャーナリストは円谷のことを調べていくうち、対象者が『キューピッド』の真のオーナーであることを知った。で、彼女は円谷の悪事のことを警察に教える気だったんでしょう。円谷はそれを察知して、出会い系喫茶のダミー経営者の元やくざに深町芽衣を始末してくれと頼んだ」

「ま、まさか⁉」

「元やくざは自宅マンションの非常階段から足を踏み外して、きのう、転落死したんだ。その前に、そいつは円谷に三百万円の成功報酬でビデオ・ジャーナリストの抹殺を頼まれ、地下鉄駅の階段から突き落とそうとしたことを白状したんですよ。結局、しくじってしまったわけだけどね」

「そうなんですか」

「そうしたことを考えると、円谷直樹が別の者に深町芽衣を殺害させた疑いも出てくるんだ」

「彼は、そこまで悪党にはなれないと思うけどな」

「保身のためなら、人間はなんでもやってしまうものなんです。凶悪犯罪の犯人の半数近くは、ごく普通の人間なんだ。誰の心にも、悪魔が棲《す》みついてるのかもしれません」

「どんな人間も善と悪の要素を併《あわ》せ持ってるんでしょうけど……」

万里子が言い澱《よど》み、それきり何も言わなかった。

それを汐《しお》に、風見たちは辞去した。マンションを出ると、佳奈が口を切った。

「わたし、ノート・パソコンで〝シェアハウス〟で検索してみます。首都圏のシェアハウスの所在地、管理会社、家主なんかはわかると思います」

「検索を頼む。おれは一服してから、車の中に戻る」

風見はスエード・コートの内ポケットから、キャビンの箱と使い捨てライターを摑み出した。佳奈がスカイラインの運転席に乗り込み、膝の上でノート・パソコンを起動させた。

風見は煙草をくわえ、火を点けた。

一服し終えかけたとき、スカイラインのパワー・ウインドーが下がった。

「風見さん、目黒区碑文谷《ひもんや》五丁目にあるシェアハウスの家主は円谷登《のぼる》になっています。円谷という姓はありふれてるわけじゃありませんから、多分、円谷直樹の縁者なんだと思います」

「八神、そのシェアハウスに行ってみよう。ひょっとすると、何かにぶち当たるかもな」

風見は短くなった煙草を足許に落とし、靴の底で踏み潰した。火の粉《ひこ》が散った。

「それは公衆ルール違反でしょ？」

「おれ、何かまずいことをしたか？」

「とぼけちゃって。本当に不良なんだから。そのうち、携帯用灰皿を買ってください」

「八神がプレゼントしてくれよ」

「なぜ、わたしが買わなきゃいけないんですか？」

「いずれ、おれのワイフになるんだろ？　そのぐらい気を利かせろって」

「呆《あき》れて怒る気にもなれません」

佳奈が首を左右に振った。

風見はにやついて、覆面パトカーの助手席側に回り込んだ。

2

邸宅街に入った。

碑文谷五丁目だ。敷地の広い高級住宅が連なっている。

目黒通りに近いが、驚くほど静かだ。ただ、ところどころにマンションが見える。

相続税を払えなくなった古くからの住民が親から譲り受けた土地を泣く泣く手放したのだろう。都内の閑静な住宅街では、よく見られる現象だ。

「富裕層から税金を多く取ることには反対じゃないが、自分の生まれ育った家に住めなくなるのは哀《かな》しいな」

助手席で、風見は言った。

「え？」

「話が唐突《とうとつ》だったな。大学でゼミが一緒だった奴がこの近くの柿《かき》の木坂《きざか》の豪邸に住んでたんだ。そいつの祖父と父親は貿易商で羽振りがよかったんだが、ゼミの仲間はサラリーマンになったんだよ」

「親が亡くなって家督《かとく》を相続したけど、何億円もの相続税が払えなくなって、土地を売ったんですね？」

「そう。相続した土地の三分の二を物納する方法もあったらしいんだが、狭くなった敷地にしがみつくのは惨《みじ》めすぎるって、横浜郊外に引っ越したんだよ」

「そうですか。親が資産家でも、子供が普通の勤め人だったら、とても億単位の相続税なんか払えませんん」

「そうなんだよな。八神も社長令嬢だから、似たような苦労をすると思うよ」

「わたしは令嬢なんかじゃありません。洋菓子屋の娘です。それに社会人になったとき、親の遺産は一円もいらないって父母と兄に言ったんです」

「本当なのか？」

「ええ。わたし、誰の力も借りないで、自由に生きたいんですよ。だから、相続権を放棄しちゃったんです」

「カッコいいね。いろいろ先行きが不安だろうが、安心しろ。何かあっても、おれが一生、八神の面倒を見てやるって。おれたちは赤い糸で結ばれてるんだからさ」

「結ばれてません。根上智沙さんと交際してるのに、よくそういうことが言えますね。不誠実ですっ」

「男と女の関係は、いつどうなるかわからない。選択肢は多いほうがいいじゃないか」

「ただの女好きなんでしょ！　そんなふうに能天気だと、人生が愉《たの》しいでしょうね？」

「ああ、愉しいね。おれは毎日スキップしたり、ハミングしてるんだ」

「幼稚園児か！」

佳奈が、すかさず突っ込みを入れた。風見は微苦笑した。

そのすぐあと、相棒がスカイラインを大きな家屋の前で停めた。表札を見ると、『ハートフル・ハウス』と記されていた。

庭木に囲まれた二階建ての洋風住宅の外壁は、モスグリーンとオフホワイトに塗り分けられていた。敷地は百数十坪だろう。

「この家が円谷登名義になってるシェアハウスのはずです。ホームページには、８ＬＤＫと出てました。現在は満室で、二十代から六十代の男女八人が共同生活してるようですね」

「そうか。とにかく、居住者に会ってみよう」

風見は言って、先に覆面パトカーを降りた。相棒も、すぐにスカイラインの運転席から離れた。

二人は白い低い門扉《もんぴ》を抜けた。

すると、内庭で花の手入れをしている六十三、四の女性と目が合った。風見は会釈《えしゃく》し、相手に話しかけた。

「こちらのシェアハウスにお住まいの方ですね？」

「はい、そうです。入居をご希望されてるのかしら？　ここは暮らしやすくて、ハウスメイトもいい方ばかりよ。わたしね、二年前に四十年近く連れ添った夫が亡くなったんで、自宅を売却して、『ハートフル・ハウス』に入ったんです」

「そうですか」

「子供はいなかったし、血縁者は首都圏には住んでないんで、なんだか心細くなってしまってね。それで思い切って、シェアハウスに入ったの。同居してる方たちは年齢も職業も、いまちまちなんだけど、打ち解けたら、どなたも身内のように感じてね。ひとりひとり個室で寝起きしてるんで、プライバシーは守れるんです。本当に快適よ。でも、残念ね。満室で、当分、どなたも転居される予定はないと思います。団地なんかで毎年四万人もの独居老人が孤独死してるけど、身寄りのない方たちはシェアハウスに入居すべきですよ。部屋の広さによって家賃は月に七万円から八万二千円と違うけど、光熱費と食費は併《あわ》せても五、六万円で済むから、別にお金持ちじゃなくても入れるんですよ」

六十代の女性入居者は澱《よど》みなく一気に喋った。もともと話し好きなのだろう。

「われわれは警視庁の者なんですよ」

風見は警察手帳を見せた。かたわらの佳奈も、顔写真入りの身分証明書を呈示する。

「失礼ですが、あなたのお名前は?」

「山中《やまなか》、山中弥生《やよい》です。六十三で、無職です。わたしはもちろん、ほかの七人のハウスメイトも警察のお世話になるようなことはしてませんよ」

「わかってます。このシェアハウスの家主のことを確認させてほしいんですよ。大家さんは円谷登という方に間違いないんですね?」

「確かそういうお名前だったと思いますが、わたし、その方には一度もお会いしたことがないんですよ。入居するときに学芸大学駅前にある『共栄《きようえい》エステート』という不動産屋さんで賃貸契約書を交わしたんですが、すでに大家さんの署名と捺印《なついん》済みでしたんでね」

「そうだったんですか」

「家主さんが何か犯罪に関わってるんですか?」

「いいえ、そういうわけじゃないんですよ」

「そうなの。そうだわ。担当が違うんでしょうけど、深町芽衣さんを殺した犯人を早く捕まえてくださいね」

「えっ、ビデオ・ジャーナリストの深町芽衣をご存じなんですか⁉」

「ええ。彼女は去年の秋にシェアハウスの取材で、ここに十日ほど通ってたんですよ。わたしたち八人の日常生活を撮《と》って、どこかテレビ局に映像をオンエアしてもらうとか言ってました。でも、民放のキー局は一時間番組にしてはメリハリがないからとかで、ビデオの放映権を買ってくれなかったらしいの」

「そうなんですか。被害者がシェアハウスの取材をしてるかもしれないと推測はしてたんですが、まさかビンゴとはね。驚いたな」

「風見さんを少し見直しました」

佳奈が言った。

「え？」

「いい加減なとこがあるけど、筋の読み方は正確なんですね。さすがです」

「まぐれだよ」

「そんなに照れないで、威張ってくださいよ」

「からかうなって」

「お二人の話に割り込んじゃいますけど、深町さんはケーブル・テレビ局に売り込みをかけてみると言ってたんですよ。撮影したビデオは、どこかのケーブル・テレビ局に預けてあるんじゃないかな？　わたしたちは、そのビデオが放映されることを楽しみにしてたんですけどね。その前に、深町さんは残酷な殺され方をして、気の毒だったわ。彼女、正義感が強くて、とっても人柄がよかったのにね」

「実は、われわれは深町芽衣の事件の支援捜査をしてるんですよ」

風見は打ち明けた。

「そうだったの。それなら、一日も早く犯人を見つけてやって。お願いします」

山中弥生が頭を下げた。

「ベストを尽くします」

「頑張ってね」

「ええ。八人の入居者は、深町芽衣の取材の申し込みにすんなりと応じたんですか？　私生活を晒《さら》すことになるわけだから、渋った方もいたと思うんですよ」

「最初は二人のハウスメイトがビデオ撮影されることに難色を示したの」

「その方たちのことを差し支えない範囲で結構ですんで、話していただけますか」

「ええ、いいわ。ひとりは君塚《きみづか》あずみという名で、聖和《せいわ》女子大の三年生よ。彼女、二十一だったと思うわ。あずみちゃんは長野県出身で、少し内気な性格なの。訛《なまり》はほとんどないんだけど、人見知りするのよ。だから、目立つことは苦手みたいなんですよ」

「そう」

「でも、とってもいい娘《こ》よ。弱い者や年寄りを大事にしてくれるの」

「もうひとりの方のことも教えてもらえますか」

佳奈が話に加わった。

「取材を強硬に拒《こば》んだのは、小松由紀《こまつゆき》という三十五歳の女性なの。彼女は二十代のころから男性関係でいろいろあったみたいだし、目と鼻を整形してるんですよ。そんなことで、テレビで顔を晒したくないって言ってたの。でもね、深町さんが放映のときは顔をモザイクでぼかすと言ったんで、みんなと一緒にビデオで撮影されてもいいって考え方が変わったんですよ」

「そうなんですか」

「あずみちゃんはね、わたしが説得したの。深町さんのビデオがどっかのテレビで放映されたら、何かいいことがあるかもしれないでしょ？　いまは大卒の内定率が五十六、七パーセントという〝就職超氷河期〟だけど、映像で君塚あずみちゃんを観《み》た優良企業の社長か人事担当者が、ぜひ我が社の採用試験を受けてみてくれって言い出すかもしれないでしょ？　それから、息子の嫁になってくれなんて言い出す視聴者がいるかもしれないじゃないの」

「ええ、そうですね」

「テレビで『ハートフル・ハウス』の生活が紹介されても決して損にはならないだろうと言って、あずみちゃんをその気にさせたのよ。だけど、最初は八人とも緊張して、ビデオ・カメラを向けられると、顔面が引き攣《つ》っちゃってね。同居者の中に三人の男性がいて、それぞれ炊事当番をしてたんで、それなりに庖丁は使えるんですよ。でも、ITベンチャー企業で働いてる室井《むろい》君なんか、キャベツを刻んでて、指を切ってしまったの」

「どうしてもカメラを意識しちゃいますよね」

「そうなのよ。ついカメラ目線になったり、逆に不自然なほど深町さんのほうを見なかったりで、とにかく動きが不自然だったの。だけど、深町さんがフレンドリーに接してくれてるうちに八人とも自然体になったの。美容学校に通ってる有馬《ありま》君なんか自分の部屋でパジャマに着替える姿まで撮影させるようになったし、入浴シーンを撮ってもいいとか言ってたわね」

「いつの間にか、和気藹々《わきあいあい》ムードになってたんですね」

「そうなの。撮影中は深町さんも、わたしたちが作った夕飯を食べてたんですよ。まるで彼女もハウスメイトみたいだったわね」

「そうですか。でも、女性五人と男性三人が共同生活してるわけですから、時には不都合なこともあるんじゃないのかしら？」

「それぞれ個室があるし、トイレと浴室は二つずつあって、女性用と男性用に分かれてるんですよ。だから、別に不都合なことはないわね。ただ、室井君がたまに夏場にトランクスだけで浴室から出てくるの。二、三十代の女性たちは目のやり場に困った感じになるわ。そんなときは、母親代わりのわたしが室井君をたしなめてやるの。すると、すぐにチノパンかハーフ・パンツを穿《は》くわね」

「そうですか」

「独身の男女が一つ屋根の下で暮らしてても、妙な関係になったりしないし、女風呂を覗くような男の子はいないわ。みんな、本当の家族みたいに言いたいことを言い合ってるんですよ。血のつながりなんかなくても、ファミリーみたいな感じじゃね」

「なんか羨《うらや》ましいな」

「あなた、出身は？」

弥生が美人警視に訊いた。

「札幌生まれなんです。大学に入ってからは、ずっと東京で暮らしてますけどね」

「そう。地方出身者が独り暮らしは味気ないと感じたり、寂しくなったら、シェアハウスに入居することをお勧めするわ。たまに共同生活が煩《わずら》わしくなるときもあるけど、孤独感は確実に癒《い》やされるわね」

「そうでしょうね。いまは、山中さんおひとりしか『ハートフル・ハウス』にはいらっしゃらないんですか？」

「そうなの。ほかの七人は学校や会社に行って留守なんですよ。でも、夕方になれば、ほとんどのハウスメイトがここに戻ってくるわ」

「それなら、夕方、改めて伺《うかが》わせてもらうことにするか。捜査本部は、まだ事件の犯人の割り出しができてないんですよ」

風見は相棒よりも先に口を開いた。

「みんな、喜んで捜査に協力するでしょう。誰も深町さんが殺されたことを無念がってたし、揃って悲しんでたんでね」

「そうですか。取材中、被害者が何かに怯《おび》えてるような気配はうかがえませんでした？」

「そういう様子は感じ取れなかったわね、ただの一度も」

「そうですか」

「でもね、ちょっと気になることがあったの。十一月の中旬の夜、この近くで深町さんと思われる人物をちらりと見かけたことがあるのよ。だけど、人違いだったのかもしれないわ。その女性は『ハートフル・ハウス』の様子をうかがってるようだったんだけど、わたしの姿に気づくと、さっと物陰に隠れたの。その彼女が深町さんだったら、別にこそこそと隠れる必要はないわけでしょ？」

弥生が言った。

風見は相槌を打ちながらも、物陰に隠れたのは深町芽衣かもしれないと思った。

そうならば、美人ビデオ・ジャーナリストはいったい何を探っていたのか。シェアハウス内で事件めいたことがあったのだろうか。あるいは、家主に不審の念を懐《いだ》いていたのか。

捜査を重ねていけば、意外な手がかりが得られるかもしれない。

「やっぱり、あの彼女は深町さんじゃなかったんだろうな。ええ、きっとよく似た女性だったんだわ。それにしても、とっても似てたな」

「夕方、またお邪魔します」

「あなた方のことは、みんなに話しておくわ」

山中弥生がにこやかに言って、片手を軽く挙げた。

風見たちは『ハートフル・ハウス』を出て、捜査車輛に乗り込んだ。佳奈がイグニッションヨン・キーを捻《ひね》ってから、すぐに口を開いた。

「シェアハウスの入居者を斡旋《あっせん》してる『共栄エステート』に行って、家主の円谷登のことを詳しく教えてもらいませんか」

「そうしよう。不動産屋は、東急東横線の学芸大学駅前にあるって話だったな」

「ええ」

「とにかく、その不動産屋に行ってみよう」

風見は言った。

相棒の美人刑事が覆面パトカーを走らせはじめた。ほんのひとっ走りで、駅前通りに着いた。スカイラインを脇道に駐《と》め、駅前商店街を進む。『共栄エステート』は店舗ビルの一階にあった。

間口《まぐち》は狭かったが、かなり奥行きがある。応対に現われた女性従業員に身分を明かすと、七十年配の店主が姿を見せた。恰幅《かっぷく》がよく、口髭をたくわえていた。やや小柄だ。

ソファに坐るなり、風見は店主に話しかけた。

「『ハートフル・ハウス』の家主の円谷登さんの住まいを教えてほしいんですよ」

「このビルの斜め裏にあるアパートに住んでます」

「シェアハウスのオーナーが、アパート住まいをしてるんですか⁉」

「オーナーといっても、円谷さんは従兄《いとこ》に頼まれて名義を貸してるだけなんですよ。従兄は『グロリア』って英会話学校を経営してたんですが、事業がうまくいかなくなって、自己破産したんです。隠し金があっても、自分の名義で不動産を買うわけにはいかんでしょう？　債権者たちは、貸した金を踏み倒されちゃったわけですからね。それで、父方の従弟の登さんの名義で土地と建物を買ってもらって、表向きの家主になってもらってるんですよ。もちろん、家賃の何割かを払ってね。固定資産税なんかも従弟の登さんに渡して払ってもらってるはずです。そして何年か経ったら、いまの物件を従弟から譲渡してもらうつもりなんでしょう。むろん、所有権移転の登記費用は負担する気なんでしょうが、不動産の代金の遣り取りはしないはずです」

「円谷登さんは、あまり経済的には恵まれてないんですね？」

「変わり者なんですよ。彫金職人なんですが、気に入った仕事しかしないんですよ。五十三なんですが、世捨て人みたいな生活をしてるんです。当然、独身なんですがね」

「仕事は自宅アパートでされてるのかな？」

「ええ、そうです。でも、いまは雇われ大家になって、そこそこの生活費は確保できてるんで、朝から飲んだくれてるんだと思いますよ」

「アパートの名前は？」

『ハイム鷹番《たかばん》』という軽量鉄骨のアパートの一〇一号室に住んでます」

「そうですか。『ハートフル・ハウス』の居住者の家賃は、円谷登さん名義の銀行口座に振り込むことになってるんですね？」

「そうです。それを登さんがまとめて従兄の口座に振り込んでるんでしょう。細かいことは知りません」

店主は面倒臭そうに答えた。風見たちは『共栄エステート』を出て、円谷登の自宅アパートに向かった。

『ハイム鷹番』は造作なく見つかった。古ぼけた二階建てのアパートだった。

佳奈は一〇一号室のブザーを鳴らした。

応答はなかった。しかし、しばらくすると、いきなりドアが開けられた。ぼさぼさ頭の五十絡《がら》みの男が来訪者の二人を無遠慮に見た。

「円谷登さんですね？」

風見は刑事であることを告げて、まず確かめた。

「そうだが、なんだって言うの？」

「従兄の円谷直樹さんの居所を教えてほしいんですよ」

「知らないね。自己破産してからはホテルやリース・マンションを転々としてると言ってたけど、何カ月もお互いに連絡し合ってないんだよ。従兄とは人生観がまるっきり違うから、話が合わないんだ」

「そうですか。従兄に頼まれて、あなたは名義を貸したんでしょ？　それで、表向きはシェアハウスの家主になってるんですよね？」

「そうだけど、別に問題はないんじゃないの？　法的なことは、おれ、よく知らないけどさ。おれの従兄は、何か悪さをしたわけ？」

「ええ、まあ。それで、いろいろ訊きたいことがあるんですよ」

「ふうん。でも、直樹ちゃん、いや、従兄がどこで何をしてるか知らないんだよ。『ハートフル・ハウス』の家賃の八割は毎月ちゃんと従兄の銀行口座に振り込んでるけど、まったく会ってないんだ」

「従兄の新しい携帯番号は聞いてないんでしょうね、そういうことなら」

「携帯の番号なんか一度も教えてもらったことないよ。もういいよな」

部屋の主は言うなり、ドアを閉めた。

風見は佳奈と顔を見合わせ、苦く笑った。

3

徒労感に打ちのめされそうだ。

風見は電話の相手に謝意を表し、モバイルフォンの終了キーを押した。

目黒通り沿いにあるファミリーレストランの奥まったテーブル席に坐っていた。客の姿は疎《まば》らだった。

向かいの席にいる佳奈も、ケーブル・テレビ局に電話をかけている。『ハイム鷹番』を後にしたのは、およそ四十分前だ。

風見たちコンビは軽食を摂《と》ると、手分けして関東のケーブル・テレビ局にフリーのビデオ・ジャーナリストからシェアハウスの入居者たちの生活ルポの映像の放映権を買ったかどうか問い合わせつづけてきた。

だが、深町芽衣からビデオ映像を買った会社はなかった。

風見は冷めたコーヒーを飲み干し、キャビンをくわえた。

半分ほど煙草を喫《す》ったとき、相棒が通話を切り上げた。

「八神、どうだった?」

「すべて空振りでした」

「そうか。こっちも同じだよ。これで、首都圏にあるケーブル・テレビ局にはすべて当たったことになるな」

「本部事件の被害者は、関西のケーブル・テレビ局に『ハートフル・ハウス』の取材ビデオを売り込んだのかもしれませんよ。首都圏のケーブル・テレビ局は、どこも興味を示してくれなかったんでね」

「だとしたら、深町芽衣は関西だけじゃなく、全国のケーブル・テレビ局に売り込みをかけた可能性があるな。せっかく取材した映像がまったくオンエアされなかったら、本人も気落ちするだろうし、取材に協力してくれた連中にも申し訳ないと思うだろうからさ」

「そうですね」

佳奈が応じて、コップの水を喉に流し込んだ。風見は灰皿の底で、煙草の火を揉み消した。

「わたし、車に戻ってノート・パソコンを持ってきます。それで、首都圏以外のケーブル・テレビ局をリストアップしますよ」

「また電話で問い合わせるのはいいが、ここに長居するのは迷惑だろう。車に戻ろう」

「そうしますか」

佳奈が卓上の伝票を抓《つま》み上げた。

「ちゃんとレシートを貰えよ。八神警視殿はお嬢さん育ちだから、コーヒー代だけだと、ちょくちょく自腹を切ってる。捜査費で落とせるんだから、しっかり領収証は貰わないと。遺産相続権を放棄したと言ってたから、あまり無駄遣いするなって」

「あら、わたしを妻にしてくれるんじゃなかったんですか？」

「八神も、そういう返し方ができるようになったか。成長したな。よし、きょう、結婚しよう。初夜が楽しみだ」

「どうせなら、もう少し品のあるジョークを言ってほしかったな」

「言うじゃないか」

風見は先に立ち上がって、店の外に出た。

そのとき、官給の携帯電話が着信音を響かせた。成島班長からの連絡だろう。

風見はそう思いながら、モバイルフォンのディスプレイを見た。発信者は本庁組織犯罪対策部第五課の仙名刑事だった。

「仙名、どうした？」

「銃器密売の内偵捜査で関東桜仁会の中核の秋場《あきば》組をマークしてるんですが、聞き込みで若い組員たちが新宿で路上生活者、ネットカフェ難民、家出少女たちに声をかけてたって情報を得たんですよ」

「組長の秋場将《まさる》は、確か関東桜仁会の理事のひとりだったな？」

「ええ、そうです」

「元民自党議員の土橋忠良は秋場とも親交があったと思われる。例の殺人遊戯の獲物を集めたのは、秋場組の若い者《もん》なのかもしれないな」

「自分もそう思ったんで、風見さんに電話をしなければと考えたんですよ。ビデオ・ジャーナリストは土橋のダーティー・ビジネスの証拠映像を撮ったんで、秋場組の関係者に殺《や》られたんじゃないんですかね。そう教唆《きょうさ》したのは、むろん土橋なんでしょう」

「それ、考えられるな」

「人間狩りのビデオは、まだ見つからないんでしょ？」

「そうなんだ」

「おそらく秋場組の若い衆が深町芽衣を始末する前に危《ヤバ》いビデオを回収して、組長経由で土橋に渡したんでしょう」

「そうだとしたら、もう殺人遊戯の映像は焼却されてるな」

「ええ、そうでしょうね。風見さん、少し秋場組を調べてみてください。本部事件にきっと関与してるにちがいありません」

「調べてみよう。仙名、そのうち一杯奢《おご》るよ。ありがとうな」

風見は電話を切った。すぐそばに、佳奈が立っていた。風見は、仙名がもたらしてくれた情報を相棒につぶさに伝えた。

「そういうことなら、土橋が秋場組に本件の被害者を葬《ほうむ》らせたのかもしれないな。だけど、土橋は植物状態で入院中です。だから、自供させることはできません」

「そうだな」

「風見さんは組対時代に秋場組長と面識があるんでしょ？」

「ああ、何度も会ってる。秋場将は六十近いはずだが、いまも血の気が多い。ただの武闘派じゃなく、頭も割に切れる。女好きでもあるな」

「誰かさんに似てませんか？」

「ああ、岩尾さんに似てるな」

「狡《ずる》い！」

「冗談だよ」

「首都圏以外のケーブル・テレビ局に電話で問い合わせる前に、少し秋場組に探りを入れてみましょうよ。必要なら、揺さぶりをかける」

「八神もだんだんエリート路線から逸脱《いつだつ》するようになったな。不良刑事《デカ》になったら、なかなか警察庁《サッチョウ》に戻してもらえないぞ。それでもいいのか？」

「わたし、デスク・ワークよりも現場捜査のほうが好きですから、ずっと特命遊撃班にいたいんですよ」

「成島さんが聞いたら、泣いて喜びそうな台詞《せりふ》だな。このおっさん殺しが！」

「別に班長に気に入られたいと思ってるわけじゃなくて、本気でそう願ってるの」

「わかった。それじゃ、八神をもっと不良にしてやろう。ヤー公にも人権はあるんだが、連中に正攻法は通用しない。反則技を使うからな」

「反則技や違法捜査は、わたし、基本的には認めません。でも、相手が救いようのない悪党なら……」

「認めるんだな？」

「いいえ、何も見なかったことにするだけです」

佳奈が、にっと笑った。

「それで充分だ。歌舞伎町の秋場組の事務所に行こう」

「組員の誰かを少し締め上げて、秋場組長に迫るんですね？」

「そうだ」

「風見さん、手加減してくださいね。わたしたちは、はぐれ者チームですけど、一応、現職刑事なんですから」

「そのあたりは心得てるさ。行こう」

風見は相棒の肩を軽く叩き、店の駐車場に足を向けた。

ほどなく二人は、スカイラインに乗り込んだ。

佳奈が捜査車輌を発進させた。ファミリーレストランの駐車場を出て、中目黒方面に向かう。山手通りに入り、新宿方面に進んだ。

初台《はつだい》に差しかかったとき、成島班長から風見に電話があった。

「少し前に機捜《きそう》の初動班から架電《かでん》があったんだが、入院中の土橋忠良が何者かに殺害された」

「えっ!?」

「担当看護師が土橋の血圧や体温を測定した直後に犯人が病室に侵入し、寝たきり状態の病人の顔面に濡れタオルを押しつけて窒息死させたようだ。機捜の初動班と所轄署刑事課の面々は、すでに臨場してるらしい。本庁《うち》の鑑識課検視官室の検視官も病院に向かったそうだ」

「犯人《タマ》は逃亡したんですね?」

「そういう話だった。入院病棟の七階の非常口のブザーが鳴ったというから、加害者は非常階段を駆け降りて、病院の裏手から逃げたんだろう」

「土橋の病室には、ナース・ステーションの前を抜けて忍び込んだんだろうな。当然、七階には防犯カメラが設置されてますよね？」

「初動班は、真っ先に防犯カメラの映像をチェックしたそうだ。土橋の個室に侵入した男はスポーツ・キャップを目深《まぶか》に被り、サングラスとマスクで顔面を覆ってたらしい。服装は黒っぽかったそうだよ。動きから察して二十代から四十代と推定できるという話だったが、大きな手がかりはないらしい」

「犯人は当然、両手に手袋を嵌《は》めて犯行に及んだんでしょうね？」

風見《フケ》は訊ねた。

「そうだ。それから、犯行に使った濡れタオルは持ち去ったということだったよ。そうそう、病院の裏通りで不審なRV車が目撃されてるんだが、その車の所有者は関東桜仁会秋場組直営の絵画リース会社だったらしいんだ」

「本当ですか!?　それなら……」

「犯人に心当たりがありそうだな」

成島が言った。風見は、仙名から聞いた話を伝えた。

「土橋に頼まれて秋場組が殺人遊戯の獲物にする路上生活者、ネットカフェ難民、家出少女なんかを集めてたとしたら、深町芽衣が残酷な闇ビジネスを警察に教えた場合、立場が悪くなるな。それだから、土橋と組長は共謀して、本部事件の被害者を殺る《や》気になったのかもしれない」

「ええ、そうなんでしょうね。犯行の手口が荒っぽいから、実行犯は若い組員だったと考えられるな。秋場組長の入れ知恵で、性的異常者の犯行と見せかけたんじゃないだろうか」

「そうなんだろう。しかし、秋場はなぜ土橋まで消す気になったのかね？」

「脳出血で昏睡状態に陥った患者のすべてが、そのまま死んでしまうわけではありません。半月後から数年後に意識を取り戻すケースもあるようです。土橋が意識を取り戻した際に気弱になって捜査関係者に人間狩りであこぎに稼いでいたことを白状したら、共犯者の秋場も逮捕されてしまう」

「そうだな。秋場はそうなることを恐れて、土橋の口を永久に塞《ふさ》ぐ気になったわけか」

「おそらく、そうなんでしょうね」

「風見君、殺人遊戯を愉《たの》しんだ客が土橋を殺害したとは考えられないだろうか。獲物の人間を嬲り殺しにした客たちは、土橋や秋場組に致命的な弱みを握られたわけだろう？」

「そうですね」

「下手したら、客たちは土橋と秋場に際限なく強請《ゆす》られることになる。それを避けたいと願う者が秋場組の仕業《しわざ》と見せかけて、土橋を殺《や》ったのかもしれないぞ。そう思ったのは、秋場組直営の絵画リース会社のRV車が病院の裏通りで目撃されたことがなんだか不自然に感じたんだよ」

「言われてみれば、その通りですね。やくざは、いわば犯罪のプロです。わざわざ足がつくような失敗《ドジ》は踏まないでしょう。目撃されたのは、盗難車だったのかもしれないな」

「まだ断定はできないが、その可能性はあるね」

「ええ、ゼロじゃないでしょう。ただ、実行犯の若い者《もん》が不用意に組の息のかかったRV車を使ってしまった可能性もあることはあるな。そうでしょ？」

「ま、そうだね。それはそれとして、依然として居所のわからない円谷直樹が殺人遊戯の客のひとりだったとは考えられないだろうか」

成島が呟くように言った。

「班長、その根拠はありませんよね？」

「ああ、根拠はないな。仮説なんだが、円谷が五百万円出して人間狩りを愉《たの》しんで、土橋に高額な口留め料を要求され、さらに売春ビジネスの収益《アガリ》の上前をはねられてたとしたら、元国会議員を亡《な》き者にしたいと思うんじゃないだろうか」

「転落死した『キューピッド』のダミー経営者だった湯原は、そういうことは洩らしてなかったな。円谷は『グロリア』から着服した金で、従弟の名義を使って碑文谷の中古戸建て住宅を購入し、シェアハウス経営に乗り出してるんです。土橋に強請《ゆす》られてたら、そんな余裕はないでしょ？」

「そうか、そうだな」

「ただ、円谷直樹は湯原を使って売春ビジネスで荒稼ぎしてたことを深町芽衣に知られてます。ですんで、円谷が第三者に芽衣を殺害させた疑いもなくはないわけだ」

「そうだね。問題の殺人遊戯の証拠映像が見つかれば、人殺しゲームに参加した客もわかるんだがな。その客の中に円谷が入ってるかどうかは別にして、土橋を殺した奴の割り出しはできるだろう」

「ええ、そうですね。とにかく、おれは八神と秋場を揺さぶってみます」

「そうか。それでは岩尾・佐竹班には、土橋の事件に関する情報を少し集めてもらおう。風見君、あんまり無理をするなよ。相棒は男じゃないんだからな」

「わかってますって」

「何かあったら、おれが秋場組に乗り込む。いつでも飛び出せる準備をしておくよ」

「助《ス》けてくれるときは、必ず防刃《ぼうじん》・防弾胴着を身につけてくださいね」

「こっちを年寄り扱いしやがって」

「そう若くはないでしょ？」

風見は憎まれ口をきいて、通話を切り上げた。

いつの間にか、スカイラインは中野坂上《なかのさかうえ》交差点に近づいていた。風見は電話の内容をかいつまんで佳奈に伝えた。

「土橋が殺されるとは思ってもいませんでした」

「おれもだよ。病院の裏通りで目撃されてるRV車のことだが、八神はどう思う？」

「その車は、土橋を窒息死させた犯人に盗まれたんじゃないかしら？　暴力団関係者が初歩的なミスをするとは思えませんからね」

「やっぱり、そう思うか」

「ええ」

佳奈が大きくうなずき、交差点でスカイラインを右折させた。車は青梅《おうめ》街道を直進し、靖国《やすくに》通りに入った。少し先の新宿区役所通りから歌舞伎町二丁目をめざす。

秋場組の事務所は、区役所通りと花道《はなみち》通りが交わる十字路の近くにある。

風見は道案内をしはじめた。じきに目的のビルに到着した。

六階建ての細長いビルだ。組の持ちビルだが、代紋や提灯《ちょうちん》は掲げられていない。そうしたことは、暴力団新法で禁じられてしまったからだ。

外観は、ありふれた雑居ビルと何ら変わらない。しかし、防犯カメラの数が多かった。

二人はスカイラインを路上に駐め、秋場組の持ちビルに入った。

ほとんど同時に、奥から坊主頭の男が走り出てきた。山吹《やまぶき》色の派手な背広を着込み、右手の指に三つもごっつい指輪を嵌めている。二十四、五だろうか。額が狭く、三白眼《さんぱくがん》だ。

「どちらさん？」

「警視庁の者だ。秋場は最上階の組長室で、若い愛人《レコ》といちゃついてるのか？」

風見は言った。

「失礼な野郎だな。警察手帳《チョウメン》、見せろや」

「チンピラ、粋《いき》がるな。おまえ、おれのことを知らないようじゃ、まだ駆け出しだな。おれは以前、組対にいたんだ」

「いいから、手帳出せや」

相手が肩をそびやかし、踏み込んできた。

風見は薄く笑って、相手の太腿の内側を蹴った。膝頭の数センチ上だ。意外に知られていないが、そこは急所の一つだった。

丸刈りの男が呻いて、尻餅《しりもち》をついた。

「腹を蹴られたくなかったら、おれの質問にちゃんと答えるんだな」

「刑事が先に手を出してもいいのかよっ」

「出したのは足だ」

「屁理屈《へりくつ》こねてんじゃねえ」

男が立ち上がって、頭から突進してきた。まるで闘牛だ。風見はダンスのステップを踏むように軽やかに横に動き、相手の肩にラビット・パンチを落とした。

坊主頭は床に前のめりに倒れた。風見は体を斜めにするなり、相手の腰に踵落《かかと》としを見舞った。靴が弾んだ。

男が唸《うな》って、手脚《てあし》を縮めた。体をくの字に丸め、高く低く呻いている。

「まだ虚勢を張る元気があるかい？」

「組長《オヤジ》は六階にいるよ」

「そうか」

風見は佳奈に目配せして、エレベーター乗り場に急いだ。

上昇ボタンを押すと、すぐに函《ケージ》の扉が左右に割れた。二人はケージに乗り込んだ。瞬《また》く間に、最上階に達した。

風見は軽くノックし、組長室に入った。二十五畳ほどの広さだ。

秋場は応接セットの横で、パターの練習をしていた。

「おい、入っていいって返事はしてねえぞ。あんた、組対から何とかって窓際部署に飛ばされたんだってな。ちょっと暴れすぎたんじゃねえのか。新人美人刑事の教育係をやらされてるみてえだな」

「秋場、単刀直入に訊くぞ。そっちは土橋忠良に頼まれて、殺人遊戯の獲物を若い者《もん》に狩り集めさせたんじゃないのか？」

「殺人遊戯の獲物だって？　何だよ、そりゃ⁉」

「路上生活者《ホームレス》、ネットカフェ難民、家出少女たちにうまいことを言ってどこかに監禁して、人間狩りの標的にしたろうが！」

「何を言ってやがるんだっ。土橋さんとはつき合いがあるが、妙なことを頼まれた覚えはねえぞ。言いがかりをつけんねえ」

「きょうは丸腰じゃないんだよ。こっちを怒らせると、容赦《ようしゃ》なくぶっ放すぞ」

風見はスエード・コートの中に片手を差し入れた。はったりだった。拳銃は携行していなかった。

「撃ちたきゃ、撃てや！」

秋場が声を荒らげ、ゴルフ・クラブをカーペットに叩きつけた。

風見はクラブを拾い上げ、水平に薙《な》いだ。クラブのヘッドは、秋場の脇腹にもろに当たった。

秋場が呻いて、横に転がった。風見はゴルフ・クラブをソファ・セットの向こう側に投げ捨てた。

「危ない！」

背後で、佳奈が叫んだ。ほとんど同時に、乾いた銃声が耳に届いた。

放たれた銃弾が風見の右肩の上を疾駆《しっく》していった。

数秒後、佳奈が呻いた。弾《たま》が左腕を掠《かす》め、筋肉を数ミリ削《そ》いだようだ。

佳奈がよろけて、床に片膝をついた。

「なめやがって！」

秋場が立ち上がった。右手にDIデービスP380を握り締めていた。アメリカ製のポケット・ピストルだ。

全長は十五センチ弱で、口径六・三五ミリしかない。弾倉《マガジン》には五発しか入らないが、予《あらかじ》め初弾を薬室に送り込んでおけば、フル装弾数は六発になる。

「八神は床に伏せてろ！」

風見は相棒に言って、秋場に組みついた。相手の右腕をホールドし、大腰で投げ飛ばす。弾みで一発、暴発した。しかし、銃弾は誰にも命中しなかった。

風見は小型拳銃を奪い取り、銃口を秋場の額に押し当てた。

「もう一度、訊くぞ。土橋に頼まれて、組の若い衆に殺人遊戯の獲物を集めさせたんじゃないのか？」

「そ、それは……」

「くたばっちまえ！」

「ああ、そうだよ」

「やっぱり、そうだったか。深町芽衣は殺人遊戯の証拠映像を撮ったんだな？」

「………」

「死ぬ気になったらしいな？」

「撃つな、撃たないでくれ。土橋さんはそう言って、頭を抱えてたよ」

「そっちは土橋に頼まれて、組の誰かに深町芽衣を殺らせ《や》たんじゃないのか？」

「冗談じゃねえ。土橋さんもおれも、ビデオ・ジャーナリストの事件には関わってねえよ」

「じゃ、誰が犯行《ヤマ》を踏んだんだ？」

「そんなこと、おれは知らねえよ。盗み撮りされたビデオに映ってた殺人ゲームの客の誰かが危《ヤバ》いと思って、深町って女を始末したんじゃねえのか。おおかた、そうなんだろうよ」

「客の中に円谷直樹って奴はいたか？」

「わからねえな。客は五十人近くいたし、本名を明らかにする人間なんかいなかったから」

「客はネットの裏サイトで集めたのか？」

「そうじゃねえよ。客は、土橋さん自身が集めてたんだ。で、伊豆高原にある自分の別荘に招いて、監禁してた獲物どもを好きなように嬲り殺しにさせてたんだよ」

秋場が答えた。その語尾に、佳奈の声が重なった。

「獲物にされたのは何人だったの？」

「八神、大丈夫なのか？」

風見は振り返った。

相棒は左腕の二の腕を手で押さえている。出血量は、思いのほか少ない。

「銃弾が掠《かす》っただけですから、たいした怪我じゃありません」

「後で中野の警察病院に連れて行くよ」

「それはオーバーです。消毒液を塗っとけば、自然治癒《ちゆ》すると思います」

佳奈が風見に言って、秋場に顔を向けた。

そのとき、ドアが乱暴に押し開けられた。五、六人の組員がなだれ込んできた。それぞれ木刀、鉄パイプ、日本刀、散弾銃を手にしていた。

「おまえらは引っ込んでろ」

風見は一喝《いっかつ》した。だが、誰も退《さ》がろうとしない。

「正当防衛ってことで、秋場の頭を撃っちまうぞ。それでも、いいのかい？」

「てめえら、おれが撃《ハジ》かれてもいいのかっ。この刑事《デカ》は優男《やさおとこ》だが、やることが荒っぽいんだ。みんな、手を出すな」

秋場が命じた。組員たちがひと塊《かたまり》になって、廊下に出ていく。風見は、土橋が入院先で殺されたことを告げた。

「本当なのか!?」

「あんたが誰かに殺《や》らせたんじゃないのか？」

「そんなことするわけねえだろうが！」

「客のリストはどこにあるの？」

佳奈が秋場に訊いた。

「土橋さんがリストは焼却したはずだよ。深町って女に危《ヤバ》い映像を撮られたとわかった直後にな」

「問題のビデオは回収したんでしょ?」

「土橋さんに言われて、うちの若い者にビデオ・ジャーナリストの自宅マンションを家捜《やさが》しさせたんだが、肝心の映像はついに見つからなかったんだよ」

「そうなの。変ねえ」

「深町って女は、殺人遊戯のビデオを誰か信用できる人間に預けてあるんじゃねえのか。あっ、ひょっとしたら……」

「秋場、言いかけたことは何なんだ?」

風見は、ポケット・ピストルの引き金に人差し指を深く巻きつけた。

「指を、指を引き金から離してくれ！　言うよ、喋るって。土橋さんは脳出血で倒れる前に、殺人遊戯の件で正体不明の男に強請られてるようなことを洩らしてたんだ。詳しいことは言わなかったけどな。そいつ、土橋さんが口留め料をすんなり出そうとしなかったんで、頭にきて殺したのかもしれねえな。とにかく、おれも組の者も土橋さんを殺《や》っちゃいない。待てよ。人間狩りの客の誰かが自分の犯罪がバレることを恐れて、土橋さんを殺したとも考えられるな」

「だとしたら、そっちも客の誰かに殺《や》られるかもしれないな。客たちは、あんたが獲物集めをしたことを知ってるんだろうから」

「そうか。まだ死にたくねえ。おれを逮捕《パク》って、早く刑務所に送ってくれ。塀の中なら、安全だからな」

「武闘派やくざも、命は惜しいか」

「当たり前じゃねえか。人生は片道切符なんだぜ」

秋場が口を尖《とが》らせた。

風見はポケット・ピストルをベルトの下に差し込み、秋場を摑み起こした。

佳奈が自分の手錠を差し出した。風見は手錠を受け取り、秋場に両腕を差し出させた。

4

相棒は、縫合手術を受けることになるのか。

銃創は擦《す》り傷程度に見えたが、素人にはよくわからない。診断が気になった。

風見は、外科の診察室の前のベンチに腰かけていた。

中野にある警察病院だ。午後六時半を回っていた。

風見たち二人は秋場組長の身柄を新宿署に引き渡し、面通し室から取り調べをうかがった。

秋場はポケット・ピストルの不法所持を素直に認め、組員たちに殺人遊戯の獲物たちを集めさせたことも自供した。嬲り殺しにされた約五十人の男女の死体は組員たちの手によってクロム硫酸の液槽に一昼夜浸《ひた》され、骨だけにされた。骨はハンマーで打ち砕《くだ》かれ、その灰は伊豆高原の山中に撒《ま》かれたらしい。

警視庁は、渋谷区広尾《ひろお》にある土橋の自宅を任意で緊急家宅捜索した。しかし、殺人遊戯で元政治家が非合法に荒稼ぎしていたという証拠は何も見つからなかった。客のリストはもちろん、銀行通帳や現金も押収されなかった。また、深町芽衣が隠し撮りした殺人シーンの証拠映像も発見されていない。別荘に保管されているのか。

秋場組長の供述によって、路上生活者、ネットカフェ難民、家出少女たちを次々に拉致した組員ら十三人のうちの四人は相次いで検挙され、幾つか遺体の処理をしたことも認めた。だが、彼らは口を揃えて土橋の死には関わっていないと主張している。

いったい誰が入院中の元国会議員を殺害したのか。殺人ゲームの客の中に犯人がいるのだろうか。それとも、土橋を強請っていた謎の人物の犯行だったのか。

風見は、新宿署から成島班長に電話で経過を報告していた。成島は自分の勘では、正体不明の脅迫者が怪しいと言っていた。

その人物は、土橋の残忍な非合法ビジネスのことを脅迫材料にしたと推測できる。殺人ゲームに参加した客たちには、それぞれ弱みがある。殺人遊戯の件で土橋を強請ったら、自分も破滅しかねない。

消去法で推理していくと、深町芽衣の告発ビデオのことを知っている人間が最も怪しいという結論に達した。

捜査本部事件の被害者は、仕事の関係者に殺人遊戯のことを漏らしてしまったのではないか。その者が何らかの方法で、芽衣が隠し撮りした証拠映像を手に入れ、土橋を恐喝していたのかもしれない。

おそらく脅迫者は、まとまった金を元政治家から脅し取ったのだろう。だが、いつか土橋が意識を取り戻すかもしれない。そうした強迫観念が膨らみ、入院中の土橋の口を永久に塞《ふさ》ぐ気になったのではないか。

その前に、謎の人物は深町芽衣を殺害した可能性がある。動機は、証拠映像を不正な方法で手に入れたことを覚《さと》られたくなかったからだろう。

診察室の白い引き戸が横に払われた。

風見は反射的に長椅子から立ち上がった。佳奈は首に三角布《さんかくきん》を掛け、左腕を吊《つ》っていた。

「傷口を縫うことになったんだな。傷痕は消えないんだろう。八神、すまない！」

風見は詫《わ》びた。

「三角布で腕を固定してたほうがいいとドクターに言われましたけど、傷口の縫合手術は受けなかったんですよ」

「本当なのか？」

「ええ、弾丸が腕に軽くキスしただけですからね。傷口に化膿《かのう》止めの軟膏を十日ほど塗っておけば、自然に皮膚が盛り上がってきて、痂《かさぶた》ができるだろうって言ってました。弾頭で軽い火傷《やけど》を負って、筋肉が一ミリちょっと抉《えぐ》られてるらしいんですよ」

「そうか。銃創が軽かったんで、ひと安心したよ。八神に借りを作っちまったな。何かで、いつか借りは必ず返す」

「借りだなんて、やめてください。わたしたちは相棒同士じゃありませんか。相棒が危ない目に遭《あ》ったら、見過ごせないでしょ？」

「八神に惚れ直したよ」

「照れ隠しに軽い言い方をするんでしょうけど、からかわれているようで……」

「別にからかったんじゃない」

「根上智沙さんといいムードなのに、よくそういうことが言えますね」

「智沙のことは好きだよ。でもな、八神も好きなんだ」

「わたし、気の多い男性はノーサンキューです！　そんなことより、『ハートフル・ハウス』に行きましょうよ」

「八神、何を言ってるんだっ。自宅マンションまで覆面《メン》パトで送ってやるから、きょうは早目に寝《やす》めって。碑文谷のシェアハウスには、おれひとりで行く」

「たいした怪我じゃありませんよ。ううん、この程度は怪我のうちに入らないわ」

佳奈が三角布を外した。

「おい、無理すんなって」

「へっちゃらです。車も運転できますんで、二人で『ハートフル・ハウス』に行きましょうよ」

「わかった。スカイラインは、おれが転がす。そういう条件付きだぞ。行こう」

風見は病院の表玄関に向かって歩きだした。佳奈がすぐに従《つ》いてくる。

二人は警察病院の外来用駐車場に急いだ。

風見は、先にスカイラインの運転席に腰を沈めた。佳奈が助手席のドアを閉めたことを目で確認してから、捜査車輛を走らせはじめる。

幹線道路は、どこも渋滞気味だった。『ハートフル・ハウス』に到着したときは、午後七時半を過ぎていた。

応対に現われたのは、山中弥生だった。

「もっと早くいらっしゃると思ってたんですよ。きょうの夕食はカレーライスなんで、少し多めにこしらえたの。あなた方の分はちゃんと残しておいたので、召し上がって。わたしたちはもう食事を済ませちゃったの。あら、左腕、どうなさったんです？」

「少し擦《す》り傷を負っただけなんですよ。入居者の方は、みなさん、お帰りになられました？」

佳奈が訊いた。

「ええ。だけど、小松由紀さんは頭痛がひどいらしくてカレーライスを半分ぐらい残して、自分の部屋で寝《やす》んでるの。でも、わたしを含めて七人は捜査に協力できますんで、どうぞお入りになって」

「はい」

「食事しながら、聞き込みをなさる？」

「せっかくですが、もう二人とも食事を済ませてきたんですよ」

風見は、もっともらしく言った。空腹だったが、まさか聞き込み先でご馳走になるわけにはいかない。

「そうなの。それじゃ、コーヒーでもお出しするわ」

弥生が風見たち二人をポーチに導いた。

風見と佳奈は、玄関ホールの左手にある広いLDKに通された。十人掛けのダイニング・テーブルには、六人の男女が向かっていた。

弥生が居住者をひとりずつ紹介してくれた。

風見たちは自己紹介し、ダイニング・テーブルについた。

テーブルの向こう側に並んで坐った君塚あずみ、室井拓磨《たくま》、有馬周《あまね》の三人は緊張した面持《おも》ちだった。ほかの畑中千帆《はたなかちほ》、富永洋平《とみながようへい》、綾部典子《あやべのりこ》はリラックスしている。

千帆は三十四歳で、大手スーパーの販売員らしい。離婚歴があるはずだが、性格は明るそうだ。富永は四十二歳で、外車ディーラー会社に勤めているという。典子は歯科助手のせいか、如才《じょさい》なかった。二十九歳だ。

入居者は地方出身者ばかりで、『ハートフル・ハウス』に住む前はアパートやワンルーム・マンションで独り暮らしをしていたそうだ。

「深町さんがこちらに取材に来ている間、暗い表情になったことはありました？」

風見は六人の居住者に問いかけた。山中弥生はキッチンで、九人分のインスタント・コーヒーを用意中だった。

「そういうことは一度もありませんでしたよ」

富永が口を開き、ハウスメイトたちに相槌を求めた。ほかの者たちが無言でうなずいた。

「わたし、『ハートフル・ハウス』のルポがどこかのテレビ局で放映されることを楽しみにしてたのよね。でも、全国ネットのキー局では放映権を買ってもらえなかったと聞いて、がっかりしちゃったわ」

「典子ちゃん、そのときに深町さんにちょっと厭味《いやみ》を言ったよな？」

富永が言った。

「うん、言っちゃった。わたし、深町さんに『放映してくれる局が決まってから、取材してほしかったわ』なんて言っちゃったのよね」

「そうだったな。あのとき、深町さんは居たたまれないような顔つきだったよ。それで彼女、ケーブル・テレビ各局に売り込んでみるからと言ったんだったよな？」

「ええ、そうだったわね。だけど、どのケーブル・テレビ局も放映をしてくれなかった」

「典子ちゃん、そのことはもういいじゃないか。深町さんはどこかの局でオンエアしてくれるだろうと思ってたから、ここに取材に通ってくれたんだよ。結果は思い通りにならなかったわけだけど、彼女の狙いは悪くなかったんじゃないか？」

「わたしも、そう思うな」

畑中千帆が富永に同調した。

「そうだよな。いまの世の中は、人間関係がきわめて稀薄《きはく》になってる。みんな、空元気《からげんき》を出してるけど、将来に対する不安で一杯だし、学校や職場に悩みを打ち明けられる者はいない。多くの者が孤立感を覚えてるはずなんだ」

「ええ、そうだろうね。だから、なんの接点もなかった男女がたまたまシェアハウスで一緒になって、本当の家族のように触れ合ってる日常をテレビで取り上げたら、視聴者に強く関心を持ってもらえたんじゃない？　ね、富永さん？」

「だと思うよ。程度の差はあっても、ほとんどの現代人が生き抜くことの大変さを感じてるだろうし、孤独感も覚えてるだろうしね。誰も人の温《ぬく》もりがほしいと願ってるんじゃないかな。おれ自身、『ハートフル・ハウス』に入ってから、寂しいと感じることが少なくなったよ。仕事の帰りに以前は毎晩、飲み屋をハシゴしてたんだけど、いまはできるだけ早くこの塒《ねぐら》に戻りたいと思うようになった」

「わたしもよ」

「千帆ちゃんは恋愛下手みたいだから、どこにも寄り道しないで、まっすぐ『ハートフル・ハウス』に戻ったほうがいいんだよ。また浮気癖のある男に引っかかると、バツ２になりかねないからね」

「離婚は一度でたくさん！　焦《あせ》らずに二度目の旦那をじっくり探すわ」

「これといった相手がいなかったら、おれが結婚してやってもいいよ」

「あら、何日か前に富永さん、典子ちゃんにも同じことを言ってたんじゃない？」

「そうだっけ？　かなり酔っ払ってたんで、よく憶《おぼ》えてないな」

「わたしは、はっきり記憶してるわよ。富永さん、どっちかにしなさい。さ、どうする？　千帆さんにするの？　それとも、わたしを選ぶ？」

「本気で言ってんの？」

「ばかねえ、冗談よ。富永さんは善人だと思うけど、異性としてはイマイチだもの。ね、千帆さん？」

典子がハウスメイトに笑いかけた。千帆が同調する。富永が頭に手をやった。

「楽しそうだな」

風見は誰にともなく言った。そのとき、山中弥生が大きな洋盆《トレイ》を捧《ささ》げ持って摺《す》り足で近づいてきた。トレイには、九つのマグカップが載《の》っている。

「どうかお構いなく……」

佳奈が恐縮した。

「インスタントだから、あまりおいしくはないかもしれないけど、冷めないうちに飲んでください」

「山中さんも、お坐りになってください」

「はい、いまね」

弥生はマグカップを卓上に移すと、君塚あずみに声をかけた。

「そんなに緊張することないのよ。刑事さんたちは、亡くなった深町さんのことで聞き込みにいらしただけなんだから」

「はい」

「室井君と有馬君も、なんだか普段と違うな。どうしちゃったの?」

「本物の刑事さんを見たのは初めてなんで、ちょっとね」

室井が弥生に言って、かたわらの有馬という青年を見た。

有馬が黙ってうなずいた。美容学校に通っているからか、髪の毛の手入れは行き届いていた。

風見はさきほどから、あずみ、室井、有馬の三人が自分と佳奈を一度も正視していないことを訝《いぶか》しく感じていた。三人とも、荒《すさ》んだ印象は与えない。何か法律に触れるようなことをしているとは考えにくかった。

それなのに、君塚あずみたち三人はどことなくおどおどしている。自分や佳奈とまともに目が合うことを避けているような気配さえ伝わってきた。三人は、何かを隠したがっているのだろうか。

「きみが通ってる聖和女子大は、昔からお嬢さん学校として知られてるよね？」

風見は、あずみに話しかけた。清純そうで、器量は悪くない。円《つぶ》らな瞳は、いかにも利発そうだ。

「そうらしいんですけど、わたしは令嬢なんかじゃありません」

「失礼だけど、お父さんの職業は？」

「精密機器の部品加工会社を経営してます。といっても、社員は四十人ぐらいしかいないんですけど。それから、いまの父とは血がつながっていないんです」

「継父《ままちち》なんだね？」

「はい。わたしの実の父は三歳のとき、事故死してしまったんです。それで母は四年後にわたしを連れて、継父《けいふ》と再婚したんです」

「きみは、独りっ子なのかな？」

「ええ、そうです」

「再婚してから、お母さんには子供はできなかったの？」

「それなら、いまでもきみは独りっ子なんだね？」

「はい」

「そうです」

「ならば、血のつながりはなくても二度目の親父《おやじ》さんは、きみを大事にしてくれてるんだろうな？」

「ええ、まあ」

あずみは困惑顔になった。すかさず横にいる室井が話に割り込んだ。

「刑事さんたちは、深町芽衣さんの事件の聞き込みでいらしたんですよね？　あずみちゃんの個人的なことを質問する必要はないんじゃありませんか」

「ぼくも、そう思うな」

有馬が室井に同調し、前髪を掻《か》き上げた。挑《いど》むような眼差しだった。

「その通りだね。別に何か理由があって、君塚さんの家のことを訊いたわけじゃないんだ」

「それなら、そういう質問は控えてあげてくださいよ」

室井が言った。

「ああ、そうしよう。きみは、深町さんの事件のことをどう考えてる？」

「ぼくはIT関連会社で働いてる人間ですから、事件のことはよくわかりません。深町さんは取材中ずっと明るく振る舞ってたんで、何かトラブルを抱えてたようには見えなかったですね。他人に憎まれたりするような方じゃなかったんで、誰かに逆恨《さかうら》みされてたのかもしれません。それぐらいのことしか言えないな」

「きみは、どう思ってる？」

風見は有馬に顔を向けた。

「深町さんを殺した犯人には見当もつかないけど、なんか赦《ゆる》せない気持ちだな。犯人にはそれなりの動機があったんだろうけど、電動鋸で胴体を真っ二つに切断するなんて、殺し方が残忍ですよ」

「そうだね」

「殺されたのが自分の姉貴だったら、自力で犯人を突き止めて、そいつの首を電動鋸でちょん斬ってやりたくなると思うな。犯人は人間じゃありませんよ」

「わたしも有馬君と同じように、すごく犯人を憎んでます。捕まったら、死刑になればいいとさえ思ってます」

あずみが伏し目がちに言った。相棒の佳奈が、あずみに話しかけた。

「あなたは、被害者のことを慕《した》ってたようね？」

「わたし、深町さんのことを尊敬してました。女性でフリーのビデオ・ジャーナリストをつづけられるのは、大変なことだと思うんですよ。深町さんは社会のアンタッチャブルなことに目を背《そむ》けることなく、不正や歪《ゆが》みを映像で抉《えぐ》って、問題提起をしてたんだと思います」

「そうみたいね」

「正義感の強い男性ジャーナリストだって、腰が引けちゃうようなテーマにも臆《おく》することなく肉薄してたんじゃないですかね。金銭的にはさほど報《むく》われてなかったんでしょうけど、信念を曲げない姿勢はリスペクトできます。志半《こころざしなか》ばで命を奪われてしまったんですから、とっても無念だったと思います」

「ええ、そうでしょうね」

「あずみちゃんが言う通りだな。深町芽衣さんは二十代ながら、偉大なジャーナリストだったよ。新聞社、通信社、テレビ局の報道部記者なんかの多くは、社会のタブーや暗部からはつい目を逸《そ》らしてしまいがちだ。しかし、フリーの彼女は捨て身になってた感じだったね。それは凡人には真似できないことなんじゃないのかな。今夜は彼女の追悼会をやろうじゃないか。明日は土曜日だしさ。割り勘だなんてケチなことは言わないよ。酒は、おれの奢《おご》りでいい。みんなで、弔《とむら》い酒を飲もう」

富永がハウスメイトたちに言った。一拍置いて、室井が富永に応じた。

「悪いけど、ぼくら三人はつき合えないですね。土・日はバイトがあるから」

「そうだったな。それじゃ、あずみちゃん、きみ、有馬君抜きで故人を偲《しの》ぶことにするよ」

「つき合いが悪くて、ごめんなさい」

「気にすんなって。酒盛りがはじまれば、由紀さんがきっと部屋から出てくるにちがいない。小松さんは酒好きだからな。飲んでるうちに、頭痛は治ると思うよ」

富永が陽気に言って、インスタント・コーヒーを音をたてて啜《すす》った。

「きみら三人は、土・日にバイトをしてるんだ？」

風見は、あずみ、室井、有馬の三人の顔を順番に見た。三人は曖昧《あいまい》にうなずいたが、何も言わなかった。

「あずみちゃんたち三人は、半分はボランティアみたいなユニークなアルバイトをしてるんですよ」

山中弥生が代わりに説明した。

「どんなバイトなんです？」

「高齢の資産家夫婦や独居老人が住んでるお宅に〝週末家族〟を派遣《はけん》する会社があって、

あずみちゃんたち三人は擬似《ぎじ》家族役を演じて、平日は寂しい思いをしてる依頼人宅に出向いて、子供や孫のように接してるんですよ。レンタル家族と言えば、わかりやすいわね。もちろん、事情があって離れ離れになってる子供や孫になり切るんじゃなくて、身内のような触れ合いを売りものにしてる新しいビジネスなの」

「〝無縁社会〟と呼ばれてる世の中だから、その種のニュービジネスは伸びそうですね」

「わたしも、そう思うわ。いいとこに目をつけたわよね。そのバイトは、室井君が見つけてきたんじゃなかった？」

「ええ、そうです。で、あずみちゃんと有馬君をバイトに誘ったんですよ。時給は八百円ですけど、部屋の掃除をしたり、買い物に行ってあげて、依頼人の昔話を聞いてあげるだけだから、仕事そのものは楽なんですよ。人生の大先輩たちの話は割に役に立つんです。年老《お》いた人たちは孤独と闘いながら、身内や他人に迷惑かけないようにして、ひっそりと生きてるんですよね。だから、ぼくら偽家族を自分の子供や孫のようにかわいがってくれるんです。どなたも老境に入ると、人恋しくなるんでしょうね。週末に依頼人宅を訪ねるたびに、なんだか切ない気持ちになりますよ」

「そうだろうね。昔は三世代同居家庭なんか珍しくもなかったけど、核家族化が進んでからは老人たちは寂しくなっちゃったわよね。長男や長女であっても、親と同居したがらなくなっちゃったんだから」

「時代の流れなんでしょうね。でも、訪問先は富裕層が多いから、高いケーキやトロピカルフルーツなんかをおやつに出してくれるんですよ」

「なら、時給が安くても文句は言えないね」

「ええ」

室井が口を閉じた。それを待っていたように、富永があずみに語りかけた。

「話は飛ぶけど、あずみちゃんの育ての親父さんは去年の九月に失踪したまま、まだ行方がわからないの？」

「ええ」

「それまでは毎月のようにここに訪ねてきて、お母さんが病弱だから、きみに大学を休学してさ、信州に戻ってくれって説得しつづけてたよね？」

「もう母の健康が安定したんです」

「それはよかったね。でも、育ての父がいまも行方不明なんだから、心配だな」

「え、ええ」

「二度目のお父さんは『ハートフル・ハウス』を最後に訪ねてきた後、忽然《こつぜん》と姿をくらましたんだったね？」

「そうです」

「多分、何か犯罪に巻き込まれたんだろうな」

「そうなのかしら？」

あずみが呟いた。その顔には、まったく血の気がなかった。あずみが顔を伏せたまま、全身を小刻みに震わせはじめた。

「そんな話、いま持ち出すことはないでしょ！」

室井が富永を非難した。有馬も富永を鋭く睨んだ。なぜだか室井も有馬も顔面蒼白だった。

あずみの継父の失踪には、事件性があるのではないか。

風見は、そう直感した。刑事の勘だった。かたわらの佳奈を見ると、目顔で相槌のサインを送ってきた。相棒も同じ思いを懐《いだ》いたようだ。

「室井君の言う通りだな。いま話題にする事柄じゃなかったよ。あずみちゃん、ごめんな」

富永が謝った。

あずみは無言でうなずいたが、まだ体の震えは熄《や》んでいなかった。室井と有馬の表情も険《けわ》しかった。

目の前にいる若い三人は、何か秘密を共有しているにちがいない。そのことが深町芽衣の事件に結びついているのではないか。少し調べてみる必要がありそうだ。

風見はそう考えながら、マグカップを持ち上げた。

第五章　哀しい擦《す》れ違い

1

カーブに差しかかった。
脚《あし》を組んで坐っていた風見は、体のバランスを崩した。
右腕が隣席の佳奈の左腕に触れてしまった。
その瞬間、美人警視が小さく呻いた。彼女の二の腕の傷を圧迫したのだろう。
「ごめん！」
風見はシートに坐り直した。特急『あずさ55号』の車内である。
列車は、少し前に塩尻《しおじり》駅を通過していた。
二人は午前十時九分発の特急列車で新宿を発《た》ち、松本に向かっていた。君塚あずみの実家は、松本市の郊外にある。

『ハートフル・ハウス』で聞き込みをした翌日だ。

あずみの継父の失踪が妙に気になって、風見は今朝《けさ》早く長野県警に問い合わせの電話をかけた。その結果、去年の九月二十日に君塚圭三《けいぞう》、四十八歳の捜索願が所轄署に出されていた。捜索願を出したのは妻の友美《ともみ》、四十五歳だった。

前夜の聞き込みで、あずみの継父が『ハートフル・ハウス』を訪ねたのは昨年九月十六日であることは確認済みだ。

君塚圭三は日帰りの予定で上京したということで、着替えも持って出かけていない。あずみが暮らしているシェアハウスを訪ねた後の足取りはわからないままだった。

地元署の調べで、失踪人が家出や蒸発をする理由はないことは明らかになっている。また、そうした気配すらうかがえなかったらしい。

となれば、『ハートフル・ハウス』で何か起こったのではないかと考えたくなる。君塚圭三が消息を絶った理由をあずみ、室井、有馬の三人は知っているにちがいない。前夜の緊張と狼狽《ろうばい》ぶりは普通ではなかった。

風見たち二人は、あずみの継父の失踪の謎を解く気になって、特急列車に乗り込んだのである。

「早春といっても、信州の峰々はまだ雪に覆われてるんですね。市街地は除雪されてますけど、都会とは風景が違うわ」

佳奈が車窓に視線を向けながら、小声で言った。

「八神が育った北海道は、もっと雪深いんだろう？」

「ええ、山間部はね。でも、わたしの実家は札幌の市街地にありますんで、すぐに除雪されるんですよ。だから、積雪を踏みしめながら、学校に通った日はそれほど多くないんです」

「そうなのか。おれが育った湯河原の気候はほぼ一年中、温暖だったよ。海と山が家の近くにあって、暮らしやすかった。しかし、やっぱりローカルだな。大学に入って東京で生活するようになってから、つくづくそう思ったね」

「東京は刺激に充《み》ちてますからね。札幌も一応、都会なんですけど、市街地をちょっと離れると、まだ田舎ですんで」

「江戸っ子の成島班長は地方出身者が羨ましくなるときがあるとか言ってるが、やはり田舎の生活は退屈だよな？」

「そうですね。それはそうと、君塚あずみ、室井、有馬の三人はもう土・日のバイトに出たんでしょうか？」

「そいつはわからないが、何か大きな動きがあれば、成島さんから電話があるだろう」

風見は口を閉じた。『ハートフル・ハウス』には、朝から岩尾・佐竹班が貼りついているはずだ。出会い系喫茶『キューピッド』は湯原が転落死した翌日から休業している。

特命遊撃班は理事官経由で捜査本部に十六人の白人娼婦の動きを探ってくれと頼んだのだが、それが実行されているかどうかは不明だ。

八係の日高係長は特命遊撃班の支援捜査を露骨には迷惑がっていないが、九係の玉置係長は対抗意識を剝《む》き出しにしている。理事官の指示に従う振りはするだろうが、風見たちのチームと足並を揃える気はないにちがいない。

「あずみは、継父の君塚圭三を疎《うと》ましく思ってたんじゃないのかな？　きのう、育ての父親の話が出たとき、彼女、震えはじめたでしょ？」

佳奈が沈黙を破った。

「そうだったな」

「あのとき、彼女はダイニング・テーブルの一点をとってもきつい顔で凝視してたんですよ」

「そこまでは気づかなかったな。母親が君塚と再婚したのは、彼女が七つのときだった。もっと幼いころに継父と一緒に暮らしてれば、実の親子のような接し方ができたと思うんだが……」

「ええ、そうでしょうね。女の子の場合、実の父親でも思春期にはうっとうしいと感じるんだから、血のつながりのない相手とは打ち解けられなくなるだろうな。何かで育ての父親に対して不信感や嫌悪感を懐《いだ》いたら、そうした負の感情はずっと抜けないんじゃないかしら？」

「そうかもしれないな」

会話が途切れた。

それから間もなく、列車が松本駅に到着するという車内アナウンスが流れた。松本駅が終点ではない。『あずさ55号』の終着駅は白馬《はくば》だ。

数分後、特急列車は定刻の午後一時に松本駅に到着した。

風見たちは下車し、改札を抜けた。まだ昼食を摂《と》っていない。二人は駅前のレストランに入り、ともにハンバーグ・ライスを注文した。

食事を済ませると、二人は駅前でタクシーに乗り込んだ。松本城の脇を抜け、郊外に向かう。

あずみの実家に着いたのは、二十数分後だった。

君塚宅は豪邸と呼んでも差し支えなかった。敷地は優に三百坪はあるだろう。庭木に囲まれた数寄屋造りの家屋は大きかった。ガレージには、黒いベンツと灰色のレクサスが納まっている。

インターフォンのボタンを押したのは、佳奈だった。ややあって、君塚友美の声で応答があった。

相棒が身分を告げると、あずみの母親は驚きを込めて訊いた。

「娘が東京で何か問題を起こしたのでしょうか？」

「いいえ、そうじゃないんです。失踪中のご主人のことで、ちょっと話をうかがわせてもらいたいんですよ」

「そうでしたか。すぐにリモコンで門扉のロックを解除しますんで、ポーチまでいらしてください」

「わかりました」

佳奈が門から少し離れた。

風見たちは君塚邸に足を踏み入れ、長いアプローチを進んだ。ポーチに上がると、玄関から友美が現われた。娘と目のあたりがよく似ている。

風見たちは警察手帳を呈示してから、玄関に入った。

通されたのは、玄関ホールに面した応接間だった。二十畳ほどの広さで、大理石のマントルピースがあった。深々としたソファ・セットは外国製だろう。

「立派なお宅ですね。ご主人の会社は、経営が安定してらっしゃるんだろうな」

風見は、失踪人の妻に言った。

「専務がしっかりした方なんで、会社のほうは順調に……」

「そうですか」

「どうぞお掛けください」

友美は風見たち二人をソファに坐らせると、応接間から出ていった。茶を淹《い》れてくれるようだ。

少し待つと、あずみの母が戻ってきた。彼女は来客分の緑茶をコーヒーテーブルに置くと、佳奈の前に腰かけた。

「実は昨夜《ゆうべ》、ある事件の捜査で碑文谷にある『ハートフル・ハウス』を訪ねて、娘さんにお会いしたんですよ」

佳奈が捜査本部事件に触れた。

「その痛ましい殺人事件のことは報道で知ってます。被害者の方は、シェアハウスのことを取材してらしたんですか。娘は大学が休みに入っても、日帰りで帰省《きせい》するだけで、この家にはあまり寄りつこうとしないんですよ。ですから、深町というビデオ・ジャーナリストのこともわたしたち夫婦には一言も話してくれなかったんです」

「大学に入られてからは、あずみさん、一度も泊まりがけでは帰省してないんですか⁉」

「ええ、そうなんです。もうご存じかもしれませんが、君塚は娘の実父ではないんですよ」

「そのことは知っています。それにしても、日帰りでしか実家に戻られないとはね。ご主人と娘さんとの間に何か確執めいたことがあったんでしょうか？」

「そういうことはなかったと思います。夫は、わたしの連れ子である娘を実の子供のようにかわいがってたんです。あずみには、そのことがうっとうしかったのかもしれませんね。去年の春ごろにわたしが体調を崩して三ヵ月ほど入院し、その後も寝たり起きたりの状態がつづいてたんで、君塚は一年間だけ休学して、こちらで母親の看病をしてやってくれないかと再三、上京して娘に言ってたようなんですよ」

「あずみさんは休学したくなかったんですね？」

「ええ。わたしの体のことを気遣ってくれてるんですが、もう松本で暮らす気はないの一点張りなんですよ」

「ご主人と娘さんの間に何かトラブルがあったんだろうな」

風見は話に割り込んだ。

「トラブルなんかなかったと思いますよ、別に。君塚はわたしがジェラシーを感じるぐらいに娘に愛情を注いでたんです」

「その愛情に何か不純な気持ちが混じってなかったんだろうか」

「な、何をおっしゃるんですかっ。主人が、君塚が娘を異性として見てたと言うんですか!? そんな邪《よこしま》な気持ちなんて持ってるはずありませんよ」

「しかし、血のつながりはないわけだから……」

「風見さん！ 想像でそんなことを言うのは失礼ですっ」

佳奈がたしなめた。友美の表情も険《けわ》しかった。

「そうだな。相棒の言う通りです」

風見は友美に謝罪した。友美は顔を強張《こわば》らせたままだった。

「ご主人は去年の九月十六日の午前中に娘さんに会うと言って、松本を発たれたんですね？」

佳奈が、あずみの母に確かめた。

「ええ、そうです。九時十四分松本発の『あずさ10号』に乗ったはずですんで、十時六分には新宿に到着したと思います」

「ご主人から新宿に着いたという連絡がありました？」

「いいえ、電話はしてきませんでした。新宿で昼食を摂ってから碑文谷の娘のとこに行ったとしても、午後二時前には『ハートフル・ハウス』を訪ねてるはずです」

「娘さんは、君塚圭三さんが何時ごろにシェアハウスに来たと言ってました？」

「午後二時少し前に訪ねてきたけど、玄関先で追い返したと言ってました。例によって、主人が強引に娘を松本に連れ帰らせようとしたんで、自分の部屋に逃げ込んだと申してました」

「地元署の担当刑事は上京して、ご主人のその後の足取りを調べたんですね？」

「ええ。ですけど、消息はふっつりと……」

「ご夫婦は円満だったんですよね？」

「はい。会社の経営にも問題はなかったんで、家出をしたり、蒸発する気にはなるわけないんですよね。もちろん、夫に愛人なんかいませんでした」

「何か事件に巻き込まれたんでしょうね。あなたは深夜になっても君塚さんが帰宅なさらないんで、当然、ご主人の携帯に電話をかけたんでしょう？」

「ええ、何十回もかけました。だけど、いつも電源は切られてましたね」

「そうですか。地元の警察署に捜索願を出されたのは二十日になってからですよね？　なぜ、もっと早く所轄署に行かなかったんです？」

「わたし、翌日の夕方には捜索願を出す気でいたんですよ。でも、夫の親族に警察の世話になると、何かとマイナスになるからと反対されてしまったんです」

「そういうことだったのか。あずみさんと親しくしてた友人がいたら、教えていただきたいんですよ」

「この家の前の通りを右に二百メートルほど行くと、広い道にぶつかります。その交差点の角に『プチ・ガトゥ』というケーキ屋さんがあるんですけど、その店の看板娘の上条《かみじょう》七恵《ななえ》さんは娘の親友です。七恵ちゃんは中・高校が一緒で、短大を出てから家業を手伝ってるんですよ」

「そうですか」

「あのう、娘が主人の失踪に関わってるんでしょうか？」

「そういうことではないんですけど、広くいろんな情報を集めたいんですよ」

「でも、来訪の目的がよくわかりません」

「詳しいことは明かせませんが、『ハートフル・ハウス』の本当の家主が深町芽衣さんの事件に関与してるかもしれないんです。そして居住者たちは、大家の秘密を知っている可能性もありそうなんです。さらに、もしかしたら、ご主人の失踪に何か関連があるかもしれないんですよ」

「えっ、そうなんですか。話が複雑なんで、なんだか頭が混乱してきたわ」

友美が自分の額に人差し指を当てた。

それから一分も経たないうちに、風見たちは暇《いとま》を告げた。君塚宅を出て、教えられた道を進む。

『プチ・ガトゥ』は造作なく見つかった。あずみの友人の上條七恵は、母親と一緒に店番をしていた。店に客はいなかった。

風見たちは身分を明かし、七恵を店の前に連れ出した。

「あずみちゃんは、育ての父親を嫌ってたようね？」

佳奈が君塚の失踪に短く触れてから、七恵に言った。

「二度目のお父さんにあずみはさんざんひどいことをされたから……」

「ひどいことって？」

「わたしが喋ったなんて、誰にも言わないでくださいね。そうじゃないと、あずみと彼女のお母さんに一生恨《うら》まれるだろうから」

「あなたの証言は捜査関係者以外には、絶対に他言しないわ。約束する」

「お願いしますね。わたしたちが卒業した県立高校は、唇にグロスを塗ることも禁じられてたんですよ。でも、お年頃でしょ？　だから、高一の秋、あずみは松本市内の大型スーパーでグロスを一本万引きしちゃったの。魔がさしたんでしょうね。自分の小遣いでこっそりグロスを買えばよかったのに、彼女、くすねちゃったんですよ」

「スーパーの保安係に見つかって、親に連絡されちゃったのね？」

「ええ、育ての父親に。継父が平謝りに謝ってくれたんで、スーパーは警察には通報しなかったの。あずみは、再婚するまで女手ひとつで自分を育ててくれたお母さんにとても感謝してたんですよ。だから、母親を悲しませたくないという気持ちが人一倍強いの」

「その先の話を聞かせてくれないか」

風見は急《せ》かせた。

「はい。万引きがバレた翌日の真夜中に育ての父親があずみの部屋にこっそりと来て、グロスを盗んだことを母親に知られたくなかったら、生まれたままの姿を見せてくれと言ったらしいんですよ。あずみは泣いて拒《こば》んだんだそうです。でも、二度目のお父さんはあずみを威《おど》しつづけたんですって」

「それで、やむなく裸になったんだな。そして、犯されてしまった。そうなんだね？」

「いいえ、手で全身を触《さわ》られただけらしいの。おっぱいと下の部分は、長い時間いじられたみたいですけどね」

「それで済んだのかな？」

「しばらくはね。だけど、そのうち彼女は育ての父親の性器を握らされたり、オーラル・プレイを強要されるようになったんですって。あずみは地獄のような毎日に耐えられなくなって、一度、庖丁で継父を刺し殺そうとまで思い詰めちゃったんですよ。でも、お母さんを悲しませたくないからって、ぎりぎりのところで踏み留《とど》まったの。一度も性交はされなかったらしいけど、高校を出るまで彼女は継父に辱《はずかし》められつづけたんです。田舎には一日だって戻りたくないと思いますよ、そんな目に遭《あ》ったら」

「そうだろうな」

「わたし、あずみが大学生になったとき、育ての父親にされたことを警察に訴えなよと言ったんですよ。だけど、彼女はお母さんを悲しませたくないからって……」

七恵が両手で顔面を覆って、泣きじゃくりはじめた。佳奈が無言で七恵を抱き締めた。

あずみは『ハートフル・ハウス』を訪れた継父と言い争った末に強く突き倒し、死なせてしまったのではないか。君塚圭三は転倒して、脳挫傷を負ったのかもしれない。

打ち所が悪ければ、人間は呆気なく死んでしまう。ハウスメイトの室井と有馬はあずみの心の闇を知っていて、遺体の処分を手伝ったのではないだろうか。

そう考えれば、あずみたち三人の前夜の反応も説明がつく。そこまで考えると、さらに推測の翼が拡《ひろ》がった。本部事件の被害者である深町芽衣は何らかの形で、あずみたちの犯行を知ってしまったのではないか。だとしたら、三人が共謀して芽衣を殺害した可能性もありそうだ。

また容疑者が増えた。風見は、迷路に入り込んでしまったような気持ちになった。

「あずみの育ての父親が行方不明だという話を聞いたとき、わたし、彼女が継父を殺したのかもしれないと思ったの。もしもそうだったとしても、刑事さん、あずみを逃がしてやって。だって、彼女はさんざん厭《いや》なことをされたんだから、身近にいる犯罪者を懲《こ》らしめたくもなるでしょ？」

「ええ、そうね」

佳奈が、涙声で喋った七恵の背を優しく撫《な》でた。

風見は、何か七恵に言葉をかけてやりたくなった。頭の中で適当な言葉を探していると、捜査用の携帯電話が鳴った。電話をかけてきたのは、岩尾警部だった。

「あずみ、室井、有馬の三人は、アルバイト先に出かけました？」

「ああ、出かけたよ。風見君、〝週末家族〟を高齢者の家庭に派遣してる『スマイリーメイト』という会社の代表は、前科歴のある故買屋だったよ。あずみたちは何か弱みを握られて、アルバイトを強《し》いられたんじゃないのかね？」

「故買屋が資産家宅に擬似家族を送り込んでるのは、〝週末家族〟に現金、貴金属、古美術品なんかを盗ませるためなんじゃないのかな?」

「わたしも、そう思ったんだよ。君塚あずみたち三人は何かまずいことを『スマイリーメイト』の代表に知られたんだろうね。風見君、何か思い当たるかい?」

「あずみは、『ハートフル・ハウス』を訪ねてきた継父を殺してしまったのかもしれませんね」

風見は自分の推測を述べた。

「そうだとしても、故買屋が殺人を知る術《すべ》はないと思うがね」

「『ハートフル・ハウス』の真の家主がたまたま君塚あずみたちの犯罪を知ったのかもしれないな。そして、三人を〝週末家族〟に仕立て、依頼人宅から金品をかっぱらわせてるんじゃないだろうか」

「そうなら、故買屋の背後には円谷直樹がいそうだね」

「そうなのかもしれません。急いで八神と東京に舞い戻ります」

「こっちは手抜かりなく捜査を重ねるから、安心してくれ」

岩尾が電話を切った。

風見はモバイルフォンを折り畳み、相棒に目配せした。佳奈が七恵に礼を言って、店の中に戻らせた。

風見は車道に寄り、目でタクシーを探しはじめた。

2

黄昏《たそがれ》が迫っていた。

風見は相棒とともに足を速めた。世田谷区成城三丁目の高級住宅街だ。二人は松本から新宿に戻り、小田急線成城学園前駅で下車し、君塚あずみの派遣先に向かっていた。

派遣先宅には、八十四歳の元会社社長が老妻と二人で住んでいるらしい。あずみは〝週末家族〟として、毎週土・日だけ派遣先宅に通っているという話だ。

その元会社社長宅前には、成島班長が張り込んでいるはずである。そのことを岩尾から電話で教えられたのは、上りの特急列車の中でだった。岩尾自身も室井の派遣先に貼りつき、佐竹は有馬がいる依頼人宅を張り込んでいるらしい。

「班長、久しぶりに張り込みをしてるんで張り切ってるんじゃないかしら？」

佳奈が歩きながら、小声で言った。

「だろうね。成島さんは、いつも現場に出たがってたからな」

「そうですね。わたし、上りの列車の中でずっと考えてたんですけど、去年の九月十六日の午後二時少し前に『ハートフル・ハウス』を訪れた君塚圭三をあずみが口論の末に殺してしまったとしたら、あの娘《こ》を逃亡させてやりたいという気持ちが膨れ上がっちゃったんです。だって上條七恵という娘《こ》の証言通りなら、彼女は何年も屈辱感を味わわされてきたわけでしょ？」

「そうだな」

「血のつながりがないとはいえ、君塚圭三は一応、彼女の父親です。万引きの件で妻の連れ子に淫《みだ》らなことをするなんて、ある意味では育児放棄《ネグレクト》よりも罪深いわ。だから、殺されても仕方ないんじゃないかな。獣《けだもの》以下の人間ですもの」

「八神の義憤はよくわかるよ。個人感情としては、おれも仮に君塚あずみが継父を殺《や》っちまったとしても、手錠《ワッパ》を打つ気持ちにならないだろう」

「わたしたち、刑事失格かもしれませんね。情に流されたりするようじゃ、警察官としてはまだまだ未熟ですから」

「そうだが、おれたちは検事や判事じゃない。気の毒な犯罪者に同情するような人間臭さを持っててもいいんじゃないか。おれは、そう思ってる」

「そうですよね。でも、殺人者を逃がしてやったら、法律に完全に背を向けたことにもなってしまいます。難しいところですね」

「八神、そんなに悩むなって。まだ君塚あずみが諍《いさか》いの果てに継父を殺してしまったと決まったわけじゃないんだ」

「ええ、そうですね。あずみの派遣先の遠見茂一《とおみもいち》宅は、この近くにありそうなんですが……」

「おい、前方を見てみな。おれたちがいつも使ってるスカイラインが暗がりに停まってる。多分、あの車に班長が乗ってるんだろう」

風見は口を閉じた。

二人は黙って歩を運んだ。やはり、スカイラインは捜査車輛だった。

風見たちは、覆面パトカーの後部座席に乗り込んだ。車内はひんやりと冷たい。エンジンは切られていた。

「出張の土産は何かな？」

運転席の成島が振り返って、風見に問いかけた。

「土産なんか何も買ってきませんでしたよ。観光旅行をしたわけじゃないんだから」

「冗談だよ。二人とも、お疲れさん！　日帰り出張はきつかったと思う。事件《ヤマ》が落着したら、『春霞《はるがすみ》』で好きなだけ飲ませてやるよ」

「班長は、恋焦《こ》がれてる美人女将《おかみ》に会いに行きたいんでしょ？」

「そういう気持ちも少しはあるかな」

「少しじゃないでしょ？」

「ま、いいじゃないか。それよりも、現場捜査はいいな。張り込んでから、ずっと燃えっ放しだよ。エンジンは切ったままだが、全然、寒さを感じないね」

「おれたちは体の芯《しん》まで冷え切ってる。成島さん、少しエアコンを作動させてくださいよ」

風見は言った。成島がイグニッション・キーを捻《ひね》り、カーエアコンのスイッチを入れた。

「君塚あずみは派遣先のお宅に入ったきりで、一度も外出してないんですか？」

佳奈が成島に問いかけた。

「二時間ぐらい前に遠見夫妻と散歩がてら、駅前の高級スーパーに三人で買い物に行ったよ。老夫婦は終始、笑顔だったね。自分の孫に接してるような感じだったな。あずみのほうも、縁者と触れ合ってるように見えたよ」

「遠見夫妻の長男は、独身のころに交通事故死してるんでしたよね？」

「そう。長女はフランス人と結婚して、向こうに住んでるんだ。年に一度は旦那と日本に来てるようだが、子宝には恵まれなかったんだよ。だから、『スマイリーメイト』に去年の十月から〝週末家族〟を派遣してもらうようになったらしい」

「その『スマイリーメイト』の代表者は前科歴のある故買屋だと聞きましたが、詳しい情報をわたしたちに……」

「おっと、そうだったな」

成島が上着のポケットから、二つ折りにした紙片を抓《つま》み出した。佳奈が紙切れを先に受け取ったが、押し開かなかった。

「風見さんが先に捜査資料を見てください」

「年上のおれに気を遣《つか》ってくれてるんだ。悪いな」

風見は相棒に言って、紙片を押し拡《ひろ》げた。『スマイリーメイト』の代表は稲垣伸広《いながきのぶひろ》という名で、四十七歳だった。プリントアウトした紙には、顔写真も印刷されていた。

人相はよくない。金壺眼《かなつぼまなこ》で、どことなく胡散《うさん》臭げだ。渋谷区道玄坂《どうげんざか》のマンションの一室にオフィスがあるようだ。

風見は捜査資料をかたわらの佳奈に手渡した。佳奈がすぐにプリントアウトした紙に目を通した。

「稲垣は故買品を扱って二度検挙《アゲ》られてるんだが、いまも同じ闇稼業で喰ってる」

成島が風見に言った。

「円谷直樹との接点は？」

「ダイレクトなつながりはないが、どっちも以前、渋谷の宇田川町《うだがわ》にある『秀《しゅう》』というクラブに出入りしてた。その店は去年の夏に潰れたんだが、二人は店内で顔を合わせて知り合いだったのかもしれない」

「その可能性はありそうだな。班長、この近所で聞き込みは？」

「もちろん、それは済ませた。遠見宅の両隣だけではなく、向こう三軒からも話を聞いてみたよ」

「どうでした？」

「五軒とも、遠見夫妻がアルバイトの〝週末家族〟に金品を盗《ぎ》られたなんてことは漏らしてなかったと言ってたな。君塚あずみは派遣先で、現金、貴金属、古美術品をかっぱらったりしてないんじゃないのかね？」

「そうなんだろうか。謎の人物に何か弱みを握られて、あずみ、室井、有馬の三人が『スマイリーメイト』でバイトをやらされてるんだとしたら、派遣先で金品を盗《ぎ》ってこいと稲垣に命じられてると思うんですがね」

「風見君の勘が正しいとすれば、あずみも派遣先から金品をくすねてるんだろうな。そのことを遠見夫妻は知ってるんじゃないだろうか。しかし、老夫婦はあずみに寂しさを埋めてもらって、生きる張りを与えられたことをありがたいと思ってる。それだから、遠見夫婦は〝週末家族〟の犯罪の事実を警察には通報してない。そういうことなんじゃないだろうか」

「そうだとしたら、この国の老人たちの孤独感は痛ましいほど深いんだろうな」

風見は、つい長嘆息《ちょうたんそく》してしまった。

「いまの政権は日本が少子化社会に陥ることばかり恐れて、子育て中の若い夫婦を優遇してる。しかし、この国を経済大国にしたのは多くの企業戦士たちだ。そうした人たちが老いても、あまり感謝してない。たくさん税金を収められなくなったら、恩を忘れて、恩人たちをお荷物扱いしてるような感じさえうかがえる」

「そうですね。長く政権を担《にな》ってきた民自党の議員も口先だけだったけど、民進党も人気取りの公約ばかり掲《かか》げて、この国のシステムを本気で構築し直してるとは思えない。与野党のどちらにも、まともな政治家はほとんどいないですよね。霞が関のキャリア官僚たちも保身に汲々《きゅうきゅう》としてるだけだ。財界人たちも自分たちの損得しか頭になく、志がきわめて低い」

「風見君の言う通りだな。いまの日本には気骨のある人間が少なくなってる。実に嘆かわしいね」

「ええ」

「おっと、話が脱線しかけてるな。そんなことで、君塚あずみが派遣先で金品をくすねてるという裏付《ウラ》けはまだ取れてないんだ」

成島が口を結んだ。そのすぐあと、班長の携帯電話が着信音を発した。成島が職務用のモバイルフォンを耳に当てる。発信者は岩尾警部のようだ。

通話は数分で終わった。

「岩尾君からの報告だよ。室井の派遣先の近所で聞き込みをした結果、どうやら〝週末家族〟は担当してる訪問先から金品をくすねてるらしいことがわかったそうだ」

「やっぱり、そうだったか。班長、もう少し詳しく岩尾さんの話を教えてください」

風見は促した。

「室井は派遣先の資産家未亡人の話し相手を務《つと》めながら、老女の目を盗んで価値のある宝石、古美術品、美術工芸品なんかを無断で持ち去ってるらしいんだ。九十近い未亡人は室井を疑いながらも、来るたびに優しく接してくれてるんで、しばらく見て見ぬ振りをしてやるつもりだと隣人に語ってたんだってさ」

「そうですか。佐竹からも、そのうちに似たような報告があるんじゃないかな。有馬って美容学校に通ってる若者も、おそらく派遣先で室井と同様のことをやってるんでしょう」

「そうなんだろうな」

成島が悲しげな表情でうなずいた。

それから間もなく、またもや班長の携帯電話が鳴った。電話の主は佐竹だった。

「有馬も通ってる独身老女宅から、年代物の掛け軸や古伊万里《こいまり》の皿をくすねてたか」

「…………」

「数千万円の値打ちのある古美術品も消えてるのか。被害総額は五千万円以上になるって話だったんだな？」

「…………」

「資産四十六億円の不動産王だから、たいした被害じゃないと思ってるわけじゃないんだろう。ああ、そうだね。信頼してた〝週末家族〟に裏切られて、大変なショックを受けたはずだ。もちろん、腹を立ててるにちがいない」

「…………」

「きみが言った通りなんだろうな。依頼人は、毎週土・日に家にやってくる有馬に昔話を語れることが嬉しかったんだろう。大げさに言えば、それが唯一の楽しみであり、生き甲斐《が》でもあったんだろうね」

「…………」

「そうか。依頼人は幾度も一一〇番しかけたのか。しかし、いっこうに寄りつかない息子夫婦や孫たちよりも親切にしてくれた有馬を罪人にするのは忍びないと思って、通報はしなかったわけか。当の本人が出入りの植木職人にそう打ち明けて、何度もオフレコにしてくれと頼んだんなら、本当に事件にしてほしくないと願ってるのさ」

「…………」

「どうした、そんなにしんみりした声を出して？　え？　そうだな。確かに、人間は哀《かな》しいね。不動産王と呼ばれた八十八歳の老人は相当な頑固者だったんだろう。唯我独尊《ゆいがどくそん》タイプだったんだろうな」

「…………」

「そうだね。そういうタイプだから、自分の子や孫に疎《うと》まれても仕方ない面はあるな。しかし、血縁者たちにそこまで嫌われるのは辛いと思うよ。法定相続分以外の遺産をすべて杉並区に寄附するという遺言状を公正証書にした気持ちも理解できるね」

「…………」

「いや、有馬を追及するのはまだ早いな。君塚あずみが派遣先で金品を盗《ギ》ったという証言は得られてないんだよ」

「…………」

「三人は故買屋の稲垣に弱みをちらつかされて〝擬似家族〟のバイトをやらされ、金品を盗まされてる疑いは濃くなったね。しかし、あずみが窃盗をやってるかどうかはまだわからないんだ。だから、焦《あせ》るなって言ってるんだよ」

「…………」

「ああ、風見君たちは信州から戻ってきてる。そうか、きみもあずみの友人の証言は知ってたんだったな」

「…………」

「妻の連れ子にそんなことをしてた君塚圭三は、とんでもない奴だね。おい、待てよ。同情の余地のない相手だが、もしかしたら、あずみ、室井、有馬の三人に君塚は消されたのかもしれないいな」

「…………」

「目をつぶってやるわけにはいかないだろうが。三人を断罪することよりも、どんな弱みがあるのかを知りたいんだよ」

「…………」

「そう。稲垣のバックに円谷直樹がいるかもしれないからな。あずみたちの弱みが何なのかはっきりしないが、それを円谷が知ったとも考えられる。そして、三人に犯罪につながるバイトを強要してたかもしれないんでね」

「…………」

「深町芽衣が君塚あずみたち三人の弱みを知ったとも考えられなくはないよな。しかし、ビデオ・ジャーナリストがあずみたちに殺害されたとは思えないね。本部事件の被害者は稲垣と円谷の二人に君塚あずみたちが脅迫されたことを知って、持ち前の正義感を発揮し、脅迫者たちを詰《なじ》ったんではなかろうか」

「…………」

「そうだよ。それで、深町芽衣は殺されることになったのかもしれない。まだ確証を得てるわけじゃないから、推測の域を出てないがね。わたしは、そう筋を読んでるんだ。いや、最近は勘が鈍くなってるから、自信はないな」

「…………」

「そう。きみは有馬が『ハートフル・ハウス』に戻るまで、決して対象者《マルタイ》に声をかけないでくれ。岩尾君にも、室井が塒《ねぐら》に帰るまで直《じか》に接触しないよう指示してあるんだ」

「…………」

「その通りだよ。あずみたち三人がシェアハウスに戻ったら、特命遊撃班《うち》は動きだす。いいね？　それじゃ、そういうことで！」

成島が通話を切り上げた。

「佐竹との遣《や》り取《と》りは、おおよそ察しがつきました」

「そうだろうな。それなら、説明は省略させてもらってもいいね？」

「ええ」

「風見君たちは日帰り出張で疲れてるだろうから、きょうはもう帰宅してもいいよ。君塚あずみには、こっちが貼りつきつづける。それで、マークした三人が碑文谷のシェアハウスに戻ったら、岩尾君や佐竹君と一緒にあずみたちに弱みを喋らせるという段取りだ」

「班長、おれたち二人はまだ二十代と三十代ですよ。松本まで行ってトンボ返りしたことは事実だが、それほど疲れちゃいない。な、八神？」

風見は相棒を顧《かえり》みた。

「ええ、ほとんど疲れてません。班長は司令塔なんですから、本庁《ホンブ》にでーんと構えてて、わたしたち兵隊を動かしてくださいよ。風見さんとわたしに張り込みを任せてください」

「もう少し現場捜査をしたかったが、二人が交替してくれるんなら、そうしたほうがよさそうだな。わかった。そうしよう。こっちは電車で桜田門に戻る。後は頼むぞ」

成島がスカイラインの運転席から出た。風見たちも、すぐに車を降りた。

班長が最寄《もよ》りの私鉄駅に向かって歩きだした。じきに成島は闇に呑《の》まれた。

風見は、先に覆面パトカーの運転席に腰を沈めた。相棒に車の運転をさせるのは気の毒だと思ったからだ。

3

路上で二つの人影が揉み合っている。

男と女だ。年恰好《としかっこう》は判然としない。

風見はヘッドライトをハイビームに切り替えた。『ハートフル・ハウス』の五、六十メートル手前だった。

時刻は午後十時近い。君塚あずみが派遣先の豪邸を出たのは、およそ三十分前だ。相棒の佳奈は車を降り、成城学園前駅に向かった女子大生を尾行しはじめた。いまごろ二人は東急東横線の電車に揺られているのではないか。

夜道で縺《もつ》れ合っている二人のひとりは、なんと同僚の佐竹刑事だった。彼に片腕を摑まれている女は三十代の半《なか》ばに見える。顔の造作は整っているが、どこか不自然だ。

少し先の路肩に灰色のプリウスが寄せられている。岩尾・佐竹コンビがちょくちょく使用している覆面パトカーだ。

何があったのか。

風見は、捜査車輌を近くの民家の生垣《いけがき》の際《きわ》に停めた。すぐに車を降り、佐竹と女に歩み寄る。

佐竹が振り返った。

「あっ、風見さん……」

「佐竹、どうしたんだ？」

「この女、結婚詐欺の常習犯で全国指名手配中なんですよ。首都圏にある流行《はや》りの婚活《こんかつ》バーで知り合った三十代から五十代の男たち六人を騙《だま》して、総額二千万円ちょっと懐に入れてたんですよ。自分は百万円を詐取《さしゅ》されただけですけどね」

「そっちも被害者なのか!?」

「みっともない話ですが、そうなんですよ。自分は風見さんと違って、街でナンパなんかできません。職場恋愛できるほど器用じゃないんで、婚活バーに行ってみたんです。そしたら、この女が積極的に接近してきて、別のカクテル・バーに誘われたんです。その店で、この女からデパートの化粧室で誰かにバッグを盗まれてしまったと打ち明けられたんですよ。バッグの中には、簿記学校に収める予定だったという入学金と授業料の百万円が入っていたという作り話につい引っかかってしまい……」

「佐竹は百万円を用立ててやったわけだ？」

　風見は確かめた。

「そうなんですよ」

「借用証は？」

「貰いませんでした。他人《ひと》を騙すようには見えなかったんでね」

「お人好しだな。甘すぎるよ」

「でも、やたら他人を疑うのは悲しいじゃないですか」

「佐竹は気がいいんだな。しかし、他人を平気で騙す人間が大勢いるんだぜ」

「それはわかってるんです。だけど、まさか自分が騙されるとは思わなかったんで、翌日に銀行で百万円を引き下ろして、この女に渡してやったんですよ。そのとき、涙声で感謝してくれたんで、信用し切ってたんですけどね。でも、携帯はすぐに解約されてて連絡が取れなくなってしまったんだ。いつか結婚してって、逆プロポーズもされたんですけどね」

「高校生の坊やだって、佐竹ほど純情じゃないと思うよ」

「そうですかね？」

「ああ、多分な。結婚詐欺に遭ったのは、いつのことなんだ？」

「去年の春でした。婚活バーで知り合ったばかりの女に百万円も騙し取られたなんて他人《ひと》に知られたら、笑い者にされるでしょ？　それで、誰にも話せなかったんですよ」

「そうだったのか」

「風見さん、チームのみんなには内緒にしてくださいね。頼みます」

佐竹が頭を下げた。

「わかったよ。それはそうと、その彼女はどこで見つけたんだ？」

「マークしてた有馬が訪問先を出て最寄りの私鉄駅に向かったんで、先回りして『ハートフル・ハウス』にやってきたんです。そしたら、この女がシェアハウスから旅行鞄を提《さ》げて抜き足で出てきたんですよ」

「居住者のひとりだったのか!?」

「ええ。小松由紀という偽名を使って、『ハートフル・ハウス』に潜《もぐ》り込んでたんです。婚活バーでは田丸真希《たまるまき》と自称してましたが、運転免許証で本名が角松《かどまつ》みどりだと確認しました。本部事件の聞き込みで風見さんと八神さんが『ハートフル・ハウス』を訪れたんで、逃げなきゃ危《ヤバ》いと思って、四国に潜伏する気でいたようです。自分が指名手配されてることはわかってたそうですよ」

「そうか」

風見は佐竹に応じ、角松みどりに顔を向けた。

「結婚話を餌にして六人の男たちから騙し取った約二千万円は、もう使い果たしてしまったのか？」

「はい、もう二十数万円しか手許《てもと》にありません。わたし、目と鼻の美容整形と豊胸《ほうきょう》手術を受けたの。どっちかと言うと、ブスなんですよ。だから、小学五、六年のころから容姿コンプレックスがあったんです。胸も貧弱だったわね。わたし、秋田の商業高校を中退して、上京したんです。それから店員や工員をやって地道に暮らしてたの。十代、二十代のころは、それなりに彼氏もできましたよ。でもね、本気でわたしを好きになってくれた男はひとりもいなかったと思う。わたしの体に飽きると、どいつも去っていったわ。三十代になると、このまま冴《さ》えない生活がつづくなら、いっそ死んじゃったほうがいいと思うようになったんですよ。だけど、自分では死ねなかったわ」

「で、開き直って、強《したた》かに生きてやろうと考えたんだ？」

「ええ、そうなの。で、結婚したがってるモテない中高年の男をカモにして、騙し取った金で綺麗になって、人生をエンジョイしてやれって思ったんですよ」

「気が咎《とが》めたりはしなかったのか？」

「最初は咎めましたよ。でも、そのうちに罪の意識が消えちゃったの。相手の男性にもっともらしい作り話をすると、たいてい同情してくれて、百万でも二百万でもカンパしてくれたわ」

「体を汚さずに金だけぶったくったのか？」

「わたしを怪しんでるような相手とはホテルに行ったわ。少しベッドで奉仕してやると、後は言いなりだったな。でも、同じ男からお金を引っ張りつづけると、警察に捕まる恐れがあるんで、適当なとこで次のカモを探してたわけ。その繰り返しでしたね」

「なんて女なんだっ。おまえは男の敵だよ。ぶん殴ってやりたいよ、まったく！」

佐竹が息巻き、みどりの利き腕を捩《ねじ》り上げかけた。

風見は佐竹をなだめた。佐竹が、みどりを突き放す。

みどりがよろけ、足許のトラベル・バッグを踏みそうになった。風見は無言で、みどりの体を支えた。

「ありがとう。ハンサムな男は、だいたい女に冷たいものだけど、あなたは違うのね。なんだか好きになっちゃいそう」

「今度は、おれをカモにする気になったのかい？」

「わたし、そんな図太くないわ。指名手配されてることを知って、もう結婚詐欺なんかやめようと心に誓ったんです。だけど、警察に出頭するだけの勇気がなかったの。それで、シェアハウスに潜伏してたんです。でも、佐竹さんに見つけられて、ほっとしたわ」

「ほっとした？」

「ええ、そう。これで、もう逃げ回らなくてもいいわけでしょ？　わたしね、逃亡中に数え切れないぐらいに自分が逮捕される夢を見たの。そんなときは、もう朝まで眠れなかったわ。被害者の男性たちがハンマーを振り翳《かざ》して追いかけてくる夢も五、六回、ううん、十回近くは見ました」

「悪女にはなり切れなかったんだな」

「そうなんでしょうね。わたし、ちゃんと服役したら、昼も夜も働いて、死ぬまでに必ず被害者の方たちにお金をそれぞれ返します。迷惑かけてしまったんだから、被害額に二割ぐらいは利子を上乗せしなくちゃね」

「そっちが本気でそう考えてるんだったら、おれは百万円を道で落としたことにしてもいいよ。そうすれば、詐欺の件数は一件少なくなる。その分だけ罪は軽減されるはずだからな」

「佐竹さんは、仏さまのような男性《ひと》だったのね。わたしは、そんな善人から百万円も騙し取ったりして。なんて悪い女なんだろう。佐竹さん、本当にごめんなさい」

角松みどりが深く頭《こうべ》を垂れた。

「もういいって。とにかく、こっちは百万円をどこかに落としたことにするから……」

「ううん、それはまずいわ。佐竹さんの優しさは嬉しいけど、わたし、甘えることなんかできません」

「しかし、詐欺件数が増えたら、服役期間が四年ぐらいになっちゃうぞ。それでもいいのか？」

「ええ、かまいません。わたし、ちゃんと刑に服します。そうじゃないと、生き直せないでしょ？」

「そっちがその覚悟でいるなら、おれも被害事実を認めるよ。だけど、百万は返さなくてもいい。そっちの再出発の祝い金にするからさ」

「佐竹さん……」

「泣くなよ。おれ、女に泣かれると、どうしていいかわからなくなっちゃうんだ」

「過去に女を泣かせたことがあるのか？」

風見は半畳を入れた。

「子供のころに一度だけね。幼馴染《おさなじ》みの女の子をからかったら、泣きべそをかかれちゃったんですよ。あのときは本当に困ったな」

「いい奴だな、おまえは」

「自分、普通ですよ」

「そんな調子じゃ、これからも損をすることが多いぞ」

「そうかもしれませんね。でも、自分の性分《しょうぶん》ですから……」

「そうだな。おれは佐竹のような男は嫌いじゃないよ。チームメイトとして、誇らしく思える奴だからな」

「風見さんにそう言ってもらえるとは思ってませんでしたよ。なんか嬉しくなってきたな」

佐竹が少年のように笑った。爽《さわ》やかな笑顔だった。

「わたしを連行してください」

「そっちは、どこか所轄署に出頭したほうがいいな。そうすれば、逮捕されたよりも少しは刑が軽くなる。この近くに碑文谷署があるから、そこに行くんだね」

風見は女詐欺師に穏《おだ》やかに言った。

「碑文谷署なら、わたし、知ってます」

「出頭する前に、ちょっと捜査に協力してほしいんだ」

「何でしょう？」

「去年の九月十六日の午後二時数分前に『ハートフル・ハウス』に君塚あずみの継父の圭

三が訪ねてきたはずなんだが……」

「そうみたいですね。そのことは、後で山中弥生さんから聞きました。その日は、わたし、シェアハウスにいなかったんですよ。前日から、箱根に遊びに行ってたんです。山中さんはデパートに出かけるために外出しかけたとき、玄関先であずみちゃんの二度目の父親と擦《す》れ違ったと言ってましたね。継父に当たる方は毎月のように『ハートフル・ハウス』にやってきて、あずみちゃんに大学を休学し、信州の実家に戻ってきてくれと言ってたんで、わたしも君塚圭三さんの顔は知ってたんですよ」

「そう」

「お父さんのほうは、あずみちゃんを妻の連れ子というよりも、彼女のような接し方をしてましたね。わたし、そのことが気になってたんですよ。ひょっとしたら、養父は妻の連れ子に手を出したのかもしれないと感じたぐらいでした。口に出したことはないけど、ほかのハウスメイトたちもそう感じてたんじゃないのかしら?」

みどりが秘密めかした声で言った。

「あずみのほうは、どんな具合に継父に接してた?」

「明らかに嫌ってる感じでしたね。いつも迷惑顔でしたよ、育ての父親が来たときは」

「九月十六日のことなんだが、シェアハウスには君塚あずみのほかには誰がいたのかな？」

「そのときは、室井君と有馬君しかいなかったそうですよ。山中弥生さんから、後日、聞いたことですけどね」

「そうか」

「あずみちゃんたち三人は、君塚圭三さんの失踪に何か関わりがあるんですか？　あずみちゃんの二度目のお父さんは『ハートフル・ハウス』を出てから、行方がわからなくなってるんでしょ？」

「そうなんだが……」

「あずみちゃんは養父をとっても嫌ってたようだから、たまたま会社と美容学校を休んだ室井君と有馬君に頼んで、君塚圭三さんをどこかで……」

「殺害してもらった？」

「そんなふうに考えたくなるほど、あずみちゃんは継父を嫌ってる様子だったのよね。彼女を強引に実家に連れ戻したがってた君塚圭三さんのことは、わたしたち共同生活者たち全員が快く思ってなかったんですよ。ことに室井君と有馬君は、娘の意思を尊重すべきだと圭三さんに怒鳴ったこともあったの。だから、二人のハウスメイトがあずみちゃんの加勢をしてるうちに、弾みで君塚圭三さんを殺してしまったのではと思ったんですよ」

「そうか」

「そうだったとしたら、あずみちゃんたち三人で遺体をどこか遠くに棄《す》ててきたのかもしれませんね」

「そうなんだろうか。あんたは、そろそろ碑文谷署に出頭したほうがいいな」

「ええ、そうします」

みどりが旅行鞄を持ち上げ、風見と佐竹に一礼した。

「真面目に服役すれば、刑期は一年ぐらい短縮されて、仮出所できると思うよ」

「わたし、人生をリセットしてみます。佐竹さんとは、別の形で出会いたかったわ。でも、警視庁の刑事さんには高校中退の女なんか、まともに相手にされなかったわよね?」

「学歴やバックグラウンドなんか関係ないさ。人と人のつき合いで最も大切なのは、ハートだよ。メンタルな触れ合いがあれば、恋情、友情、隣人愛は生まれるはずさ。こんな青臭いことを口にするのは気恥ずかしいんだが、そうなんだと思うよ。妙な引け目なんか気にしないで、まっすぐに逞《たくま》しく生きてほしいな。元気でね」

佐竹が片手を挙げた。

みどりがもう一度頭を下げ、ゆっくりと遠ざかっていった。

「彼女、逃げたりしないだろうな。風見さん、自分、こっそり尾けたほうがいいんですかね？」

「間違いなく碑文谷署に出頭するだろう。佐竹、彼女を信じてやろうじゃないか」

「そうですね。刑事の習性でつい他人を疑いたくなってしまうけど、できるだけ他者は信じないとな」

「おれも、そうすべきだと思ってるよ」

話が途切れた。

そのとき、近くに紺色のアリオンが停止した。覆面パトカーだ。運転席から岩尾が降りてきて、風見に話しかけてきた。

「三人の捜査対象者は、まだシェアハウスに戻ってないんだね？」

「ええ。あずみを尾行してる八神も、まだこっちには現われてません」

「そうか。その後、君塚あずみが派遣先から金品を盗ったという証言は？」

「得られなかったんですよ。多分、遠見夫婦があずみの犯罪を暴《あば》こうとしないんでしょう」

「そうなんだろうね」

「岩尾さんが来る前に、ちょっとした新情報をキャッチしたんですよ」

風見は佐竹が詐欺に引っかかったことは伏せて、みどりから聞いたことを岩尾に伝えた。

「そういうことなら、室井と有馬の二人があずみに同情して、君塚圭三を殺した。そして、その犯行場面を故買屋の稲垣伸広か円谷直樹に目撃された。あるいは、遺体をシェアハウスから運び出すときに、どちらかに見られてしまったんだろうな」

「ええ。だから、あずみ、室井、有馬の三人は〝週末家族〟のバイトを強《し》いられ、派遣先から金品を盗むよう命じられてしまった。そのことを深町芽衣が何らかの形で知った。そのため、稲垣か円谷のどっちかに殺害された。そういう推測ができるんだが、まだ真相はわからない」

「そうだね。マークした三人がシェアハウスに戻ってくるまで、それぞれの車の中で待とう」

岩尾が風見と佐竹に言って、真っ先にアリオンに乗り込んだ。次《つ》いで佐竹がプリウスの運転席に入る。

風見はスカイラインに乗り込み、キャビンに火を点けた。ゆったりと紫煙をくゆらせる。

あずみがスカイラインの横を通り抜けたのは、十数分後だった。

風見は急いで運転席から出て、あずみを呼び止めた。すぐに君塚あずみが体を竦《すく》ませた。

　彼女を尾けてきた佳奈が駆け寄ってくる。

「君塚さん、わたしはね、遠見さん宅からあなたを尾行してきたのよ」

「えっ⁉」

「ちょっとうかがいたいことがあるの。スカイラインの後部座席に入ってもらえる？」

「は、はい」

　あずみが掠《かす》れ声で答え、覆面パトカーのリア・シートに坐った。その横に佳奈が腰かける。

　風見は運転席に入った。

　そのとき、派遣先から戻った室井に岩尾が声をかけた。元公安刑事は室井をアリオンの後部座席に押し込み、その脇に坐った。

　アリオンのドアが閉められたとき、近くで佐竹が有馬を呼び止めた。二人はプリウスの後部座席に並んで腰かけた。

「失踪中の君塚圭三さんは、去年の九月十六日の午後二時ちょっと前に『ハートフル・ハウス』に訪ねてきたね？」

　風見は切り出した。あずみは黙ったままだ。

「継父はきみに大学を休学して、松本の実家に戻り、病弱のお母さんをサポートしてくれないかと再三説得を試みてた」

「ええ、そうです。でも、わたしは田舎には帰りたくないんで、いつも二度目の父を追い返してたんです」

「そうみたいだね。実はわれわれ二人は昼間、松本の実家にお邪魔したんだ」

「えっ、そうなんですか!?」

「お母さんに会った後、きみの友人にも捜査協力してもらったんだよ」

「友人って、誰のことですか？」

「その質問には答えられないな」

風見は、上條七恵の名を伏せた。証言者があずみに逆恨みされることを避けたかったからだ。

「それで、どうだと言うんですか？」

「長野での聞き込みで、養父が獣のような男であることがわかった。きみは松本の家に戻ったら、以前のような屈辱的なことを強《し》いられると思い、日帰りの帰省しかしなかった」

「わたしの秘密を喋ったのは、七恵なんですね。変態男のことを打ち明けたのは彼女ひとりだけだったんです。まさか七恵に裏切られるとは思いませんでした。ひどいわ、あの娘《こ》！」

「そんなふうに考えちゃいけないわ。友達は、あなたが心的外傷《トラウマ》に苦しめられてると思って、なんとかしてあげたいと思ったんじゃない？」

佳奈が口を挟んだ。

あずみは顔を伏せ、沈黙を守っている。膝の上に置いた両の拳《こぶし》は、小さく震えていた。怒りと悲しみのせいだろうか。

「ストレートに訊くよ」

風見はためらいを捩《ねじ》伏せた。

「な、何でしょう？　わたし、後ろめたいことはしてません」

「きみは憎んでた養父をシェアハウスの居間あたりで、思い切り突き飛ばしたんじゃないのか？　倒れた君塚圭三は何か硬い物に頭部を強くぶつけて、脳挫傷か何かで死んでしまった。そうなんじゃないのか？」

「違うんです。あの男は、急性心不全か何かで死んでしまったんですよ。本当です。なかなか帰ろうとしない養父を居間にいた室井さんと有馬君が口々に非難したんです。そしたら、養父も逆上して、二人に怒鳴り返したんですよ。そのすぐあと、あいつは心臓のあたりに手を当てて、そのまま床に倒れてしまったんです。短い唸《うな》り声をあげると、それっきり動かなくなりました」

「嘘じゃないね？」

「ええ、事実です。室井さんや有馬君に確認してもらってもかまいません。遺体を片づけないと、わたしたち三人の誰かがあの男を殺したと疑われるかもしれない。室井さんがそう言いだして、レンタカーを借りてきたんです。わたしの毛布で養父の遺体をすっぽりくるんで三人でレンタカーのトランクに押し込んでるとき、通りかかった五十代の男の人に『まさか死体をどこかに遺棄《いき》しに行くんじゃないだろうね？』と声をかけられました。向こうは冗談で言ったんでしょうが、わたしたち三人はびっくりしました。その男性は、わたしたちの顔をじっと見てから歩み去りました」

「遺体はどうしたんだ？」

「神奈川県の清川《きよかわ》村の山の中に棄《す》ててきました。わたしたち、死体を遺棄しただけです。養父は病死したんです。心臓死ですよ」

「それから何日か経《た》って、正体不明の男から三人に電話がかかってきたんだね？　それで、きみら三人は『スマイリーメイト』の代表の稲垣伸広を訪ねろと命令されたのか？」

「よくご存じですね。その通りなんです。わたしたちは〝週末家族〟になって、派遣先の家々から現金、貴金属品、古美術品をこっそりと盗み出せと脅されたんですよ。命令に従わなかったら、わたしの養父の死体を三人で山の中に遺棄したことを警察に密告すると言われたんで、仕方なく……」

「室井と有馬が派遣先で金品をくすねたことは聞き込みでわかったんだが、きみの窃盗については遠見宅の近所の者は何も知らないようなんだ。老夫婦がきみを怪しみながらも、盗難届を出してないんだろうな」

「ええ、そうなんだと思います。依頼人のご夫婦はわたしを実の孫のように、とってもかわいがってくれてるんです。きっと何かわたしに事情があるんだろうと思って、盗みを見逃してくれてるんでしょうね」

「三人とも盗んだ金品は、そのまま稲垣に渡してきたんだな?」

「ええ、そうです。くどいようですけど、わたしたち三人は誰も人殺しなんかしてません。どうか信じてください」

あずみは悲痛な声で訴えると、幼女のように泣きじゃくりはじめた。佳奈があずみを抱き寄せる。

風見はスカイラインを降り、アリオンに近づいた。アリオンのリア・シートから、岩尾が腰を浮かせた。あずみと室井の供述は符合した。

二人で立ち話をしていると、プリウスから佐竹が姿を見せた。有馬の供述も、あずみや室井と変わらなかった。

「三人が毛布にくるんだ死体をレンタカーのトランクルームに入れるとこを目撃したのは、おそらく円谷直樹だろうね。『スマイリーメイト』の真の代表は、円谷と考えてもいいと思う」

岩尾が言った。風見は、ほぼ同時に佐竹と顎を引いた。

「わたしは佐竹君と君塚あずみたち三人を碑文谷署に連行して、死体遺棄容疑で捜査を開始してもらう。風見・八神コンビは、『スマイリーメイト』のオフィスに行って、稲垣から円谷直樹の居所を吐かせてくれないか」

「了解！」

風見は短く応じた。

4

ベージュの扉に耳を押し当てる。

スチール・ドアはひんやりと冷たい。『渋谷エクセレントパレス』の八〇一号室だ。

風見は耳をそばだてた。

室内に人のいる気配が伝わってきた。『スマイリーメイト』を仕切っている稲垣伸広は、オフィスにいるようだ。

風見はドア・スコープからは死角になる位置に移動し、相棒に目配せした。

佳奈が黙ってうなずき、インターフォンのボタンを押し込んだ。ドアの向こうでチャイムが鳴り響き、かすかな足音が聞こえた。

「どなたかな？」

ドア越しに男が誰何《すいか》した。中年の声だった。稲垣だろう。

「九〇一号室の者です。実はですね、お宅のベランダに洗濯物をうっかり落としてしまったんです」

佳奈が作り話を澱《よど》みなく喋った。

「そうなのか。なら、ベランダに出てみるよ」

「あっ、待ってください。洗濯物はランジェリーなんです。ブラジャーとショーツなんですよ」

「それじゃ、おれが拾い上げるわけにもいかないか。あんた、自分で洗濯物を回収してよ」

「すみませんけど、そうさせてください」

「いま、ドアを開けてやる」

男が言って、内錠を外した。鉄扉《てっぴ》が勢いよく押し開けられた。稲垣の横顔が少しだけ見える。

佳奈が数歩退《さ》がった。

風見は八〇一号室の三和土《たたき》に躍《おど》り込んだ。

稲垣が驚きの声をあげ、後ずさった。風見は靴を脱いで、勝手に玄関マットの上に立った。佳奈が素早く入室し、パンプスを脱ぐ。

「おたくら、何だよ！　無断で上がり込んでさ。頭がおかしいんじゃないのか？」

「稲垣、上がらせてもらうぞ」

「なんで名前を知ってんだよ⁉　あっ、もしかしたら、渋谷署の生活安全課？」

「本庁の者だ」

風見は警察手帳を短く見せた。佳奈が倣《なら》って、姓だけを名乗った。

稲垣が蒼《あお》ざめた。身を翻《ひるがえ》し、奥に逃げた。

風見は追った。間取りは2DKだった。ダイニング・キッチンの向こうに、二つの居室がある。どちらも洋室だ。

稲垣は左の部屋に走り入った。

「八神は控えててくれ」

風見は相棒に言って、稲垣のいる洋室に足を踏み入れかけた。ちょうどそのとき、部屋の奥から稲垣が姿を見せた。

左手で段平《だんびら》を握りしめている。鍔《つば》のない日本刀だ。白鞘《しらさや》は、だいぶ黒ずんでいた。

「家宅捜索《ガサイレ》じゃないよな？　令状《オフダ》を見せてくれなかったもんな。なら、二人とも丸腰なんだろう」

「おれたちを叩っ斬って、逃げる気になったようだな？」

「ああ、そうだ。二人とも床に腹這《はらば》いになれ。それでな、両手を腰の後ろで組め！」

「そんな不様な恰好《かっこう》はできない」

「ぶった斬られたいのかよっ」

「チンケな故買屋に人を斬るだけの度胸があるのかい？　やれるものなら、やってみろ」

風見は稲垣を挑発しながら、さりげなくダイニング・テーブルに近づいた。

卓上には、クリスタルの灰皿が載《の》っていた。直径は二十センチ近い。

「稲垣、物騒な物は捨てなさい」

佳奈が声を張った。特殊警棒を引き抜く気配がする。スイッチ・ボタンが押され、三段伸縮式の警棒が小さな音をたてた。

「あんた、ただの美人刑事《デカ》じゃなさそうだな。本気でおれを捕まえる気なら、こっちも遠慮しないぜ。まず女刑事から斬ってやる」

稲垣が段平を水平に捧《ささ》げ、芝居がかった所作《しょさ》で鞘《さや》を払った。白鞘が床に落ち、無機質な音を刻んだ。

「二尺三寸か」

風見は言って、さらにダイニング・テーブルに接近した。

「おい、動くな！」

「稲垣、ばかな真似はよせ。捜査に協力してくれるんだったら、銃刀法違反には目をつぶってやってもいい」

「そんな手に騙されるかっ」

稲垣が鍔のない日本刀を斜め中段に構えた。反《そ》りの小さい刀身が一瞬、鈍く光った。刃こぼれはしていないようだったが、波形の刀文はぼやけていた。ろくに手入れもしていなかったのだろう。

「八神、もっと退《さ》がれ。稲垣は本気で逃げる気なんだろう。近づいたら、危険だ」

「退がりません。この程度のことで怯《ひる》んだら、警察官は務《つと》まらないわ」

「勇ましいな。なら、八神に稲垣の確保を任せよう。おれは、ここでお手並拝見といくか」

「えっ!? そ、そんな……」

佳奈は少し焦《あせ》ったようだったが、半歩も退《しりぞ》かなかった。

「おたくは、そこにいろよ」

稲垣が風見に凄《すご》み、佳奈に顔を向けた。

風見は灰皿を引っ摑み、フリスビーのように投げ放った。灰皿は吸殻《すいがら》を四散させながら、宙を泳いだ。

稲垣が灰皿を避《さ》けようと幾分、姿勢を低くした。しかし、間に合わなかった。灰皿は稲垣の右側頭部を直撃した。頭蓋骨《ずがいこつ》が鳴った。

稲垣は呻いて、横に転がった。刃物が床を叩いた。

風見は駆け寄るなり、稲垣の脇腹を蹴った。

一度ではなかった。連続蹴りだった。稲垣が長く唸《うな》って、手脚《てあし》を縮める。いつの間にか、段平は故買屋の手から離れていた。

風見は刃物を拾い上げ、切っ先を稲垣の腰に垂直に当てた。

「うっ、痛てーっ。な、何しやがるんだよ」

稲垣が目を剝《む》いた。

風見は口をたわめ、柄《つか》に両手を添えた。

「ちょっと力を加えれば、刃先は骨に達するな」

「刑事がこんなことをしてもいいのかっ」

「よかないだろうな。しかし、おれは法律なんて屁《へ》とも思ってない連中には反則技を使うことにしてるんだよ。つまり、無法刑事だな」

「な、なんて男なんだっ」

「『スマイリーメイト』の真の経営者は、円谷直樹だな？」

「誰なんだ、そいつは？」

「無駄な遣《や》り取りは省《はぶ》こうや」

「そう言われても、そいつのことは本当に知らねえんだ」

「あんたが正直者かどうか、体に訊《き》いてみるか」

「どういう意味なんだよ、それ？」

稲垣が肘《ひじ》を使って上体を起こしかけた。すると、佳奈が特殊警棒の先端で稲垣の首筋を押さえた。

「もう少し安静にしてたほうがいいわ」

「え？」

「さっき灰皿で自分の頭を力任せに叩いたでしょ？」

「おれは灰皿を投げつけられたんだ。そっちは見てたはずだっ。おれは刑事に灰皿をぶつけられたんだ」

「わたしの同僚は、そんなことしてないわ。自分で灰皿で頭を撲《う》ったんじゃないの？　おかしなことを言わないでちょうだい」

「おまえら、まともな刑事《デカ》じゃないな」

「そうかもしれない」

風見はにやりとして、両手に少し力を入れた。

「やめろ！　刺さってる、突き刺さってるじゃないか。血が出たようだ。痛い！　切っ先を浮かせてくれーっ」

「おれは力なんか入れてない。段平の柄に軽く両手を添えてるだけだぜ」

「くそったれが！」

「もう一度、同じ質問をするか」

「わかったよ。〝週末家族〟の派遣会社を興《おこ》したのは、円谷さんなんだ。円谷さんとは渋谷のクラブでちょくちょく顔を合わせてたんだよ、以前な」

「やっぱり、そうだったか。円谷は『グロリア』を潰して自己破産してから、英会話学校の内部留保金を着服した金で開いた六本木の出会い系喫茶『キューピッド』で元講師の白人女性十六人を使い、売春ビジネスで荒稼ぎしてた。さらに目黒区碑文谷でシェアハウスの経営に乗り出した。『ハートフル・ハウス』の家主は、父方の従弟《いとこ》ってことになってるがな」

「そこまで調べ上げてたのか」

「円谷は再起するための事業資金を手っ取り早く調達したくて、〝無縁社会〟を逆手《さかて》に取り、孤独な老資産家たちの家庭に〝週末家族〟を派遣するビジネスを思いついた。それだけなら、真っ当な新商売だ。しかし、円谷の狙いは別にあった。そうだな？」

「うん、まあ」

「円谷は故買屋のそっちと組んで、派遣擬似家族たちに訪問先から現金、貴金属、古美術品なんかを盗ませてた。しかし、そうした犯罪に協力してくれるアルバイト従業員は多くなかった。おそらく雇った学生や主婦は、次々にバイトを辞めてしまったんだろう。違うか？」

「そうなんだ。頭を抱えてるとき、円谷さんが『ハートフル・ハウス』に住んでる三人の弱みを偶然に知ったんだよ」

「その三人は君塚あずみ、室井、有馬の三人だな？」

「そうだよ。三人は君塚あずみの継父が『ハートフル・ハウス』で口論中に急性心不全で死んだんで、その遺体をレンタカーで神奈川県の清川村の山の中に棄《す》てたんだ。円谷さんは自分の車でレンタカーを尾《つ》けて、遺棄するまでを目撃したらしい」

「あずみたち三人に脅迫電話をかけたのは、どっちなんだ？」

「電話をしたのはおれだけどさ、円谷さんの指示だったんだよ。リッチな独居老人や老夫婦宅から金品をくすねさせることを思いついたのは、もちろん円谷さんだ。おれは君塚あずみたちを依頼人宅に行かせて、三人ががめてきた金品を回収してただけだよ」

「貴金属や古美術品は、そっちが闇ルートに流してたんだな？」

「そうだよ」

「『スマイリーメイト』が窃盗ビジネスで稼いだのは、総額でいくらなんだ？」

「正確な数字はわからないが、億は超えてるよ。こっちの取り分は三十パーで、円谷さんが七十パーを持っていった。あずみたち三人には交通費なんかは渡してやったが、バイト代は一円も払ってない」

「あこぎだな」

「日当二万円を払ってやると言ったんだが、三人とも金は受け取ろうとしなかった。悪事の片棒を担がされてることで、あずみたちは後ろめたくて仕方なかったんだろうな」

「円谷は、どこにいるんだ？」

「先週から白金台《しろかねだい》の東都ホテルに泊まってる。それまでは吉祥寺のリース・マンションにいたんだがね」

「当然、偽名で泊まってるんだろうな？」

「そうだよ。及川護《おいかわまもる》という名を使って、九〇六号室に連泊してるはずだ」

「部屋はシングルなのか？」

「ツインだってさ。時々、『グロリア』で講師をやってた欧米出身の女たちを呼んで情事を娯《たの》しんでるみたいだぜ。もちろん、『キューピッド』で体を売ってた白人女たち以外のね」

「円谷は、金と女しか関心がないようだな」

「たいていの男は、そうなんじゃねえのか？」

稲垣が下卑《げび》た笑い方をした。佳奈が特殊警棒を縮めてから、口を開いた。

「円谷の口から深町芽衣という名を聞いた覚えは？」

「あるよ。先月、殺されたビデオ・ジャーナリストだよな？」

「そう」

「円谷さんは、その女に売春ビジネスのことを知られたようだって洩らしたことがあるな。それから、従弟に金を渡して碑文谷の戸建て住宅を買ってもらって、シェアハウスのダミー家主をさせてることも知られたかもしれないと言ってたな。それから『グロリア』の内部留保金を横領したことをビデオ・ジャーナリストに暴《あば》かれたら、怒った債権者に半殺しにされそうだと怯《おび》えてたよ」

「そうなの」

「あっ、そうか。おたくらは、円谷さんが誰かに深町って女を殺《や》らせたんじゃないかと疑ってるんだな？」

「そっちは、円谷から知り合いに殺し屋《プロ》がいないかと訊かれたことがあるんじゃないのか？」

風見は相棒を手で制し、稲垣に問いかけた。

「一度だけど、あるね。円谷さんは、ある男をこの世から抹殺したいんだと言ってた。だから、円谷さんはビデオ・ジャーナリスト殺人事件には関わってないと思うね」

「抹殺したいのは、男だと言ってたのか？」

「はっきりとそう言ってたよ。円谷さんは、そいつに売春ビジネスか『グロリア』の内部留保金を着服したことを知られて、強請《ゆす》られてたんじゃないの？」

「『スマイリーメイト』絡《がら》みのことで強請られてたんなら、そっちも口留め料を要求されてるはずだな」

「おれ、誰にも強請られてないよ」

「そうか。円谷は五百万円払って、危《ヤバ》いゲームを愉《たの》しんだことはないのかな？」

「危《ヤバ》いゲームって？」

稲垣が質問した。風見は、入院先で何者かに殺害された土橋忠良が関東桜仁会の中核組織の手を借りて〝殺人遊戯〟をダーティー・ビジネスにしていたことを明かした。

「円谷さんがそんな危《ヤバ》い人間狩りをしたなんて思えないな。関東桜仁会の人間に近づくとも考えにくいね。事業家の多くは裏社会の連中とつき合ったら、いいことはないとわかってるからな」

「元政治家の土橋とは何かのパーティーで知り合った可能性はありそうなんだが……」

「確か土橋は投資詐欺を働いて、国会議員の資格を失ったんだったよな。円谷さんは用心深い性格だから、誰かに土橋を紹介されたとしても、個人的にはつき合わないと思うよ」

「円谷が怪しいと考えてたんだが、筋の読み方が間違ってたんだろうか」

「そうとは断言できないけど、円谷さんはビデオ・ジャーナリスト殺しには関与してないと思うね」

「それはそれとして、円谷の最新の携帯のナンバーは知ってるな？」

「ああ、知ってるよ。しょっちゅう連絡を取り合ってるからね」

「円谷に電話をして、ホテルの部屋にいるかどうか電話で確かめてくれ。あずみたち三人の誰かが派遣先で数千万円の価値のある宝飾品をくすねてきたとでも言って、その報告をする振りをしてくれよ」

「わかった。円谷さんに電話するから、段平をどけてくれ」

稲垣が言った。

風見は刃物をダイニング・テーブルの上に置き、稲垣を摑み起こした。稲垣が右側の洋室に入っていった。そこにはスチール・キャビネットがあり、宝石、腕時計、ブレスレット、各種の美術工芸品、陶磁器などが無造作に積んであった。どれも盗品だろう。

稲垣がパソコン・デスクに向かい、机上の携帯電話を手に取った。数字キーを一回だけ押した。短縮番号だろう。

ほどなく通話状態になった。

「円谷さん、きょうは大きな収穫があったんですよ。室井がね、依頼人の家で大粒のピンク・ダイヤを見つけたんです！　二千万円以上の値打ち物ですよ」

「…………」

「なんだか上の空って感じですね。青い瞳の女性とお娯《たの》しみ中だったのかな？　そうじゃないんですか。外出されてるわけか。どこかレストラン・バーあたりで、元講師のブロンド美女とデートなんでしょ?」

「…………」

「会うことになってるのは、男なんですか。そいつには、もう八千万円以上も脅し取られてるって? 円谷さん、いったい何を脅迫材料にされたんです? 売春ビジネスの件だけじゃなく、『グロリア』の金をネコババしたことも強請《ゆすり》の種《ネタ》にされたのか」

「…………」

「その両方を嗅ぎ当てたのは、深町芽衣しか考えられないんですね。それなら、さらに二千万円を要求してきたのはビデオ・ジャーナリストと親しい奴なんでしょう。で、円谷さんはこれから相手に二千万円を渡すつもりなんですね?」

「…………」

「ええ、そうでしょう。おそらく脅迫者は、際限なく円谷さんを強請る気でいるんだろうな。えっ、だから、相手を殺《や》るつもりで、ダガーナイフを手に入れたんですって? 円谷さん、頭を冷やしたほうがいいですよ。人を殺しちゃったら、再起できなくなるでしょうが。それでもいいんですか?」

「…………」

「円谷さん、考え直したほうがいいですって。ね! 相談に乗りますよ」

「…………」

「あっ、切っちまったな」

稲垣がいったん携帯電話を耳から離し、リダイヤル・キーを押した。だが、口は閉じたままだった。

「円谷は、すぐにモバイルフォンの電源を切ってしまったんだな？」

風見は稲垣に訊《たず》ねた。

「そうなんだ」

「通話内容は、おおよそ見当がつく。円谷は、脅迫者とどこで落ち合うことになってると言ってた？」

「その場所は教えてくれなかったんだよ」

「東都ホテルの近くで、円谷さんは相手と会うことになってるんじゃないのかね。ホテルの周辺をくまなく捜せば……」

「そっちを所轄署の者に引き渡したら、白金台に行ってみるよ」

「おれ、捜査に協力したじゃないかっ。見逃してくれよ。頼むからさ」

稲垣が両手を合わせた。

「銃刀法違反だけなら、大目に見てやってただろう。しかし、そっちは円谷と結託《けったく》して、あずみたち三人に派遣先の家々から金品を盗《ギ》らせてた。悪質すぎる」

「かっぱらわせた物は、すべて弁償する。だからさ、今回は勘弁してよ」

「そうは問屋が卸さない」

風見は素早く稲垣に前手錠を打った。

「所轄署よりも碑文谷署に稲垣を引き渡したほうがいいでしょ？」

佳奈が風見に言った。

「そうだな。そうしてくれないか」

「了解！」

「あずみたち三人は、碑文谷署にいるはずだ。みんなと顔を合わせたら、心を込めて謝罪するんだな」

風見は言って、稲垣を突き飛ばした。

5

とうとう夜が明けてしまった。

フロント・シールド越しに射《さ》し込む朝陽《あさひ》は棘々《とげとげ》しい。風見は目を細めた。

スカイラインの中だ。覆面パトカーは、白金台にある東都ホテルの斜め前の車道に停車中だった。

前夜、風見たちコンビは稲垣の身柄を碑文谷署員に引き渡すと、ただちに東都ホテルにやってきた。フロントマンに身分を明かし、円谷直樹の外出先を訊《たず》ねた。フロントマンは円谷が昨夜十一時ごろに出かけた姿を見ていたが、まったく言葉は交わさなかったらしい。

風見たちは捜査車輛で、ホテルの周辺をくまなく巡《めぐ》ってみた。しかし、円谷はどこにもいなかった。やむなく二人は東都ホテルの前に引き返し、夜通し張り込んでみたのである。

二、三時間張り込めば、円谷は投宿先に戻ってくると風見は予想していた。だが、その予想は外れてしまった。

昨夜《ゆうべ》の稲垣の話が嘘でなければ、円谷はホテルを出て脅迫者に会いに行ったはずだ。正体不明の脅迫者はすでに八千万円を円谷から毟《むし》り獲《と》り、さらに二千万円を要求したらしい。

円谷は脅迫者に半《なか》ば永久的に強請られるという強迫観念に取り憑《つ》かれ、相手を殺す気になったようだ。『グロリア』を倒産させた男はダガーナイフで脅迫者を刺殺し、逃亡を図ったのか。そうなら、いくら張り込んでいても意味がない。

「徹夜の張り込みになっちゃいましたね」

佳奈が助手席で言った。疲労のせいか、気だるそうな声だった。

「八神と夜を共にすることになっちゃったな」

「風見さん、そういう表現は誤解を招くと思います。別にわたしたちはホテルの一室で濃密な時間を共有したわけじゃないんですから」

「キャリアは、お上品な言い方をするな。別にファックしたわけじゃないんだから——そうストレートに言えよ」

「わたしは女性ですから、あけすけな言い方はできませんよ」

「ま、いいさ。円谷直樹は脅迫者をダガーナイフで刺し殺して、そのまま高飛《ジャンプ》びしちまったんじゃないのかね？」

「そうなんでしょうか。その脅迫者のことなんですけど、どうも本部事件の被害者と親しくしていた人物みたいですよね？」

「そうだな。深町芽衣と最も親しくしてたのは、若手翻訳家の松宮雄輔だろうな。彼なら、恋人のビデオ・ジャーナリストから円谷直樹の着服、売春ビジネス、それから〝週末家族〟に金品を盗《ギ》らせてたことを聞いてた可能性もある。それだけじゃない。芽衣が隠し撮りした犯罪の証拠映像を観《み》たかもしれないよな？」

「ええ、そうですね。松宮雄輔が円谷から八千万円を脅し取って、さらに二千万円を要求したのかしら？　その前に〝殺人遊戯〟をプロモートして荒稼ぎしてた元国会議員の土橋忠良から口留め料をせしめてたのかもしれませんね」

「おれは一瞬、松宮を疑ったんだ。しかし、彼は安アパートに住んで、家賃も滞納してる。翻訳の印税だけでは喰えなくて、週に何度か運転代行のバイトをしてるという話だったよな？」

「ええ。仮に松宮雄輔が深町芽衣から聞いた話と証拠ビデオを使って土橋と円谷から巨額を脅し取ってたとしたら、もう少し贅沢《ぜいたく》をしてるんじゃないかな。ずっと貧乏暮らしをしてたわけだから、リッチな生活をしたいと思うでしょ？」

「だろうな」

「そう考えると、松宮は脅迫者ではないんでしょうね」

「八神、ちょっと待てよ。金回りがよくなったからって、急に派手な暮らしをしたら、世間に怪しまれることになるぜ」

「そうか、そうですね。だから、松宮も意図的に生活ぶりを変えてない？」

「ああ、もしかしたらな。芽衣はフリーのビデオ・ジャーナリストだったんだ。取材内容

もそうだが、犯罪やスキャンダルを暴《あば》く証拠映像のことを仕事の関係者にやたら喋ること
はなかったはずだよ」

「でしょうね。そんなことをしたら、スクープも告発もできませんから」

「そうだよな。しかし、恋人にはつい気を緩《ゆる》して取材内容を話すかもしれないよな？」

「ええ、そういうことはあるでしょうね」

「土橋が絡んでる人間狩りビジネスと円谷の裏商売の証拠映像は、いまも見つかっていない。そのほか芽衣が撮ったビデオは、警察が捜査資料として押さえた」

「そうですね」

「ありかのわからない証拠映像を入手できそうな者は、松宮雄輔しかいないんじゃないのか？」

　風見は思わず早口になっていた。

「そうなんでしょうが、彼は深町芽衣の恋人だったんですよ。愛しい女性が亡くなったんで、松宮雄輔は後追い自殺まで図ったんです。恋人が命懸《が》けで摑んだ特種《とくだね》を恐喝材料にしたかもしれないなんて考えるのは、物の見方が歪《ゆが》んでますよ。邪推です」

「そうだろうか。二人が強い愛情で結ばれてたことは確かなんだろう。しかし、松宮は子供のころから裕福じゃなかった。彼もビデオ・ジャーナリストも勤め人じゃない。定収入

がなければ、長くフリーで仕事をつづけられなくなるかもしれないよな？」

「それはそうでしょうね。フリーランスで生計を支えつづけていくのは、並大抵のことじゃないでしょうから」

「八神、そこだよ。フリーで仕事をしてる連中はそれぞれ個性が強く、組織の中で働くことは苦手なんだと思う」

「でしょうね」

「しかし、喰えなきゃ、転職するしかない。フリーで好きな仕事をつづけるには、経済的な裏打ちがなければ、生涯、翻訳家やビデオ・ジャーナリストでいられなくなるだろう」

「そうかもしれませんね」

「松宮は死ぬまでプロの翻訳家でいたいと願ってるんだろう。そして、彼女の芽衣にもできるだけ長くビデオ・ジャーナリストでいてもらいたいと考えてたのかもしれない。だからさ、松宮は自分たち二人が望んでいた生活を維持できるようにしたくて、土橋と円谷を強請ろうと芽衣に話を持ちかけたんじゃないだろうか」

「ま、まさか!?」

「もう少し喋らせてくれ。潔癖な芽衣は、松宮の提案を受け入れなかった。仕方なく松宮は恋人が隠し撮りした映像を使って、弱みのある土橋と円谷から巨額の口留め料をこっそりとせしめた。そのことを知った芽衣は激怒し、一方的に別れを告げた。そして、正義感の強い彼女は松宮の恐喝のことを警察にリークする動きを見せた。惚《ほ》れていた男をまともな人間にしたくて、告発する気になったんだろうな」

「風見さんの推測通りなら、松宮が深町芽衣を殺害したことになるわけですよね？」

「そうだ。松宮は芽衣だけじゃなく、入院中の土橋も窒息死させた疑いがある。しかし、もう彼は円谷にダガーナイフで刺し殺されてるかもしれないな」

「松宮雄輔が生涯、翻訳家でありつづけたいと願ってたとしても、かけがえのない女性を殺害したなんて思いたくありません。いくらなんでも哀《かな》しすぎますよ」

「そうだな」

「松宮が深町芽衣を残忍な方法で殺したんだとしたら、彼には愛情なんかなかったんですよ」

「そうなんだろうか。おれは違う気がするね。松宮は心底、芽衣に惚れてたんだろう。だから、自分と一緒に好きな仕事をずっとつづけることを望んでたにちがいない。松宮は二人の理想的なライフ・スタイルを実現させたくて、あえて恐喝屋に成り下がったんだろう。しかし、その想いは芽衣には通じなかった。彼女は青臭い正義感を振り翳《かざ》して、松宮を断罪しようとした。それを知った瞬間から、恋情が憎悪に変わったんだろうな」

「だからって、電動鋸で胴体を真っ二つに切断するなんて惨《むご》すぎます」

「手口は確かに残忍だよな。しかし、それだけ松宮は芽衣を愛してたんだろう。愛憎は背中合わせだからな」

「そうだとしても……」

「二人の愛情の表現、いや、生き方の流儀が違ってたってことなんだろう」

「でも、でも……」

「なんだ？」

「まだ一連の事件の犯人《ホシ》が松宮雄輔だという確たる証拠はありませんよね？」

「ああ、そうだな。状況証拠もあるとは言えない。ただ、おれの勘では松宮雄輔はクロだな」

「科学捜査の時代に、勘だけでそこまで言い切ってしまうのは少し問題じゃないのかしら？」

「そうだな。だから、証拠を集めよう。とりあえず、車載《しゃさい》無線のスイッチをオンにしてくれ」

「はい」

佳奈が警察無線のスイッチを入れた。信号音が響き、警視庁通信指令室からの呼びかけが流れてきた。

──警視庁より各移動、赤坂署管内へ。青山霊園内で刺殺体発見の通報あり。近い局、応答願います。

──赤坂六、現在、南青山付近を走行中。

──警視庁、了解！ 赤坂六、現場に向かってください。被害者《マルガイ》は五十代の男性で、心臓部にダガーナイフが深く突き刺さっているとの通報でした。加害者は逃走中で、視認証言はありません。

──赤坂五、ただちに臨場します。

──警視庁、了解しました。至急、現場で調査願いたい。

通信指令室から通報受付番号、指令時刻、担当官名などが伝えられ、ほどなく交信が途絶えた。

「青山霊園内で刺殺されたのは、円谷直樹かもしれませんね」

佳奈が言って、警察無線のスイッチを切った。

「多分、そうなんだろう。円谷が加害者になってると思ってたが、逆になったな」

「犯人は松宮なんでしょうか？」

「おれは、そう睨んでる。とにかく、現場に行ってみよう」

風見はスカイラインを発進させた。

道路は空いていた。二十分弱で、殺人現場に到着した。覆面パトカーを墓地の中央を貫《つらぬ》く広い通路に駐《と》め、風見たちは黄色い規制線の張られた場所に向かった。

すでに所轄署員たちが十人近く臨場していた。じきに本庁機動捜査隊初動班の面々と検視官もやってくるだろう。

風見たちは所轄署刑事課の者に挨拶し、通路に仰向けに倒れている円谷直樹の遺体を観察した。ダガーナイフは、深々と心臓部に突き刺さっている。

出血量は割に少ない。凶器が血止めの役割を果たしているのだろう。死体は、すでに硬直していた。殺されてから、六、七時間は経過しているようだ。

「犯人の遺留《リユウ》品は？」

風見は、近くにいる所轄署刑事に問いかけた。

「いまのところ、足跡《ソク》しか見つかってませんね。靴のサイズは二十六センチでした。凶器の柄には指掌紋が付着してますんで、おそらく加害者の指紋《モン》も検出されると思います。被害者はダガーナイフをちらつかせて、犯人を威嚇《いかく》したようです」

「しかし、刃物を奪われて、逆に心臓部を突き刺されてしまったんだろうな」

「そうなんだと思います。殺された男は犯人と揉み合ったとき、相手の顔面か首筋に爪を立てたようです。右手の中指の爪の間に血痕が見られ、表皮が挟まってたんですよ」

「そう」

「見てください」

所轄署刑事が遺体の近くに屈《かが》み込んだ。風見は中腰になって、死者の右手の中指を見た。確かに所轄署刑事の言った通りだった。

松宮の犯行ならば、顔か首に引っ掻き傷があるはずだ。深町芽衣の切断遺体が遺棄された現場にも、サイズが二十六センチの靴跡があった。単なる偶然とは思えない。

「被害者の身許は所持していた運転免許証で判明してるんです。円谷直樹、五十八歳です。ほら、なんとかいう英会話学校を倒産させて、自己破産した男ですよ」

所轄署刑事が言った。

「その英会話学校は『グロリア』だったと思うね」

「ええ、そうでした。自己破産して、荒《すさ》んだ暮らしをしてたんでしょうね。だから、殺されてしまったのかもしれませんよ」

「そうなのかな。近くで内偵捜査中なんで、ちょっと現場を見せてもらったんだ」

「担当事案とつながりがありそうだったら、赤坂署《うち》に情報を提供してくださいよね」

「単に野次馬根性を出しただけなんだ。邪魔したね」

風見は腰を伸ばし、相棒に目配せした。

二人は墓地を出ると、覆面パトカーに乗り込んだ。

「風見さん、松宮がダガーナイフを奪って、円谷を刺し殺してしまったんですかね？」

「まだ何とも言えないな。松宮のアパートに行ってみよう」

「やっぱり、松宮を疑ってるのね？」

「まあな」

風見はスカイラインを走らせはじめた。笹塚に向かう。

目的のアパートに着いたのは、午前七時数分前だった。二〇三号室の電灯は点いていたが、松宮は室内にはいなかった。

「深町芽衣が殺された晩も、松宮は部屋の照明を点けたままにして、そっとアパートを出たんだろうな」

風見は二〇三号室の前で呟いた。

「そうなんでしょう」

「おそらく土橋を殺《や》ったときも、室内灯を点けて外出したんだと思う」

「まだ松宮を犯人と断定するのは早い気がします」

佳奈は異論があるようだったが、それ以上のことは言わなかった。刑事歴十五年の自分に遠慮しているのだろう。

「どこかで朝飯を喰ったら、創文出版に行ってみよう」

「自殺を図った松宮雄輔を発見して、救急車を呼んだ担当編集者に会うんですね？」

「そうだ。担当編集者の森脇敏に会えば、松宮が致死量の睡眠導入剤を服《の》んだかどうかわかるだろう」

「風見さんは、松宮が後追い自殺したのは狂言だったのではないかと……」

「狂言だったのかもしれないな。車に戻ろう」

風見は先に鉄骨階段を駆け降り、スカイラインの運転席に坐った。佳奈が助手席に腰かける。風見は、ただちに車を発進させた。

甲州街道に出て、数キロ先のファミリーレストランの大駐車場にスカイラインを入れる。店の客は、さすがに少なかった。

風見たちは隅のテーブル席に落ち着いた。

コーヒーと海老ピラフをオーダーすると、風見はトイレに入った。小用を足し、顔を洗う。伸びた髭が気になったが、シェーバーは持ち歩いていない。

席に戻ると、相棒の姿はなかった。化粧室でルージュを引いているのではないか。

一服していると、佳奈が戻ってきた。やはり、口紅を塗り直してきたようだ。

コーヒーと海老ピラフが運ばれてきた。二人とも、さすがに疲れていた。黙々と朝食を摂《と》った。

ファミリーレストランを後にして、コンビは千代田区に向かった。創文出版は神田小川町にある。

出版社に着いたのは、午前九時二十分ごろだった。

風見たちは受付ロビーで身分を告げ、森脇に面会を求めた。運よく森脇は社内にいた。

ロビーの応接コーナーで待っていると、松宮の担当編集者が現われた。風見は、向かい合った森脇に切り出した。

「松宮さんが後追い自殺を図ったとき、服《の》んだ睡眠導入剤は致死量に達してたんだろうか」

「いいえ、致死量の半分ぐらいだと救急医が言ってましたね。だから、放っといても死ぬようなことはなかっただろうという話でしたよ」

「そう」

「松宮さんは致死量のことまで考えないで、溜め込んでた睡眠導入剤をいっぺんに服めば、死ねると思ってたんでしょう。深町さんの死に接して、精神錯乱状態だったんだと思いますよ」

「そうなんだろうか。実は、ちゃんと致死量のことを調べてから、睡眠導入剤を服用したんじゃないのかな？」

「えっ⁉ そうだとしたら、彼は狂言自殺を図ったことになるでしょう？」

「そうだったのかもしれないね」

「まさか、そんなことはないでしょ⁉ 松宮さんは、死んだ彼女を誰よりも大切にしてたんです。本気で深町さんの後を追う気だったんだと思いますよ」

森脇が言った。佳奈が同調する。

「それはそれとして、あなたは松宮さんの生い立ちのことをご存じなのかな？」

「ある程度のことは本人から聞いてます。母子家庭で経済的に苦しかったらしいんですよね。だから、お母さんは息子を育てるために、さほど好きでもない男と内縁関係になって、生活費を出してもらってたという話でした。そんなことで、お母さんはいつも内縁の夫に服従してたらしいんですよ。松宮さんは子育てのためとはいえ、自尊心まで棄《す》てた母親を哀《あわ》れに思ったし、軽蔑してたとも言ってました。内縁の夫に去られたら、母子は路頭に迷ってしまう。そのことを何よりも恐れたのか、お母さんはパートナーが理不尽なことで松宮さんを叱ったり殴ったりしても、まったく彼を庇《かば》ってくれなかったそうです」

「そうですか」

「そんな子供時代を送ったせいだと思いますが、自分らしく生きていくには経済的な裏打ちがないと、卑《いや》しい人間に成り下がってしまうとよく言ってたな。誇りや夢を持ちつづけるためだったら、法律やモラルを無視してもいいとさえ思ってるとも語ってましたね」

「そう。松宮雄輔が何か悪さをして、大金を得たなんて噂は耳に入ってませんか？」

「喋っちゃってもいいのかな？」

「森脇さんから聞いた話は他言しませんから、話してくれませんか」

「わかりました。ある翻訳家から聞いたことなんですが、松宮さんは同業者の親睦会に顔を出したとき、百数十万円もするスイス製の高級腕時計を嵌《は》めてたそうなんです。翻訳の印税では、まだ充分には喰えないはずです。現に彼は生活費の不足分を運転代行のアルバイトで捻《ひね》り出してるんですよ」

「そういう話でしたね」

「ある翻訳家が松宮さんのことを不審に思って、彼のことを尾行したらしいんです。そしたら、松宮さんは渋谷区初台二丁目にある三階建てのモダンな戸建て住宅に入っていったというんですよ。表札には、オフィスＭ＆Ｆと記してあったそうです」

「オフィスＭ＆Ｆか。松宮と深町の頭文字っぽいな」

「ええ、そうなのかもしれませんね。松宮さんはジャンボ宝くじの特賞を射止《いと》めて、賞金で自分と彼女の共同事務所用にこっそり建売住宅を購入してたのかな？　特賞で数億円の臨時収入があったことを他人に洩《も》らすと、たかられるかもしれませんからね。それで、彼は貧乏生活がつづいてる振りをしてたんでしょうか？」

「そのへんのことを調べてみますよ。ご協力に感謝します」

風見は森脇に礼を述べ、勢いよく椅子から立ち上がった。佳奈が慌《あわ》てて腰を浮かす。

二人は創文出版のビルを出て、近くに駐めてある覆面パトカーに乗り込んだ。

「森脇さんが言ってた通りならば、松宮は深町芽衣が隠し撮りしたビデオを使って、土橋と円谷から大金を脅し取り、初台の三階建ての住宅を購入したんでしょうね。ジャンボ宝くじの特賞なんて、めったに当たらないでしょうから」

佳奈が悲しげな表情で言った。恋人に惨殺されたと思われる深町芽衣のことを考えているのだろう。

「芽衣、土橋、円谷の三人を殺《や》っちまったのは、松宮だろうな」

「ええ、そうなんでしょうね。初台は、代々木公園のそばです。松宮は自分たちの共同事務所で、恋人を殺害したのかもしれませんね」

「その可能性はあるな」

「それにしても、なんで電動鋸なんか使ったんでしょうね？」

「扼殺《やくさつ》や絞殺だと、途中で殺意が揺らぐかもしれない。それだから、松宮は電動鋸を凶器に選んだんじゃないのか？　電動鋸なら、殺意が揺らぐ前に目的を達成できるだろうからな」

「松宮の考え方は独善的だわ」

「そうだな。初台に向かうぞ」

風見はエンジンを始動させ、ギアをD《ドライブ》レンジに入れた。

スカイラインが動きはじめた。

目的の三階建ての家屋を探し当てたのは、およそ四十分後だった。表札には、オフィスM&Fと書かれている。

「松宮は密かに設けた共同事務所の中で息を潜《ひそ》めてるのかもしれない。八神、油断するなよ」

風見は相棒に言って、先に車を降りた。佳奈が助手席のドアを閉めたとき、三階建て住宅のドアが開いた。

現われたのは、松宮雄輔だった。黒いキャリーケースを引いている。逃亡寸前だったらしい。

風見は視線を伸ばした。

松宮の左の頬には、引っ掻き傷がくっきりと見えた。円谷を刺し殺すときに傷つけられたのだろう。

「八神、松宮を緊急逮捕するぞ。手錠《ワッパ》を用意しといてくれ」

「はい」

「行くぞ」

二人は松宮に駆け寄った。

松宮が全身を強張《こわば》らせた。うなだれ、無言で両手を差し出した。

「深町、土橋、円谷の三人を殺したのはおまえだな？　おまえにも言い分はあるだろうが、恋人に対する思い遣りは詭弁《きべん》だな。結局、おまえはてめえの生活を安定させたかったんだろう。惚れた女の命よりも、銭のほうが重かったわけだ。おれは、そう思ってる。生きてる限り、重い十字架を背負ってけ！」

風見は一息に喋った。松宮がポーチに頽《くずお》れ、幼児のように泣きじゃくりはじめた。佳奈が手錠を握ったまま、指示を仰《あお》いだ。

「どうします？　泣き止むまで待ってやりましょうか？」

「そうしてやれ」

風見は携帯電話を手にして、成島班長の短縮番号を強く押した。

翌日の夜である。

風見は根上宅の居間にいた。成島班長や三人の仲間は、まだ行きつけの『春霞』で美酒に酔っているはずだ。

捜査本部に引き渡した松宮は、きのうのうちに犯行を全面自供した。最初の殺人事件に使われた凶器の電動鋸は、初台の共同事務所に隠されていた。鋸歯には、深町芽衣の指紋が付着していた。殺害現場は一階の浴室だった。

松宮は落ち着きを取り戻してから、恋人の切断遺体をポリエチレン袋に入れ、代々木公園内に遺棄したと供述した。犯行の引き金は、芽衣が一一〇番通報しそうだったからと述べた。

松宮は殺人遊戯のマスター・テープを複製してから、土橋に裏取引を持ちかけた。脅し取ったのは、一億五千万円だった。同じ手口で、彼は円谷から八千万円をせしめた。

松宮は土橋が意識を取り戻すかもしれないという不安を抑えられなくなって、元政治家を入院先で殺害した。円谷を殺す気はなかったようだ。

初台の物件は二億円近かった。残金が少なくなったので、松宮は円谷から二千万円をさらに脅し取るつもりだったらしい。ところが、予想外の展開になった。円谷は二千万円を手渡すと松宮を青山霊園に誘《おび》き出し、ダガーナイフを振り翳《かざ》して挑みかかってきたそうだ。

松宮は本能的に反撃し、刃物を奪い取った。気がつくと、ダガーナイフの刃は柄の近くまで円谷の心臓部に沈んでいたらしい。

土橋の別荘の一室で殺人遊戯の顧客リストが登録されたUSBメモリーが見つかったのは、きょうの正午前だ。五十人近い客は、いわゆる成功者ばかりだった。その中には、有名な経済アナリストや社会評論家もいた。全員が殺人容疑で近いうちに逮捕されるだろう。伊豆高原の山中に撒《ま》かれたネットカフェ難民や家出少女の骨粉のDNA鑑定で、失踪者たちの身許が判明したからだ。

ただ、元政治家の汚れた金のありかはまだわかっていない。証拠映像も同じだ。

「松宮さん、ううん、松宮は深町先輩のためによかれと思って恐喝を働いたと供述してるという話だったけど、風見さんが言ったように詭弁《きべん》だと思うわ」

正面のソファに坐った智沙が腹立たしげに言った。

「そうだろうな。松宮は自分の母親が生きるために内縁の夫に服従して、人間の誇りを失ったから、深町さんに金の苦労をさせたくなかったと語ってるが、あの男自身が貧乏が怖かったんだろう」

「わたしも、そうなんだと思うわ。でも、松宮は深町さんのことをかけがえのない女性と大切にはしてたんでしょうね。だから、先輩には内緒で、オフィスM＆Fを設立してたんでしょう。単なる免罪符《めんざいふ》だとしたら、深町先輩がかわいそうすぎるもの」

「そう思ってやりたいな」

「風見さん、打ち上げの途中で抜け出してきたんでしょ？」

「まあね」

「だったら、飲み足りないんじゃない？　また、弔い酒につき合って。深町さんをとことん偲《しの》んでからでないと、わたし、ベッドで燃えられそうもないわ」

「待つよ。十代や二十代の若造じゃないんだから、がつがつしないって」

「ごめんね。何かオードブルを手早くこしらえます」

「悪いな」

「今夜は泊まっていって。ね？」

「そのつもりで来たんだ」

風見は智沙を熱く見つめた。

智沙が色っぽく小首を傾げ、ソファから立ち上がった。

風見はスエード・ジャケットを脱ぎ、ソファの背凭《せもた》れに掛けた。愉《たの》しい夜になりそうだった。

著者注・この作品はフィクションであり、登場する人物および団体名は、実在するものといっさい関係ありません。

暴れ捜査官

一〇〇字書評

切り取り線

購買動機（新聞、雑誌名を記入するか、あるいは○をつけてください）

□（　　　　　　　　　　　　　　）の広告を見て
□（　　　　　　　　　　　　　　）の書評を見て
□ 知人のすすめで　　□ タイトルに惹かれて
□ カバーが良かったから　　□ 内容が面白そうだから
□ 好きな作家だから　　□ 好きな分野の本だから

・最近、最も感銘を受けた作品名をお書き下さい

・あなたのお好きな作家名をお書き下さい

・その他、ご要望がありましたらお書き下さい

住所	〒				
氏名		職業		年齢	
Eメール	※携帯には配信できません	新刊情報等のメール配信を 希望する・しない			

この本の感想を、編集部までお寄せいただけたらありがたく存じます。今後の企画の参考にさせていただきます。Eメールでも結構です。

いただいた「一〇〇字書評」は、新聞・雑誌等に紹介させていただくことがあります。その場合はお礼として特製図書カードを差し上げます。

前ページの原稿用紙に書評をお書きの上、切り取り、左記までお送り下さい。宛先の住所は不要です。

なお、ご記入いただいたお名前、ご住所等は、書評紹介の事前了解、謝礼のお届けのためだけに利用し、そのほかの目的のために利用することはありません。

〒一〇一－八七〇一
祥伝社文庫編集長　加藤　淳
電話　〇三（三二六五）二〇八〇

祥伝社ホームページの「ブックレビュー」からも、書き込めます。
http://www.shodensha.co.jp/bookreview/

上質のエンターテインメントを！　珠玉のエスプリを！

祥伝社文庫は創刊十五周年を迎える二〇〇〇年を機に、ここに新たな宣言をいたします。いつの世にも変わらない価値観、つまり「豊かな心」「深い知恵」「大きな楽しみ」に満ちた作品を厳選し、次代を拓く書下ろし作品を大胆に起用し、読者の皆様の心に響く文庫を目指します。どうぞご意見、ご希望を編集部までお寄せくださるよう、お願いいたします。

二〇〇〇年一月一日　祥伝社文庫編集部

祥伝社文庫

暴《あば》れ捜査官《そうさかん》　警視庁特命遊撃班《けいしちょうとくめいゆうげきはん》

平成二十三年二月十五日　初版第一刷発行

著者　南英男《みなみひでお》

発行者　竹内和芳

発行所　祥伝社

東京都千代田区神田神保町三－六－五
九段尚学ビル　〒一〇一－八七〇一
電話　〇三（三二六五）二〇八一（販売部）
電話　〇三（三二六五）二〇八〇（編集部）
電話　〇三（三二六五）三六二二（業務部）
http://www.shodensha.co.jp/

印刷所　堀内印刷

製本所　ナショナル製本

カバーフォーマットデザイン　芥陽子

造本には十分注意しておりますが、万一、落丁、乱丁などの不良品がありましたら、「業務部」あてにお送り下さい。送料小社負担にてお取り替えいたします。

　ISBN978-4-396-33640-0 C0193

祥伝社文庫の好評既刊

南 英男

警視庁特命遊撃班

ごく平凡な中年男が殺された。ところが男の貸金庫には極秘ファイルと数千万円の現金が…。

南 英男

はぐれ捜査 警視庁特命遊撃班

謎だらけの偽装心中事件。殺された男と女の「接点」とは？　異端のはみ出し刑事、出動す！

南 英男

潜入刑事《デカ》 覆面捜査

不夜城、新宿に蠢く影…それは単なる麻薬密売ではなかった。潜入刑事久世を襲う凶弾。新シリーズ第一弾！

南 英男

潜入刑事 凶悪同盟

その手がかりは、新宿でひっそりと殺されたロシア人ホステスが握っていた…。恐怖に陥れる外国人犯罪。

南 英男

潜入刑事 暴虐連鎖

甘い誘惑、有無を言わせぬ暴力、低賃金、重労働を強いられ、喰い物にされる日系ブラジル人たちを救え！

南 英男

刑事魂《デカだましい》 新宿署アウトロー派

不夜城・新宿から雪の舞う札幌へ…愛する女《ひと》を殺され、その容疑者となった生方《うぶかた》刑事の執念の捜査行！

祥伝社文庫　今月の新刊